当代中国小说榜

如花似玉

珍 妮 著

中国文联出版社

图书在版编目（CIP）数据

如花似玉 / 珍妮著 . -- 北京：中国文联出版社，
2018. 11（2023. 3 重印）

ISBN 978 - 7 - 5190 - 4031 - 4

Ⅰ. ①如… Ⅱ. ①珍… Ⅲ. ①言情小说—中国—当代
Ⅳ. ①I247. 5

中国版本图书馆 CIP 数据核字（2018）第 262942 号

著　　者　珍　妮
责任编辑　刘　旭
责任校对　贾文梅
装帧设计　中联华文

出版发行　中国文联出版社有限公司
地　　址　北京市朝阳区农展馆南里 10 号　　　邮编　100125
电　　话　010 - 85923025（发行部）　　　85923091（总编室）
经　　销　全国新华书店等
印　　刷　三河市华东印刷有限公司

开　　本　880 毫米×1230 毫米　　　1/32
印　　张　10. 75
字　　数　220 千字
版　　次　2023 年 3 月第 1 版第 2 次印刷
定　　价　78. 00 元

引子

　　春天去，夏天来，夏天去，秋天来，秋天去，冬天来，春夏秋冬何时了？春天绿风为诗，夏天泛舟湖上，秋天硕果累累，冬天策马奔驰；春天春暖花开，夏天烈日如火，秋天采摘果实，冬天如履薄冰。

　　春天等你，夏天等你，秋天等你，冬天等你，等来等去你没来，难道等到花甲之年你才来吗？那时我已是人老珠黄，双手枯萎，不能为你采摘玫瑰，你还会爱我吗？

目录

上部

遥远的欧拉王国，宛如世外桃源。国家强盛，人民安乐。森林覆盖，鲜花盛开。皇宫里，各级宫殿密布，佳丽美人，载歌载舞。

这天，皇上（当今天子，时年40岁）上朝了。太监高喊："皇上驾到！"声音直冲云霄。

身材高大的皇帝一袭龙袍，登上宝殿，坐上龙椅。皇上声如洪钟："今日请诸位爱卿来商议皇后的寿辰，大家以为该如何操办？"

一品官原生利（时年36岁）站出来说："皇上，臣以为应该让皇后娘娘的儿女们与皇后娘娘欢聚一堂。"

皇上说："这倒是一个好主意，可是应该宴请哪些人呢？"

原生利拱手道："当然有如花公主、如玉公主，还有太子……"

皇上打断他："不如让各位大臣来跟皇后娘娘一起过一个寿辰如何？好了，退朝！"

大臣们齐声高奏："吾皇万岁万岁万万岁！！！"

此时，大公主如花（时年18岁）正在后宫采花。如花身材小巧，天生丽质，明眸善睐。见父皇退朝归来，如花奔将过来叩拜："父皇！"

皇上笑道："花儿又在采花呀？"

如花公主应道："对呀，您看这两种花，丁香和百合好看吗？"

皇上满眼怜爱："它们跟你一样，气若幽兰。"

迎面邂逅小公主如玉（时年17岁），她虽与姐姐如花一样天生丽质，亭亭玉立，但更多了几分内敛与羞怯。见了父皇，她莺语呢喃般轻唤一声："父皇！"

面对两个如花似玉的女儿，皇上眉开眼笑。

如花上前一步，问："父皇，今年母后的寿辰怎么办呀？"

皇上刚要发话，如玉在一旁窃窃地说："以孩儿之见，千万不要再让大臣们聚在一起了……"

如花忙道："就是，一点儿也没新意。"

皇上皱起眉头："那怎么办呢？"

如玉说："我和如花姐姐要为母后准备一个特别的寿辰，那些大臣还是要请的。"说完转身就跑了。

2

皇后和皇上在去储秀宫的路上。皇上说："皇后，这次朕一定要给你举办一个特别的寿辰。"

皇后（时年34岁）说："谢陛下，但以臣妾看来，这只不过是一个普通的家宴而已，不必那么隆重。"

到了储秀宫，昔日灯火通明的室内竟一片漆黑。正诧异间，突然满堂蜡烛亮了，只见有两个面纱蒙面的少女坐着两架秋千在空中旋转飞舞，变换各种造型，如两只飞燕在空中翻飞，宛如仙子。皇上与皇后张大嘴巴，观赏着这美轮美奂的场景。突然，秋千飞追而下，又慢慢荡下来，落在大理石地板上方，两少女翩翩起舞。两少女如出水芙蓉，舞姿曼妙，婀娜多姿……

一曲跳完了，连皇后娘娘都没有看出那两个少女竟是如花和如玉的侍女雪花和梅花，便上前正色道："来者何人？休得无礼！"

梅花慌了神，鞠躬道："奴才梅花。"

雪花也鞠躬："奴才雪花。"

皇后说："就你们两个？她们两个公主怎么没有来呀？"

梅花说："回皇后娘娘的话，公主殿下今晚有事，不能来陪皇后娘娘，故特地准备了这个节目。"

皇后说："这两个疯丫头也不陪陪我，上哪儿疯去了？你们两个把面纱摘下来吧。"

如花如玉突然从暗处闪出："是！母后！我们怎么能不陪您呢？"

皇后嗔怪道："原来又是你们这两个小丫头搞的鬼。"

皇上笑着说："你们说要给母后准备一个寿辰，原来就是这个呀？

如花说："是呀，咦？那些大臣怎么还没有到啊？"

皇上也诧异："大臣们还没来呢？大家再等一会儿吧！"

正说话间，忽见左丞相潘文静（时年 50 岁）踱步进门，叩拜在地："臣拜见皇上！拜见公主殿下！"

皇上说："爱卿平身。"

潘文静说："臣祝皇后娘娘千岁千岁千千岁！"

皇后忙道："丞相，快快请起。"

这时外面又进来一男子，原来是潘家公子潘圆（时年18岁）。潘圆说："臣祝皇后娘娘寿比南山，福如东海，笑口常开一如开心果，容颜永驻一如千年不老松……"

皇后笑道："你这孩子年纪轻轻，倒会说话呀。"

潘文静说："娘娘，不敢当！犬子就会这几句耍耍嘴皮子。今日能得到皇后娘娘的赞赏，实在是不敢当。"

这时一品官员原生利及其长子原贵、次子原喜等幕僚也来道贺了。

见人基本到齐，如花说："诸位大臣，不如咱们今天在皇后娘娘的宫里搞一个特别的寿辰——去室外跳舞。"

皇后说："如花别胡闹，那些大人还不会跳舞呢。"

"我又没有强迫他们跳，他们要是不想跳就别跳呗。"如花在父皇面前撒娇。

原贵说："我和原喜都会跳。"

说完大家就出门，来到皇家草坪，伴着悠扬的南方神曲，跳起舞来。

悠扬的舞曲中，如花和如玉两姐妹，如两只飞舞的蝴蝶，闪动着一地芳华。众人都被其曼妙的舞姿吸引住了。

潘圆拉着原贵、原喜也舞了起来。突然，原喜一个粉色的香袋从宽大的袖口滑落了。见状，潘圆说："原公子带着个香袋做什么用啊？哇！你都攒了半袋花了！"

原喜说："是啊！每天风吹粉红，落英遍地，不忍其香消玉殒，便捡起来。我要把它做成一个香袋送给我的红颜知己。"

潘圆笑笑说："那你慢慢攒吧。"

这时原生利叫道："潘圆、原贵、原喜，你们在干吗？要对对联了，快来对呀！"

原来，为助兴，皇上出了上联"春夏秋冬岁月如水"，要求各位爱卿对下联。

潘圆、原喜一时都答不出下联。突然，原贵说："臣倒有一联，"说着挥毫写下，"风雨冰霜海波如花。"

如花叫道："好一个'风雨冰霜海波如花'。父皇，对得可真工整呀。"

皇上赞道："是啊！赏黄金十两。"

不知跳了多久，如玉对皇上说："父皇，我困了。"

皇后说："臣妾也累了。"皇上说："朕也疲惫了，朕今天就在你的宫里歇息吧。"

次日，原贵路过后宫，看见了如花正轻拈玉指在花丛中采花，她纤长的身段配着蝴蝶旗袍，甚是迷人。

原贵叫道："公主殿下，您在采花？"说完就从长廊步入花丛中。"公主殿下，您不记得我了吗？微臣就是昨天写对联的……"

如花说："噢，你就是昨天写'风雨冰霜海波如花'的原贵呀！"原贵说："正是微臣，公主殿下又在采花呀。"如花说："是啊！"说着，便长叹了一口气。

原贵说："公主殿下怎么了？身体不舒服吗？"

如花说："不是。我想这花开时虽盛，等到春天一过去，这花就会枯萎，不知道人们还会不会喜欢？"

原贵说："我喜欢，不管那些好看的花会变得多么枯萎，在我心中它永远是最美的。"

如花笑着说："你都没有找到你最喜欢的花，你怎么知道好不好看呀？对了，你怎么来了？"

原贵说："皇上叫臣聊了会儿天，聊完了臣刚好从这儿路过，就惊扰了公主殿下……"

4

花开两朵，各表一枝。

此时，如玉正在外面逛街。梅花（时年 16 岁）说："公主殿下，咱们回去吧，不然如花公主该着急了，而且您说要逛到九点才回去，那时如花公主早该睡着了。"

如玉说："姐姐要十点才睡觉呢，所以咱们可以安心地逛街了。"她们来到了一家杂货店，看见一个又一个精致的小香包。这些香包产自南方女儿国，内置桂皮、桂花等香料，十步开外就能闻到淡淡的清香。

如玉赞道："梅花，你看这些小袋子多漂亮呀！"梅花也抚摸着香袋，爱不释手。

这时，室外响起一个男声："店家，我上次定制的那把剑可否锻制好了？"

店家伙计说："客官，您等着，我这就去给您取。"

如玉定睛一看，此人竟是原喜。

很快，宝剑在手，熠熠生辉。原喜赞道："好剑！"

说罢，他手持宝剑，来到室外舞了起来。只见他矫健的身影在刀光剑影中忽隐忽现，呼啸的剑风发出萧萧的声音，宛如天籁。

如玉不禁叫道："好剑！"

原喜回头细观，这不是昨天见到的小公主如玉吗？眼前的如玉，亭亭玉立，玉树临风，正痴痴地望着他舞剑。

原喜说："这不是公……"

话还没说完，只见如玉向他使劲地摇着头，暗示他不要吐露她公主的身份，以免生出事端。

原喜随即转移视线："噢，王掌柜，她要的这个香袋子我买了。"

如玉羞红了脸，说："那怎么能让你破费？"二人争来争去，原喜还是执意买下了一个绣着玫瑰的香袋，送给了如玉。如玉推托不过，只得收下……

5

回宫后，晚上如花和如玉姐妹同眠，上床后如花发现如玉一直在暗自发笑，满面春风。

如花说："妹妹你怎么老是笑呀？"

如玉笑而不言，面若桃花。

"有人喜欢你呀！"如花也乜着看她。

"讨厌，有人喜欢你才对呢，我呀，今天看原喜舞剑，那才叫一个厉害呢！"

如花说："原喜就是原贵的弟弟吧？"

如玉说："没错，他的剑舞得实在棒极了。"

如花说："原来是他。可我敢保证他舞的剑再好，也比不过他的哥哥原贵。"

如玉说："你怎么知道他不如原贵呀？"

如花说："他劈得动一块木板吗？"

如玉想了想："他肯定劈不动。"

如花说："这不就行了吗？原贵别说能劈一块木板，就算十块木板，他也削铁如泥。"

如玉说："吹！"

如花说："谁吹牛了，不信叫他来表演一下如何？"

如玉说："你该不会喜欢上他了吧？"

如花说："去，谁喜欢上他了，你还喜欢上原喜了呢。好了，睡觉，噢，明天咱们打扮成男人出去吧。"

如玉说："这个倒是新鲜，好了，睡觉吧。"

6

如花和如玉女扮男装，来到街上闲逛。忽然，她们看见有一个官家成亲了。

如玉问："是哪一个官家有喜呀？"

如花说："好像是巡抚张风的家，听说他特别贪财，还强娶民女呢！上次他见刘家大小姐长得漂亮，非要娶人家当小老婆，可是那姑娘不愿意，最后上吊自杀了。"

如玉说："原来这巡抚大人如此坏呀。"

如花又说："可不？今天张巡抚又成亲，不如咱们也去看看。"

如玉说："咱们两手空空，没带贺礼，他能让咱们进去吗？"如花说："来的都是客，他总不能拒之门外吧。"如玉说："那倒也是，那就走吧。"

进了张府，只见处处张灯结彩，金碧辉煌。

如玉感叹："这里的起居都快赶上父皇的了。"

这时，张巡抚迎上来："二位公子可有喜礼？"

如花说："我们是客，就算没有喜礼，也不能把我们轰出去呀。"

如玉也帮腔："不过礼是不会少的。"说完两人一人拿出了一个玉佩，两个玉佩上面一个刻着"如花公主"，另一个刻着"如玉公主"字样。

张风一下认出眼前人来。"公主殿下，小的有罪。"他刚要下跪，被如花一把给拉住："不要让别人知道了我们俩的真实身份，否则我要了你的命。"

张风说："小的知道，小的明白。"

三人正寒暄间，只见地面一声沉闷的巨响，原来有一个姑娘从楼上跳了下来。

张风问身边的伴娘："这是怎么回事？"

伴娘说："我也不知道，刚才我进去的时候，看见她穿着新娘的秀禾服在偷东西。她不是赵家姑娘，而是小偷！"

张风说："那得赶紧抓呀，快把官兵叫来抓贼。"

只听那个姑娘说："你——还有你的儿子，无恶不作，今天就让我小花儿来教训你们吧。"说完就把所有偷的银子全都撒出，"这些银子珠宝谁要谁拿去，大家都不要客气呀。"

白银雪花般撒落，来看热闹的老百姓哄抢起来。姑娘言罢，飞身离去。张风旋即命令官兵沿街搜索，捉拿飞贼。

走出乱成一锅粥的张府，如玉说："那位姑娘可真行，总算是教训了张巡抚。"

如花说："可惜她功夫不高，看来要空手而回了，真是可惜呀，不过话又说回来，拿到东西是小，保住身家性命才最重要。"

这时，只见一群官兵过来，问如花和如玉："有没有看见一个穿秀禾服的姑娘？"

二人连声道："没有。"

街头越来越混乱。两位公主怕惹祸上身，奔跑起来。不知过了多久，二人来到一尊石磴边，如花说："我累了，我要歇一会儿。"她刚坐下，就感觉硌得慌，起身一瞧。嘿，石磴后竟藏着一个人，原来是大闹婚礼的那个姑娘。姐妹俩为了保护大闹婚礼的姑娘，便坐在石磴上，直到那些官兵远去为止。

如花起来说："官兵走了，你可以出来了。"

姑娘（时年 17 岁）站起来说："多谢两位姑娘救命之恩。"

如玉说："你怎知我们是女生呀？"

姑娘说："你们细皮嫩肉的，肯定是女的。噢，对了，你们要不要去我那儿坐一坐呀。"

怀着好奇，二人随她到了十里开外临云镇的住处。这是一个大杂院，大院里有好多孩子嬉戏，还有很多老人在喝酒闲聊。

姑娘介绍："我们这里就是一个大院子，住有好多人呢。"

7

迎面走来一男一女，都年方二十左右。

姑娘对他俩说："杨柳、杨欢，这是今天救我的两位姑娘，要不是她们，我就被官兵抓走了。"

杨柳说："你又去招惹那位张巡抚了？怎么不听话？"

杨欢也道："跟你说了多少回了，你怎么就记不住呢？"

姑娘说："下次不招惹就是了。对了，这是杨柳，这是杨欢，他们俩是兄妹。"

如花说："我们叫凌空、凌云。"

姑娘说："走，去我的房间。"

到了姑娘的屋里，如花如玉呆了。只见里面简朴若素，哪里像个闺房。

见二人诧异，姑娘说："怎么了，没见过这么破烂的房间吗？你们这些人是感受不到的，像我们这些穷人，有一间房子住就心满意足了。"

如花说："对了，你叫什么名字呀？"

姑娘说："你说我呀？我叫小花儿。"

如玉说："小花儿，这个名字真好听，你父母都管你叫小花儿吗？"

小花儿说:"我都不知道我父母长什么样子,更别说给我取名字了,这个名字是我自己取的。"

如花说:"什么?你的父母不在了,你自己取的名字?"

小花儿说:"对呀,怎么了?很惊讶吗?我们这儿的人都是这样的,无父无母,没有父母对我们来说,就是家常便饭。而且这里有很多人都饿死了,所以我们就靠卖艺为生。"

折腾一整天,如花和如玉感到非常累。眼看暮色临近,如花说:"我们该回去了。"

小花儿说:"看你们这装束,倒像是富人家的孩子。"

如玉说:"也不算是,好了,我们该回去了。"

小花儿说:"以后常来坐呀。"

如花和如玉进了宫门走在长廊里,如花说:"今天去张府,可真是值得了。"

如玉说:"而且还交了一个好朋友小花儿。"

如花说:"我看小花儿的家里面挺穷的,好几十口子人呢,不如咱们下次给他们点儿资助吧。"

如玉说:"好主意。"

二人正说得高兴,如玉突然撞到了一个男人身上。抬头一看,原来是原喜。

8

原喜说:"如花公主吉祥,如玉公主吉祥。"

如花说:"起来吧,对了,你哥哥呢?"

原喜说："回公主殿下的话，臣的哥哥在家呢。"

如花悄悄对如玉说："妹妹，这可是你了解他的好机会，要把握住呀。好了，我先走了。"如玉还没来得及说话，如花就跑远了。

原喜说："不知公主殿下何事这么开心呀？"

如玉说："也没什么，只是今天遇到了一些开心的事，好了，我先走了。噢，对了……"说着从一个钱袋子里掏出了一些银两，"这是你上次帮我买香包的钱，还给你，谢谢了啊！"

原喜说："不用了，公主殿下，真的不用了。"

如玉说："那怎么行，欠债还钱，天经地义，让你收下你就收下吧。"原喜没法子，只能收下了。

如玉说："你怎么在这里呢？"

原喜说："臣有腰牌，想到宫里来散一散步，没想到却在这里遇到了公主殿下。"

如玉说："好了，时间不早了，我该回去了。"

晚上的时候，如花脱了衣服躺在床上抱着篮子数自己采的花，自言自语道："我要把它们装到我的小香袋子里，把它们给埋起来，让它们枯萎了，让人践踏岂不可惜？"

突然只见门外闪进一个人影，原来是如玉。如花问："怎么这么快就回来了？唉，我好心好意给你们制造单独相处的机会有多么不容易呀，你怎么不珍惜呀。"

9

如玉说："你怎么总是乱点鸳鸯谱呀，我跟原喜是不可能的，你还让我珍惜，真是异想天开，要不然你勾引一下原贵怎样？"

如花说："呸呸呸，你是不是有病呀，吃错药了吧你，让我勾引原贵，有没有搞错呀你。"

如玉说："那你让我勾引原喜，你就没吃错药呀。"

如花说："我当然没有吃错药，我要把你们俩凑成一对，因为我是有根据的，看一看你们俩郎才女貌，简直像金童玉女一样，多般配呀。"

如玉听完这句话，摸了摸如花的头，再摸一摸自己的头："你没发烧吧，如果没有发烧的话，你就是脑袋受刺激了。"

如花说："你才发烧了呢，你才脑袋受刺激了呢，我可是好心好意帮你，真是的，可真是好心当成驴肝肺呀！"

如玉说："哎，你不是说原喜的哥哥原贵舞剑很厉害吗？"
如花说："对呀，他呀能削断一块铁呢。他舞的剑就更别说了，那才叫一个厉害呢。"

如玉说："既然如此，明天你叫他到宫里来，我倒想开一开眼界，看一看那个原贵有多么厉害。"

如花说："好啊，我答应你。困死了，我要睡了。"

10

　　第二天，如花一边把花埋在土里，一边自言自语："小花儿呀，你就安心地在这土地里生活吧，不会有人来打扰你们的，也不会有人来践踏你们的。"

　　如花要走的时候，看见了原贵，原贵马上行礼："公主殿下吉祥。"

　　如花说："起来吧。"

　　原贵说："谢公主殿下！"如花说："好久不见，你怎么没有进宫呀，父皇最近没有召你进宫吗？"

　　原贵说："皇上常叫臣进宫，只不过公主殿下没看见而已。"

　　如花说："我就是不明白父皇怎么会看中你的才华，我就不信你的才华到底有多好，让父皇三天两头地召你进宫。"

　　原贵说："公主殿下若是不信的话，可以考一考臣。"

　　如花说："那我就说了。"

　　原贵说："公主殿下说吧，臣洗耳恭听。"

　　如花问："什么是四书？"

　　原贵答："四书是《大学》《孟子》《中庸》《论语》。"

　　如花又说："什么是大毛公和小毛公？"

　　原贵答："是毛亨和毛苌。"

　　如花继续问："古时候的四大喜事有哪些？"

　　原贵答："久旱逢甘霖、他乡遇故知、洞房花烛夜、金榜题名时。"

如花接着问："历史上的四大美女是哪四个？"

原贵答："杨玉环、赵飞燕、貂蝉、王昭君。"

如花赞道："你太厉害了，这是父皇出过的问题，有好多人都答不出来，两锭银子，赏你了。"

原贵说："公主殿下的厚礼，臣万万不敢收，臣的才华不需要公主殿下赏。臣以为，臣应该懂得这些知识。"

如花说："什么呀，我赏你不是因为你的才华。你以为这两锭银子我是白给你的呀，我是要你帮我一个忙。"

原贵说："什么忙？公主请讲。只要是微臣能办到的，微臣在所不辞。"

如花说："你不是剑法很好吗？如玉今天要你表演给她看。"
原贵说："臣那点儿剑术不值得一提，蒙如玉公主厚爱，臣实在不敢当。"

如花说："是如玉让你去舞剑的，不是我，再说了如玉跟原喜都要成亲了，你这个做哥哥的，不应该对弟媳好一点儿吗？当心你的弟媳生气呀。"

原贵听后，很吃惊："你说什么？如玉公主跟弟弟准备成亲？"

如花说："对呀，父皇指的婚，就在前两天。"

原贵说："天哪，这么大的喜事弟弟怎么没告诉我呀？"
如花说："也许原喜是想给你一个惊喜吧，好了，我不跟你多说了，去不去我没有意见，小心得罪了你未来的弟媳。"

原贵说："那得让我想一想。"

如花拉住原贵的手说："少啰唆，快走！"

11

到了如花和如玉的宫中，如花说："原贵来给你舞剑了，如玉，你快点儿出来呀。"

如玉说："真的？你真把他给带来了？我还以为你只是说笑而已。"

原贵看见了如玉说："参见公主殿下。"

如玉说："少废话，快点儿表演啊。"

原贵说："那臣就献丑了。"

原贵拉开马步，挥剑起舞。刀光剑影之间，旋风乍起，黄叶飘落。

如玉说："哎，你还真别说，你的剑术确实挺厉害。"

如花说："就是嘛，我没有骗你吧。他呀，不但武功高强，而且文采飞扬呢。父皇不是给朝堂上的大臣出了四道题吗，他都能答上来。他呀，文武双全！"

原贵腼腆地笑笑："谢谢公主夸奖！对了，臣还没恭喜公主殿下呢。"

如玉说："何来恭喜？"

原贵说："听说皇上指婚，把公主殿下许给臣的弟弟原喜，岂不是可喜可贺？"

如玉刚要说话，如花抢着说："行了，你先回去吧，这儿没你的事了。"

如玉说："是不是你告诉原贵，我和原喜要成亲了？"

如花说："是呀，不是为了让他来给你表演吗？我还没有恭喜你呢。"

如玉说："你还说，看我怎么收拾你。"说着就和如花打闹了起来。如花说："饶了我吧，我再也不敢了。"

到了原府，原贵对原喜说："弟弟恭喜呀，听说你和如玉公主要成亲了。"

原喜说："你从哪里听来的消息呀？"

原贵说："如花公主告诉我的。"

原喜说："她骗你呢，再说了，咱们只是一品大员，就算要许配，皇上也不能让自己的女儿受苦呀。"

原贵说："那倒也是。"

12

在寝宫里，丫鬟林秋红（时年 19 岁）在刷尿桶，一边刷一边哭："天天刷尿桶，什么时候是个头呀？"

丫鬟孙睿（时年 17 岁）走过来说："你得了吧，你年纪都这么大了，还想攀高枝呀，真是异想天开。"

林秋红说："你不也一样，还说我，这是五十步笑百步。"

孙睿说："我怎么会是五十步呢，最起码我还比你年轻呢，将来我有可能一夜成名，这一百步很快就会走完的。你就不一样了，人老珠黄，只怕这辈子连五十步也不会走完。"

林秋红说："你竟敢侮辱我，你将来会有好下场吗？"

孙睿说："咦，你要是不服气的话，你让大家评一评，看看咱们俩谁好看呀。"她招呼在场的其他丫鬟。

丫鬟们都说："当然是孙睿姐好看呀。"其中一个丫鬟说："林秋红比孙睿姐老多了。"

林秋红听了这句话就非常生气，走开了。

这天，如花和如玉在长廊上看见了才人周白林（时年35岁）在跟太监林永生聊天。林永生说："我说周才人，你就死了这条心吧，你都这么老了，三四十岁的人了，皇上怎么可能喜欢你呢？"

周才人说："我知道，可是宁可信其有，不可信其无。如果不受宠的话，就会被这里的才人欺负，尤其是那个林红绸林才人，她看我不受宠总是讽刺我，而且她现在正是受宠的时候，您就帮一帮我吧。"

如玉奇怪地小声问如花："周白林周才人，她是谁呀？"

如花说："她你都不知道呀，周白林，是一个才人，因为年轻的时候犯下了一个大错，父皇不再宠她了。现在老了，想重新得到父皇的宠爱。"

如玉说："原来如此，走，咱们去看看。"

林永生看见了如花和如玉到来，就说："如花公主吉祥，如玉公主吉祥。"

如花说："林公公，你怎么跑到这儿来了，怎么不去服侍父皇呀？

林永生说："是，奴才这就去服侍皇上。"说完就离去了。

13

晚上，如花和如玉要睡觉的时候，如玉说："明天咱们去看看小花儿吧。"

如花说："好呀，好久没有去看她了，不过只有咱俩去没意思，不如叫上太子哥哥一起去吧。"

如玉说："好。"

第二天，如花和如玉到了太子府。如花说："太子哥哥，你跟我们一块出去玩吧。"

太子周一凡（时年 19 岁）说："我这儿还有一些事没有处理呢，没时间陪你们玩呀。"

如玉说："那你一会儿再处理嘛，先去玩一会儿吧，放松一下嘛。"

太子说："真拿你们两个没办法，好吧。"

如花、如玉和太子坐上马车。不到半个时辰，一个小镇出现在眼前。太子掀开轿帘说："这是哪儿呀？"

如花说："这是临云镇，我们要去一个大院子里。如玉，银子带了吗？"

如玉说："放心吧。"

到了大院子里面，小花儿说："是你们呀，快请进！"

如玉从袖子里掏出一个小包说："这是给你们的银子。"

小花儿展开小包，见里面全是白花花的银子。小花儿说："杨柳，杨欢，你们看，咱们有银子了，今天晚上咱们买点儿肉给大院子里的人吃。"

　　如花说："我们会及时给你们送银子来的。"

　　杨柳说："我们碰到好心人了。"

　　杨欢说："这位是谁呀？上次你们来好像没有这个人。"

　　如花说："这是我们的哥哥周一凡。"

　　此时，如花和如玉都发现了周一凡一直盯着小花儿看……

　　在回来的马车上，如玉一直在叫太子哥哥。

　　如花说："别烦他了，他现在肯定是在想小花儿呢。"

　　太子说："谁想她了？"

　　如花说："你还不承认？在那个大院子里，你的眼睛死死地盯在小花儿的身上，现在又发呆。"

　　如玉说："真是一见钟情呀！"

　　太子说："不许瞎说！"

14

　　到了晚上，太子到了如花和如玉的宫里，看见了皇后娘娘。

　　太子说："母后，您怎么来到这两个疯丫头的宫里了？"

　　皇后说："我来看一看你们，你们这两个疯丫头，又到哪儿疯去了，这么晚了才回来。"

　　太子说："母后，我先走了，今天这两个疯丫头老是缠着我，玩到这么晚，我那儿还有一些事没有处理呢。"

　　如花说："太子哥哥你回来，跟母后说一说你的终身大事。"

　　太子说："行了，别在这儿添乱了，我还有事先走了。"

皇后说："凡儿，你过来，母后找你们来是有一件事情要问你们。正好凡儿也在这儿，我就一起说了，皇上要南巡，你们三个陪同吗？"

如花说："去哪儿南巡呀？"

皇后说："就是临月镇。"

如玉说："那父皇要暴露自己的身份吗？"

皇后说："怎能暴露？只是微服出巡。"

如花说："又可以出去玩了，我双手赞成。"

如玉说："谁伴驾呀？"

皇后说："原贵、原喜，还有原生利和太子，就这几个人，还有十天就要动身，你们赶紧准备一下。"

太子说："知道了，我先走了。"

15

皇后走了不久，如花的侍女雪花正提着灯笼往回走。忽然后面有人拍她，原来是雪花的表哥静祥（时年 19 岁）。雪花说："表哥，怎么是你呀，你怎么进宫的？"

静祥一下捂住雪花的嘴说："别出声，我是化装成小太监进宫的。我还有一套太监服，待会儿你换上就跟我走。"

雪花说："跟你走，去哪儿呀？"

静祥说："出宫呀，表哥这次一定要帮你逃出去。"

雪花说："我看还是算了吧，我如今是如花公主身边的贴身宫女，离不开的。再说了，就算是出宫了，官兵也会搜到我的，咱们也不能成亲。”

静祥说：“咱们可以做一点儿小生意，快快乐乐地在乡下过日子，不是挺好的吗？”

他忽听见如花的声音，她在喊雪花。雪花让静祥躲起来：“公主殿下来了。”

如花说：“见你半天不回来，所以我才出来找，赶紧回去吧。”

在凌云宫里，太监来喜对皇后说：“回皇后娘娘的话，奴才最近没有观察到皇上特别注意哪一位女子。”

皇后说：“好，以后要多加小心，连如花如玉的宫里也不能放过。”

来喜说：“这样不太好吧，皇后娘娘，您是公主殿下的母亲。”

皇后说：“正因如此，才要保护她们。如果她们宫中的宫女当上了妃子，就会对她们不利。好了，本宫累了，你先退下吧。”

来喜说：“是，奴才告退。”

皇后说：“等一下，月霞去拿一百两银子给来喜。”

来喜说：“谢娘娘。”

来喜走后，月霞说：“娘娘，这是新进贡的普洱茶，您尝一尝。”

皇后说：“现在什么时候了？”

月霞说：“刚过午时。”

皇后说：“这新进贡的普洱茶不是苦的吗？怎么是甜的？”

月霞说：“回娘娘的话，奴婢知道娘娘的胃不好，不能吃太苦的东西，所以就把那些茶叶拿出来了，只放了点儿普洱，所以才会非常甜。"

皇后说："月霞，还是你心细，本宫还未吩咐，你就替本宫打点好了一切。"

月霞说："照顾娘娘是月霞的本分。"

皇后从腕上摘了一个镯子说："这个是云南的玛瑙镯子，赏给你了。"

月霞说："谢谢娘娘！"

月霞走在路上，突然一个宫女撞了她一下，镯子掉在地上摔了个粉碎。

月霞说："没长眼睛呀，把这么珍贵的东西摔在了地上，你是哪个宫的？"

宫女怯生生地说："我是奇霞，是周才人的丫头。"

月霞说："我说呢，这么不小心，原来是那个不受宠的周才人宫里的。你知道你弄掉的是什么吗？是皇后娘娘赏给我的玛瑙镯子！说吧，拿什么赔？噢，我忘了，你的珠宝一点儿也没有，你是要拿你头上那毫不起眼的两只素银簪子赔呀，还是要拿你手上那两个送人人都不要的镯子赔呀？"

奇霞说："我可以都给月霞姐姐。"

月霞说："罢了罢了，你的那些东西我也看不上，这次就饶了你吧，还不快滚。"

16

奇霞走在长廊上，自言自语："呸，我和你都是宫女，都一样，你怎么敢这样说我？等我有了权，把你的皮给扒了，不就是弄坏了你一个镯子吗？"

这时，她听见了梅花和雪花的交谈。梅花说："公主殿下待咱们可真是好，一个月就赏咱们这么多东西，咱们真幸运，做了两位公主的贴身丫头。"

雪花说："就是，公主殿下不仅待人好，还是皇宫里最美的公主呢，咱们真是福气。"

奇霞想："我为什么不巴结巴结如花公主和如玉公主呢，这样说不定就能一步登天了。"

在周才人的屋里，周白林说："给我倒杯水，奇霞。"

奇霞说："才人，水不就在您跟前吗？"

周白林说："我让你这个奴才给我倒，有什么不对吗？"

奇霞说："才人，您要是真有本事的话，就拿出您的真本事让皇上宠幸您，别跟奴才这儿耍臭架子呀，否则您受欺负，奴才也跟着受欺负。今天奴才还挨了月霞的一顿骂，您也努力点，别连累了奴才。"

这时林红绸（时年28岁）正好从这儿经过，听到了她们两个的对话，便笑着说："哎呀，周白林，我可真是替你悲哀，你看你不受宠了，就连你身边的宫女也轻视你。"

周白林说："我的宫女对我怎么样关你什么事，用不着你林姐姐瞎操心。"

林红绸说:"哎,现在我可别生气,免得不招皇上喜欢。"说完就笑着走了。

奇霞说:"才人您看,您不受宠就是这样,真不知道皇上怎么会召您进宫……"

奇霞来到御膳房对宫女说:"哪个炉灶可以烧水?我要给周才人弄茶水喝。"

一个宫女说:"喂,你烦不烦呀,我还以为是月霞姐姐呢,没看见我忙着吗?自己找一个去。"

奇霞正在摆弄炉子,只听见一个悦耳的声音叫道:"银燕!"

银燕叫道:"月霞姐姐,怎么啦?今天皇后娘娘想吃点儿什么点心呢?"

月霞说:"杏仁卷吧,娘娘说很香甜可口呢。"

银燕说:"好,我这就去给你拿。"

月霞说:"哟!这不是奇霞吗?你自己弄茶水呢,哎哟,这不受宠可真是可怜,连喝杯茶水都那么麻烦。"

银燕说:"月霞姐姐,杏仁卷准备好了,你拿回去吧。"

月霞拿出一个蝴蝶的玉佩说:"给,银燕,这是给你的。"

银燕说:"给我的?还是月霞姐姐好,不像有些人,来了吃白食也不知道送给别人点儿东西。"

月霞说:"怎么样奇霞,也不赏点儿东西给银燕?"

奇霞说:"我没有,下次再给你。"说完端起茶杯就走。

月霞看见炉灶在冒泡,就问奇霞:"你刚才是用哪个炉灶烧的水?"

奇霞指了指左边那个炉灶说："我是拿这个炉灶烧的水。"

月霞说："你知道这锅里面炖的是什么吗？是给皇后娘娘中午补身子的鸡汤，是皇上从草原带过来的，还千叮咛万嘱咐地对娘娘说一定要天天喝！"

银燕说："你怎么也不问问哪个炉灶可以用，就随便用那一个呀？"

奇霞说："我刚才不是问你了吗？你让我自己找一个。"

月霞说："你自己犯了错，还先把责任推到别人身上，就算你问过银燕，那她也没让你用这个炉灶呀，现在怎么办呀？"

奇霞说："值得你这么急吗？又不是救命的仙丹，娘娘又不是马上就死了。"说完就往外走。

月霞说："你站住，你刚才说什么，说娘娘马上就死了，你是不是在咒娘娘？你等着，等我回去禀告娘娘，那十八种酷刑，我看你禁得住哪一个。"说完拿起杏仁卷就走。

在凌云宫，月霞说："娘娘，这就是事情的经过。"

皇后说："这么大胆，居然敢咒本宫，不过是一个不受宠的才人罢了！"

月霞说："娘娘，这不受宠的才人的丫头都这么胆大包天，这要是受宠的主子丫头岂不是要骑到娘娘您的头上来了。您要不教训一下她们，她们就会不知天高地厚，也算是给其他嫔妃的一个警告。"

皇后说："走，别忘了准备十八种刑具。"

月霞说："奴才早就准备好了。"

奇霞给周白林倒了一杯茶，周白林喝了一口说："这茶怎么是凉的，给我换热的。"

奇霞说："才人，您就别挑了，能有一杯茶就已经不错了，您还挑三拣四的。"

正说着，只听一个太监说："皇后娘娘驾到。"

18

周白林说："皇后娘娘吉祥！"

皇后说："你刚才嫌茶太凉了，真是有其主必有其仆呀，你的丫头奇霞居然敢骂本宫。"

奇霞忙跪下说："娘娘，奴才不知道您在说什么呀？"

皇后说："你还不承认，你在御膳房是怎么说的？"

奇霞刚要开口，皇后说："你不用跟本宫说什么，月霞都跟本宫说了，本宫要亲自调教一下你，周才人你不会反对吧？"

周才人说："奴婢当然不会反对，奴婢也想调教一下她。"

到了凌云宫里，只见桌上有各种各样的刑具。奇霞忽然想起月霞的话："等我回去禀告娘娘，那十八种酷刑，我看你禁得住哪一个。"皇后说："来人，把她给我押过来。"

皇后揪着奇霞的脸说："你敢咒本宫，本宫就让你尝尝这刑具的厉害，来人啊，用刑！"

太监问娘娘："先用哪一个？"

皇后说："先用最轻的夹手指，给本宫夹一个时辰。"

奇霞不停地说："娘娘饶命，奴才再也不敢了。"

月霞在旁边偷偷地笑了。

19

大概过了一个时辰，太监说："娘娘，还要用哪一个刑具？"

皇后说："本宫也不想管了，重打二十大板就行了。"

奇霞说："娘娘，您就饶了奴才吧，奴才也是有口无心，奴才以后再也不敢了。"

皇后说："无心的都说成这样，有心的那还了得？为了让你长点儿记性，来人啊，给我打！"

挨完了二十大板，奇霞晕了过去。皇后让人用凉水把她泼醒，奇霞有气无力地说："娘娘，奴才以后再也不敢了，您就饶了奴才吧。"

皇后说："这次本宫先饶了你，下次要是再敢咒本宫的话，可不是挨几板子的事了，你的命可就没了。来人，拖出去。"

奇霞被拖走以后，皇后摸着头说："这几年精神越发不够了，有这么胆大的丫头，本宫竟然没有发现。"

月霞说："娘娘，您不用担心，这只是一个，日后肯定不会有了。"

皇后说："但愿如此吧。"

这天奇霞走在长廊上，林永生过来说："怎么样？挨板子了吧！"

奇霞说："你是不是来看我笑话的，我挨板子你很高兴吗？"

林永生说："我听说你挨板子特地来看一看你，你要这么说，我岂不是好心当成驴肝肺了，对了，今后你打算怎么办呀？"

奇霞说："我打算巴结一下如花公主和如玉公主，看看能得到点儿什么。"

林永生说："我听说如花公主的桃花粉少了许多。"

奇霞说："这倒是个好主意，你有没有桃花粉呀？"

林永生说："有倒是有，可如花公主的是从西藏进贡的最好的桃花粉，我的就是普普通通的，桃花粉送去了可能公主殿下不会喜欢。"

奇霞说："你快点儿拿出来吧，有可能送去点儿桃花粉就能拿到好多东西，少不了你的好处的。"

林永生说："那好吧。"

到了如花的宫中，奇霞刚要进门就被雪花拦在门外，雪花问："你是谁呀？"

奇霞说："这就是雪花姐姐吧，我叫奇霞，是周才人宫里的。请问如花公主和如玉公主在吗？"

雪花说："如花公主正在午睡，如玉公主出去玩球了，你有什么事呀？"

奇霞说："也没有什么大事，就是我有点儿桃花粉，是来孝敬公主殿下的，请姐姐帮我转交给如花公主。既然如花公主在休息，我就不打扰了。"

走到半路的时候，看见如玉公主正在玩球，如玉把球扔得远了一点儿，奇霞接住了。

如玉说："大胆，竟然敢接本公主的球。"

奇霞说："如玉公主吉祥！"

如玉说："你是哪里的丫头呀？居然敢接我的球？"

奇霞说："回公主殿下的话，奴才叫奇霞，是周才人的下人，刚给如花公主送完桃花粉，刚巧又遇到了如玉公主，一时失手才接住了公主殿下的球。"

如玉说："原来是周才人的丫头呀，哼，无事献殷勤，非奸即盗。你干吗给我姐姐送桃花粉呀，不就是想攀高枝吗？当然你送的姐姐也不会喜欢，因为姐姐的可是公主专用的桃花粉，而你的呢？全都是破烂货。所以，你送了也是白送。还愣着干吗？我说了这么多你还不觉得害臊吗？快滚！"

20

如花醒来后梳妆，雪花过来说："公主殿下，有人给您送了点儿桃花粉。"

如花说："把它给我呈过来吧。"

如花看了一眼说："这是谁送过来的？"

雪花说："是一个宫女叫奇霞，好像是周才人的丫头。"

如花说："我说呢，怪不得这个桃花粉那么普通呢。她是周才人的丫头，送这个桃花粉无非就是想巴结我，不理她，把它给扔了吧。如果她问起来你就说是嫌这个不好，让你给扔了。另外，我现在也不用桃花粉，留着也是浪费。"

雪花说："是。"

如花说："好了，我们走吧。雪花，你觉得我妆化得怎样？漂亮吗？"

雪花说："漂亮呀！"

如花说："可我觉得单调了点儿。"说完便从梳妆台上拿了一根绿玉色的簪子插在头上。

如花说："走吧。"

雪花说："公主殿下，您还去找原公子学琴呀？"

如花说："对呀，怎么了？"

雪花说："公主殿下，恕奴才多嘴，如果您天天去找原公子学琴的话，会犯了宫中的规矩。如果那些闲言碎语传到皇上和皇后娘娘的耳朵里，那您可就惨了。"

如花说："管他呢，我整日困在宫里，去外面找点儿快乐都不行呀，反正我也管不了那么多。"

如花摘了些花，来到了原府。来到长廊，她从帘子里悄悄看到原贵在写字，就猛地拍了一下原贵的肩膀。

原贵吓了一跳，看见是如花："如花公主吉祥。"

如花说："别那么多礼了，我今天找你是来学那首《忆江南》的。"

原贵说："臣一共有30首曲子，前面29首您都一学就会，可为什么偏偏这首《忆江南》总是学不会？"

如花说："因为这首不合我的性格呗，所以才很难嘛。学琴的事先不忙，我要去你的房间参观一下。"

原贵说："请！"

到了原贵的房间里，只见到处都是破破烂烂的，就连被子也有好几个洞。

原贵说："我和弟弟晚上就睡在这儿。"

如花说："你这里面除了书和一张桌子，怎么什么陈设都没有呀，被子上还破了好几个洞。你应该多放点儿物品，还有那个被子也该换了。"

原贵说："府里的收入能吃上饭就不错了，哪还有闲钱弄这些东西呀。"

如花说："这屋里好像少了点儿气氛。"说完就把自己的鲜花插进了一个花瓶里，"现在是不是温馨点儿了呀？"

她突然看见桌子上有两张纸，各画着一对鸳鸯。如花说："你这个能送我吗？"

原贵说："当然可以，公主殿下，咱们还是学那首《忆江南》吧。"

如花心想："这个傻瓜，我要是一学就会，以后还有什么理由来找你呀？好好好，就听你的吧。"

原贵弹了一会儿说："公主殿下，要不要休息一会儿，吃点儿点心？"

如花说："好吧，正好我也累了，那就休息一会儿吧。"

原贵拿出两盘点心说："公主殿下，臣府里没有什么别的东西，只有这点儿东西，不成敬意。"

如花说："挺好的呀，还有我最喜欢吃的芙蓉糕。"说完拿起一块芙蓉糕就往嘴里塞。

原贵说："都说清水出芙蓉，公主殿下如此天生丽质，有可能就是吃芙蓉糕的缘故吧。"

如花说："我怎么不觉得我漂亮呀？"

原喜说："皇宫里人人都说公主殿下漂亮，公主殿下听多了也便习以为常了……"

21

晚上，如玉玩球回来问梅花："姐姐呢？"

梅花说："回公主殿下的话，如花公主去找原公子学琴去了还没回来。"

突然，一个太监说："皇后娘娘驾到。"

如玉说："给母后请安。"

皇后说："如花呢，这个疯丫头成天不在宫中，到底跑哪儿去了？"

如玉说："母后，姐姐每天下午去找原贵学琴学到很晚才回来。"

皇后说："一个公主没有公主的样子，成天去跟男孩子混到一起。这传出去像什么话呀，等她回来我要说说她。"

如花说："好吧，时间不早了，我先回去了，明天我再来学，你可不能失约呀。"

原贵说："臣一定不失约。"

到了宫里，如花说："我回来了。"她突然看见了皇后，就怯生生地叫道，"母后，您怎么来了？"

皇后说："我怎么来了，你说我怎么来了，我再不来你就要反天了。"

如花说："我就是学琴去了，您至于说得这么严重吗？"

皇后说："严重吗？犯了宫中的规矩，男女授受不亲，你说严重吗？一个公主成天出宫，传出去像什么样子，我的脸全让你们俩丢尽了。"

如玉说："哎，母后说姐姐就说姐姐，干吗扯上我呀？"

皇后说："你也不成体统！成天去外面玩球，坐没坐相，站没站相的。"

如花说："早知道我们给您丢这么多脸，当初就不要生我们呀。"

如玉说："也省得给您惹事。依我看，姐姐就应该去找父皇做主，我就不信母后您能比父皇还厉害？"

皇后说："你们还敢顶嘴，我生你们养你们还怪我，你们真是气死我了。从明天开始哪儿也不许去，你要是想学琴的话，我叫乐器馆的一位乐工教你。"

如花像个木头人似的，面无表情："皇后娘娘，您是生我养我了，但您剥夺了我的自由和快乐。我现在才明白，原来亲情在您眼里还比不上一只可以随手捏死的蚂蚁。在您眼里只有规矩，我这就去找父皇做主，让父皇来评评理。"说完就往外走。

到了皇上的寝宫里，皇上正在批阅奏折。

如花哭着说："父皇，您可要为儿臣做主呀。"

皇上说："来来来，如花先起来说，什么事呀？"

如花泣不成声："我刚从原府学琴回来，本来高高兴兴的，没想到母后来发火，说我破坏了宫中的规矩男女授受不亲，以后就不准儿臣出宫了，还扯上了如玉，说她的脸全被我和如玉丢尽了。您说说儿臣到底有哪点儿不对，她凭什么这样说儿臣？"
皇上说："先不要着急，待会儿问问你的母后再说吧。"这时
皇后也来了。

22

皇后说："给皇上请安。皇上，如花犯了宫中的规矩，臣
妾只是教训了她一下，她却说早知道这样当初就别生她了，皇
上您看这讲理吗？"

如花说："是您先说我给您丢脸的，您现在怎么怕起来了？
您那股教训人的劲跑哪儿去了？还在父皇面前撒谎。我从来就
没有见过这么不要脸的母亲，我要是您的话，羞得真想找个地
缝钻进去。"

皇后说："皇上您听听，我是说给我丢脸了，可她这样不
就是在给臣妾丢脸吗？"

皇上说："如花，你的母后说得对，不能犯了宫中的规矩。
而且你刚才说的那些话太伤你母后的心了，从明天开始，你只
能在宫中待着。"

如花说："我天天在宫中待着，肯定会憋死的。"

皇后说："你身为公主，就应该在宫中，别老出去跑了。"

如花说："我忘了父皇不仅是我的父亲还是皇上，皇上怎
么会允许我破坏宫里的规矩呢，他的脸往哪儿放？还有母后您
总是批评我，您有没有想到我心里是什么感受呢？有时候我甚
至怀疑我是不是您的亲生女儿，母后我恨你，我恨你。"如花

说完就往外跑了。

皇上说："不要生气，如花就是这样，过两天就会没事的。而且，咱们很快就南巡了，到时候就会好起来的。"

皇后说："皇上，臣妾不是生气，是心寒。我是为她好，她却恨我。"

如花回到宫中，趴到床上哭得很伤心。

如玉对她说："姐姐，父皇和母后到底跟你说什么了，让你这么伤心，你倒是说一句话呀。"

这时候，如花养的小白猫可可喵喵地叫了起来。如花抱起可可说："父皇不让我出宫了，只有可可是我最好的朋友了。"

第二天，皇上正在午休，只见如玉匆匆忙忙地赶过来了，却被林永生拦在门外。

林永生说："公主殿下，皇上正在休息，吩咐过谁也不许打扰，如果公主殿下没有要事，请先回去。"

如玉说："我就是有要事，我要见父皇，你给我闪开。"

林永生说："公主殿下，请容奴才通报一声。"

如玉说："这件事情不用通报，我自己去跟父皇说，林永生你再不闪开我可就不客气了，到时候我告诉父皇，让父皇扒了你的皮，你还能在这儿站着吗？只怕你的命都要没了，你给我让开。

室内皇上听到吵闹声，说："是如玉吗？让她进来。"

如玉进门就说："父皇不好了，出大事了，姐姐绝食了。"

皇上一惊："你说什么？绝食？"

如玉说："是绝食，姐姐自从昨天回去大哭了一场以后，今天早上就不吃不喝，只是在窗台前站着。"

皇上说："先别着急，去找皇后来。"

23

在凌云宫里，皇后正在伤心。

月霞说："娘娘，您别伤心了，公主殿下还小，长大以后她肯定会明白您对她的苦心的。"

皇后哭着说："她说她恨我，我在后宫里每天在跟那些嫔妃周旋，不就是为了她们吗？我让她守规矩，就是为了不让其他嫔妃抓住把柄，这不也是为了她们吗？"

皇后说："我所做的一切都是为了她们，我是爱她们的呀，她们却恨我，一个人的爱怎么能换来恨呢！"

只听见外面太监高喊："皇上驾到。"

皇后忙擦干脸上的泪痕说："皇上吉祥。"

皇上说："你的那些规矩不让如花出宫，如花都绝食了。"

皇后回答："臣妾有罪。"

皇上说："这不能怪你，要怪就只能怪如花太任性了。咱们现在一起去看一看如花吧。"

皇后说："好。"

在如花如玉的花青馆里，如花什么也不干，只是抱着可可望着窗外。

雪花说："公主殿下，奴才求您了，您就吃点儿吧。"

这时，室外太监拉长声音高喊："皇上驾到！皇后娘娘驾

到！"如花也不走，无动于衷。

皇上问："如花，为什么不吃饭？味道不会吃腻了吧？如果都不是，那就赶快吃吧。"如花不理。

皇上又说："这是圣旨，难道你要抗旨不遵吗？"

如花说："父皇，儿臣抗旨不遵，你就杀了儿臣吧。其实儿臣现在活着还真不如死了。"

皇上说："朕知道，你是气朕不让你出宫，朕已经告诉各个宫门的侍卫不让你出宫。你要出宫的话朕和你母后都不拦你，只要你能出去这宫门你就出。"

说完皇上和皇后就走了。

如花说："哼，我还真能出去这宫门。雪花，我要吃饭，把饭拿过来。"

雪花说："是，奴才这就去拿。"

晚上趁如玉睡着的时候，如花偷偷地换上了太监服，拿了一大袋子银子，把自己的衣服带上，再抱上可可就走了。走到宫门，却被侍卫拦住了。

如花忙掏出腰牌："我是花青馆的小行子，公主殿下派我送点儿东西给原贵公子。"

侍卫说："原来是小行子呀，公主殿下不能出宫，竟派你送东西，行了，走吧。"

如花在路上跑着，走到半路的时候，看见一辆马车驶过来。

如花上前问道："车夫，坐一次你的车要多少钱？"

车夫说："不多，三文钱就够了。"

如花掏出一锭银子说："不用找钱了，去梁山沟。另外我待会儿要换一下衣服，等我换一下衣服再走。"

车夫说："我就知道，你给我这一锭银子肯定不是白给的，除了送你去梁山沟，还有很多忙要帮。行吧，你上来吧。"

如花说："我的小白猫可可不会弄脏您的车吧？"

车夫说："不会，不会，赶紧上车吧。"

到了车上，如花换完衣服说："走，越快越好。"

第二天凌晨，如玉醒了，发现如花不在床上，就起来问雪花："姐姐呢？"

雪花说："如花公主失踪了？奴才不知道呀。"

如玉说："还愣着干吗？还不快找去。"雪花说："是。"

皇宫里所有的宫女都在叫："如花公主，如花公主！"

呼声惊醒皇上，问皇后："外面怎么了？"

皇后说："好像在找如花。"

皇上说："这些人总爱大惊小怪的，朕已经严令皇宫各个宫门，如花不会出皇宫的。"

如玉来到凌云宫说："林公公，我有急事要见父皇。"

林永生说："公主殿下，您这两天怎么老有急事见皇上呀，不会是借此机会想出去玩吧？"

24

如玉说："姐姐都失踪了，我哪有心情出去呀。林永生，别给你点儿阳光你就灿烂，你还敢教训我了。你不过是父皇的贴身太监罢了，就要起威风来。要是父皇知道是你不让我进去……哼！你让开。"

如玉说："父皇，姐姐失踪了，到现在还没有消息。"

皇上说："她不会走出这宫门的，朕敢保证不出半个时辰她肯定能回来。"

如玉说："这次是真的出去了，可可不在。"

皇上说："可可不在怎么了？有可能是抱着可可出去玩的。"

如玉说："不会的，姐姐如果不出皇宫的话，是不会抱可可出花青馆的。"

皇上纳闷："她怎么可能逃出去呢？"

皇后说："皇上，怎么办呀，要不要告诉太后？"

皇上说："不能告诉太后，太后已经因为铃儿的病犯了心脏病了，不能再受打击了。如果再告诉她如花失踪了，肯定会雪上加霜。"

皇后说："那怎么办呀，总得找到如花吧。"

皇上说："先不要着急，先让官兵到各家各户去搜查，看看有没有如花的下落。"

到了山里，车夫说："姑娘，就是这里了，我就不送了。"如花拱手说："谢谢您！"

车夫走了以后，如花看了看这山，感觉很害怕。突然有一只大狗扑过来，如花忙说："你走开，不要过来。"

如花恍恍惚惚看见了一间小茅草屋，就进去一看，里面没有别人，是以前认识的杨柳和杨欢，还有小花儿。

杨柳看见了如花说："杨欢，你看谁来了，这不是凌空吗？"

杨欢说："是凌空大救星来了。"

小花儿说："太好了，是凌空，我们又有银子使了。"

杨柳、杨欢忙招待如花坐下。

如花说："你们到山下来，怎么不住客栈光住这破破烂烂的茅草屋呀，这山下应该有客栈呀。"

杨欢说："唉，别提了，这山里竟一个客栈都没有，好不容易找到了一个，可是我们没钱。上次您给我们的银子早就花完了，那老板娘死活不让我们住。我们就只能住在这个茅草屋里了，还饿着肚子。"

小花儿看见如花抱着可可就一把夺过来说："小白猫，哈哈，太好了，我又可以拿这个哄孩子让他别哭了。"

说完走过去对一个小孩说："小兔子，你看这只小白猫可爱吗？"哪知那个孩子一下就把可可摔到地上，哭着说："我不要小白猫，我要吃饭，我要吃饭。"

如花看到了这一幕，忙把可可抱起来。杨柳说："您别生气，我们好多孩子哭着闹着要吃饭，这个孩子叫小兔子。因为饿，所以就很闹，您别太在意。"

如花蹲下来对小兔子说："小兔子你饿吗？"

小兔子说："我已经两天没吃东西了，我饿，我饿！"

如花说："小兔子乖，待会儿凌空姐姐给你找吃的好不好？"小兔子说："真的吗？你可不许骗我呀。"

如花说："骗你就是小狗，杨柳那个客栈在哪里，带我去。"

到了客栈，如花对老板娘说："我们要在你这儿借住几晚。"说完便从包里掏出一锭银子说，"这是给您的，要是不够的话我们还有，再给我们来点儿吃的。"

老板娘咬了一下银子说："是真的，行，要什么有什么。"

到了一间客房，如花拿出一个包子对小兔子说："小兔子有吃的了，高兴一点儿，不要哭了。"

如花说："你们不是在城里吗？怎么到山里面来了呀？"

杨柳说："别提了，一听说如花公主失踪了，我们怕官兵又来搜查我们的大院子，就想到山上避一避。没想到银子没了，这个孩子又哭又闹。要不是您替我们解围，我们真不知道怎么办才好。对了，您怎么也到乡下来了，还有凌云呢，她怎么没有一起来？"

如花说："我也是到山里来躲几日的，凌云因为不想来山里，所以我就自己来了。"

25

这边，如玉正在着急，忽然听见梅花来报："公主殿下，原贵公子来了。"

如玉说："快请他进来。"

原贵说："如玉公主吉祥。"

如玉说："原贵公子有什么事吗？"

原贵说："如花公主呢，她昨天答应臣去原府学琴怎么没去呀？"

如玉说："她出皇宫了。"

原贵说："怎么回事呢？"

如玉说："昨天她不去找你学琴是因为父皇和母后把她给

困在宫里了，现在是出皇宫了。哎，原贵，姐姐丢了，你为什么这么着急？"

原贵说："臣着急是因为如花公主丢了，我们也会心有不安的。"

如玉说："这话怎么说？"

原贵说："公主殿下您想想，我们吃着朝廷的俸禄，如果连一个公主都保护不了的话，那对得起皇上吗？"

原贵到了原府，原生利对他说："贵儿，你去皇宫干吗呀？父亲问你话呢。"

原贵说："我去问一问如玉公主，如花公主去哪儿了。"

原生利说："那后来怎么样呢？"

原贵说："如花公主出宫了。"

原生利很吃惊地说："你说什么？出宫了？她是傻瓜呀，有荣华富贵不享受，非得出宫呀？"

原贵说："因为她嫌宫里没有自由，没有快乐，所以就出宫了。"

原生利说："哎哟，我怎么那么命苦呀，这如花公主一走，我们原府的荣华富贵全都泡汤了。"

原贵说："爹，您刚才说的我不明白，如花公主一走，咱们原府的荣华富贵就泡汤了？"

原生利说："你想呀，如花公主每天来找你学琴，有可能还可以在皇上面前说几句好话，能把我提一把，可现在是一点儿希望也没有了。"

原贵说："如此说来，父亲是在利用如花公主吧。"

原生利说："可不是吗？"

原贵说："父亲，如花是个很单纯的女孩，她最讨厌的事情就是别人拿她当筹码。如果让她知道了，也许她会更痛苦。"

原生利说："贵儿，你怎么这么傻呀，难道你情愿每天住在这个破破烂烂的地方，不想住丞相府吗？哎，你该不会是喜欢上如花公主了吧？"

原贵说："怎么可能呢？就算是喜欢，咱们哪有资格娶人家？"

原生利说："所以呀，要巴结如花公主才能得到荣华富贵。"

原贵说："父亲，实话跟您说吧，我根本就不想要什么荣华富贵，我就想踏踏实实地过一辈子。"

原生利说："你真傻。"

皇后在凌云宫里跪在菩萨面前说："菩萨，求求您发发慈悲让我的如花能早点儿回来,信女在这里给你祷告了。菩萨保佑，菩萨保佑。"

月霞说："娘娘，您如果这样子的话如花看到一定会伤心的。"

皇后说："她如果心里真有我的话，就不会这么长时间不回来了。她现在一定恨死我了，菩萨保佑我，求你了。菩萨保佑我的如花早点儿回来，菩萨保佑。"

皇后念着念着突然晕倒了。

月霞哭喊着："娘娘，您醒一醒呀娘娘！"

26

第二天，月霞到了御膳房找到银燕。

银燕说："月霞姐姐，皇后娘娘怎么样了？"

月霞说："还病着呢，对了，还有热粥吗？"

银燕说："还有一点儿，我给你拿去。"

不一会儿，银燕就端来一碗小米粥，月霞说："银燕不要担心，如花公主一定会回来的。"

银燕说："月霞姐姐，我不是担心这个，我是担心如果如花公主不回来的话，皇后这病如果再这样拖下去，怕是撑不住的。"

月霞说："如花公主应该会回来的，因为娘娘毕竟是她的母亲。如花公主心地那么善良，绝对不会丢下自己的母亲不管。好了，不要胡思乱想了，我先走了，娘娘那儿离不开人的。"

到了凌云宫，月霞说："娘娘，您都好几天没吃东西了，您好歹也喝一口粥呀。"

皇后说："我的如花不回来我不吃，我要让我的如花亲自喂我喝粥。"

月霞说道："可是娘娘……"

皇后打断了她："行了，什么都不要说了，退下吧。"

月霞说："是。"

这天，在皇上的寝宫里，皇上正在踱来踱去，突然听见一个太监说："皇后娘娘驾到。"

皇后说："皇上吉祥。"

皇上说："皇后平身吧。"

皇后说："谢皇上。皇上，如花有消息了吗？"

皇上说："还没有呢。"

这时，一个太监喊道："皇上，太后来了！"

皇上说："奇怪，太后怎么亲自来朕这儿呢，难道如花失踪的事让母后知道了？"他还没反应过来，太后就进来了。

皇上说："儿臣给母后请安。"

皇后也跟着说："儿臣给母后请安。"

太后（时年 70 岁）说："你还要瞒哀家多久？"

皇上说："太后在说什么？儿臣怎么听不懂？儿臣好像没有什么事情瞒着太后吧。"

太后说："你还装，如花失踪是怎么回事？"

皇上说："如花确实是失踪了，不过请太后放心，朕一定会尽力找到如花的。"

太后说："最近咱们皇宫是怎么了？怎么坏事是一件叠一件啊，先是铃儿病了，再是如花失踪了。你说咱们皇宫是不是中邪了？"

皇上说："母后，您别瞎想了，朕一定会找到如花的。"

太后说："皇后，哀家已经把这件事的来龙去脉都调查清楚了，如花失踪是不是你逼的？"

皇后赶紧跪下说："太后，臣妾有罪，臣妾有罪。"

太后说："是不是如花去找原贵学琴你不让她去？你怕什么呀，如花是出宫找点儿快乐，有什么不对？好了，哀家先回去了，有时间去看一看铃儿吧。"

晚上皇后正在喝酒，月霞说："娘娘，您不能这么喝了，您喝这么多会伤身子的。"

皇后说："如花不知道我的苦心，难道太后不明白吗？有时想想也许如花说的是对的。我剥夺了她的自由和快乐，可这是我愿意的吗？我是被逼的。我永远是一片冰心在玉壶，可是为什么我所做的一切她们就不懂呢？"

月霞说："娘娘……"

皇后说："你再说话，就给本宫滚出去。"月霞说："是，娘娘。"

第二天，如玉正在发呆，梅花叫了她两声，如玉才"啊"了一声说："怎么了？"

梅花说："公主殿下，您想什么呢？"

如玉说："我在想能帮忙找到姐姐的都找了，怎么还是没有消息呢？不如去找一下冷宫原来的嫔妃，父皇有可能把她们给忘了，也许有的时候也有用的。"

梅花说："可是公主殿下，她们都疯了，只怕公主殿下还没跟她们说上一句话就被她们给吓出来了。"

如玉说："没办法，现在只能死马当成活马医，跟我去冷宫。"

梅花说："是。"

到了冷宫大门外，梅花帮如玉打开大门，只见有许多人，有的在稻草堆里躺着，有的却一边跑着一边说："皇上要宠幸我了，我太高兴了。"

只见有一个女孩看起来像十七八岁，向如玉扑来，抓住如玉的手腕说："大胆奴才，这里也是你能随便来的地方吗？这是本宫的寝宫，你根本就不知道这是什么地方，狗奴才！"

如玉使劲甩开对方，摸着胸口说："吓死我了。"

梅花说："公主殿下，奴才就说嘛，那些女人根本就不可靠。"

如花说："没想到这些人有这么疯，走吧，咱们回宫……"

27

到了花青馆里，如玉说："刚才那位女孩是谁呀，看起来好年轻呀。"

梅花说："公主殿下，那位是皇上原来的孙贵人。"

如玉说："孙贵人？"

梅花说："是孙贵人，奴才听说这位孙贵人七八岁的时候能歌善舞，所以被选入宫中为妃，因为遭人陷害，被皇上打入冷宫。因此，现在才有十七八岁的年纪。"

如玉说："可怜哪，这么年轻又这么标致，怎么这样苦命？！"

梅花说："奴才也替她伤心难过呢。"

如玉说："唉，冷宫那些女人肯定是靠不住的。"

梅花说："不如央求一下丞相的儿子潘圆呗。"

如玉说："潘圆？不行不行，我跟潘圆从来不来往的。再说潘文静的权势又那么大，潘圆有他父亲撑腰，这个忙他未必会帮我。"

梅花说：“可您毕竟是公主，公主之命他不敢不从。您只要把话说得客气一点儿，如果他不帮忙的话，您就只能对他不客气了。”

如玉说：“对呀，这条路也未必行不通，梅花没想到你这么聪明。”

梅花说：“奴才也就只有这点儿本事。能得到公主殿下的赞赏，奴才也算没白活。”

如玉说：“对了，铃儿妹妹的病怎么样了？”

梅花说：“公主殿下，奴才听说铃儿公主的病又加重了，前两天还能喝点儿粥，现在连粥也喝不下了，一天只是躺在床上。可是一天的时间有大半天在哭，有时哭着哭着就睡着了，这并不代表她的身体能好起来，反而会折磨她的身体。”

如玉说：“这怎么行呀，看来我还真的要去看看她了。”

到了铃儿的胭脂斋里，一个丫头对如玉说：“参见如玉公主，如玉公主吉祥。”

如玉说：“铃儿妹妹呢？”

丫头说：“公主殿下，您可来了，您快劝劝铃儿公主吧，天天在这儿哭，也不知道该怎么办好。”

如玉说：“那你快去通报一声。”

丫头说：“是。”

丫头走到床前说：“铃儿公主，如玉公主来了。”

铃儿（时年 16 岁）说：“你退下吧，我想跟如玉姐姐说一说话。”

丫头说：“是。”

丫头悄悄对如玉说："如玉公主您跟铃儿公主好好说一说话，让铃儿公主高兴一点儿，把心胸放宽一点儿。"

如玉说："我知道的，我会的，你先退下吧。"

丫头说："有公主殿下这句话，我就放心了，奴才告退。"

如玉坐到床前笑着说："听说妹妹好多了，如果姐姐知道了一定会笑得合不拢嘴的。"

铃儿说："如玉姐姐你不用哄我了，我知道我这病好不了的，而且现在如花姐姐失踪了，也不知道会不会回来，能不能找到。如果找不到如花姐姐的话就剩一个你，皇宫从此就会少了一个美丽的爱说爱笑的如花公主，那我活着还有什么意义？"

如玉说："你说的这是什么话，姐姐肯定能找到的，你现在最重要的就是养好自己的身子。等你病好了，姐姐又找到了，咱们三个还在一起玩。你还记得咱们一起放风筝吗？噢，对了。"

如玉从梅花手中拿过来一个盒子说："这是给你补身子的，里面是燕窝。"

铃儿强挤出一丝笑说："如玉姐姐，谢谢你，你还有别的事吗？要是有事的话你就走吧，我没事。"

如玉说："不急不急，我没事，在这儿多陪你一会儿吧。"

铃儿说："我累了，想休息了。"

如玉说："那好吧，我先回去了，你注意把自己的身子养好。"

铃儿说："我会的。"

如玉出了胭脂斋到了丞相府里，潘文静出来说："如玉公主吉祥。"

如玉说："平身。"

潘文静说："谢公主殿下。"

如玉说："潘圆在吗？我找他有点儿事。"

潘文静说："在，您等着，我这就去把他给您叫来。"

这时，潘圆出来了。潘圆说："公主殿下吉祥。"

如玉说："平身。"

潘圆说："谢公主殿下。公主殿下到此有何事？"

如玉说："那我就开门见山地说了，满朝廷的官员都知道姐姐失踪了，想必你也应该知道了吧。"

潘圆说："臣知道。"

如玉说："那我想请你帮个忙。"

潘圆说："公主殿下，请讲，只要微臣能办到的一定会在所不辞。"

如玉说："我要你帮的忙是帮我找到我姐姐。"

潘圆说："公主殿下，其实臣已经派人四处搜查，可是一点儿消息也没有。不过您放心，我一定会尽力而为的。"

如玉说："这么说你肯帮我这个忙了？"

潘圆说："那当然，公主之命谁敢不从。"

如玉说："那好吧，再找找，我先走了。"

潘圆说："恭送公主殿下。"

28

如玉出来了之后，梅花问："公主殿下，怎么样？潘公子他答应帮这个忙吗？"

如玉说："他比我还先行一步呢，我刚说完他就一口答应了。"

梅花说："真的？奴才就知道，只要公主殿下一出马，谁敢抗命。"

如玉说："贫嘴，好了，我们回宫吧。"

梅花说："好。"

第二天，皇上上朝了，众大臣跪下说："吾皇万岁万岁万万岁。"

皇上说："众爱卿平身。"

大臣们说："谢吾皇。"

皇上说："朕今天叫众爱卿来主要是商量一件事，想请大人们帮一个忙，众位爱卿应该都知道朕的女儿如花公主失踪了，你们也帮着找一找。太子！"

太子说："儿臣在。"

皇上说："这件事情就交给你了，一定要找到如花。"

太子说："是，儿臣遵旨。"

皇上说："好了，退朝。"

周一凡在太子府里正苦恼："如花呀如花，普天之下莫非王土，率土之滨莫非王臣，你说你能跑到哪儿去呀，急死我了。"

这时一个仆人来报："太子殿下，福亲王来了。"

太子说："快请进来。'

福亲王（林志豪，时年 18 岁）说："大哥。"

太子说："怎么样？有如花的消息了吗？"福亲王说："还没有。"

太子说："我就奇怪了，这里都是父皇的天下，就是如花跑到天边也能把她给找回来，怎么到现在连个人影都没有呢？"

林志豪说："大哥，别着急呀，你想想如果如花妹妹要逃的话一定不会离咱们很近，一定会跑得很远的。"

周一凡说："很远的地方？那如花会去哪儿呢？"

这一晚，如花抱着可可在床上坐着，她感觉自己闯了大祸，气坏了父皇，伤了母后的心，甚至还连累了大院子里的人。如花在发呆的时候，小花儿兴冲冲地叫了好几声凌空，最后大叫一声，如花才回过神来说："小花儿，你那么大声干吗？吓我一跳。"

小花儿说："我叫了你好几声了，你都不答应。"

如花说："是吗？"

小花儿说："当然了，外面下雨了，你要不要出去玩？"

如花说："真的？你等着，我马上出去。"

到了外面，如花见到了那一颗颗雨滴，心情也好了起来。突然，小兔子抱住如花的腰说："凌空姐姐，你怎么才出来呀，你陪我玩水好不好？"

如花说："好，我陪你玩。"

正说着，杨欢轻轻地叹了一口气。杨柳问："怎么了？"

杨欢说："也不知道什么时候才能回家，如花公主什么时候才能找到。"

杨柳说："就是，也不知道咱们的大院被官兵折腾成什么样了。"

小花儿说："唉，那如花公主是不是傻瓜呀，她可是皇宫

里最美丽的公主，有荣华富贵她不享，她干嘛非得逃出来呀？"

杨柳说："你给我住口，这可是掉脑袋的话，亏你也说得出口。要是被皇上知道了，你的小命还能保住吗？"

这时如花心里也在犹豫，她到底该不该回去。她不由得想起她跟原贵学琴的情景。"在这漫漫细雨中我怎么会想起原贵，我是太寂寞了吗？还是……不可能，不可能，我和他只有友谊，根本就没有其他的感情。"

这边，原贵站在窗台前拿着酒杯发呆。原喜走过来说："哥哥，你别担心了，如花公主那么聪明不会出事的。"

原贵问："弟弟，如花公主失踪了你怎么一点儿也不着急呢？"

原喜说："老实说，如果公主丢了我一点儿也不在乎，她要不是公主的话我才懒得找她呢。"

原贵说："那如果换成如玉呢，你会着急吗？"

原喜说："也许会吧。"

原贵心想："如花公主失踪了，我心里为什么如此之乱，难道像父亲所说的一样，自己喜欢上如花公主了？"

29

晚上，如花睡着了，突然梦见在听原贵弹琴，有人从天而降拿刀向她刺来。原贵说："小心。"他替如花挡了那刀，如花发现刀已经插入了原贵的心脏，如花刚喊"不要"时就被惊醒了。坐起身来一看，旁边熟睡的是小兔子。

　　她蹑手蹑脚地出去了，一边走一边想，以前我总认为不会喜欢上原贵，就算是去找他学琴也不会动心的，没想到他这么快就会成为我生命中的一部分，我是不是真的爱上他了？

　　第二天，原贵来到了花青馆，对如玉说："如玉公主如果不在意的话，请让我在如花公主的房间里多待一会儿吧。"

　　如玉说："当然可以，我去泡壶茶。"

　　原贵打开了如花的百宝箱，里面净是些小玩意，还有原贵送给她的木押纸。如玉进来说："这是姐姐的无价之宝。"

　　原贵说："这些有什么好留念的？"

　　如玉说："你不懂，对你来说可能不怎么重要，可对于姐姐来说是非常的重要，因为这里面所有的东西都有一个故事。比如，这个用剪子剪出来的老虎，是她小时候随父皇南巡时父皇买的纸老虎，而且是父皇买的唯一的纸老虎，这个金锁是她刚出生时母后送给她的。这个木押纸我还笑话她，不就是你送给她的一个木押纸吗？至于这么保存吗？可是她说这上面有着你节俭的气息。"

　　原贵回到原府，原生利说："你天天去花青馆，也没有如花公主的消息，你想把你父亲后半生的荣华富贵都给毁了吗？"

　　原贵说："钱钱钱钱钱，你眼里就知道钱，除了钱您还知道什么？"

　　原生利说："你怎么那么是非不分，你不想要荣华富贵吗？"原贵说："我早就跟你说过我根本就不想要什么荣华富贵，只有你才想要。"

　　原贵走在街上想，我是在为如花跟父亲吵架吗？不，不是的，

我只是看不惯父亲的这种行为，不是为了如花公主……

这边，如花给了杨柳、杨欢一袋钱，说："这些银子全归你们了，我要走了。"

杨欢说："你去哪儿？你要是回去会很危险的。"

如花说："只有我回去才能平息这件事，你们也会回到大院里的。"

杨柳说："什么意思？是如花公主丢失了，又不是你丢了，怎么你回去就能平息这件事？"

如花说："一时也跟你们说不清楚，我先走了，以后再联络吧。"

到了京城，已是华灯初上。如花走进一家酒店，拿了一包银子对店小二说："给我拿一壶酒。"

如花喝了一杯就醉了。原贵、原喜正好路过那家酒店，看见了如花醉的样子，惊喜不已："如花公主你可回来了，皇后娘娘现在每天以泪洗面呢。"

如花说："这么多年来她什么时候关心过我，她根本就没有拿我当女儿看待过，一直把我当作棋子，在有利用价值的时候对我很好，没有利用价值了她就把我扔在一边不管不问。"

原喜说："可是皇后娘娘为了你，已经急病了。"

如花说："是吗？她死了才好呢，她死了我就立马回宫。"说完拿起酒壶就喝。

原贵说："我看你是真醉了，弟弟，快把她抱到车上去。"

可如花到了车上还说："我没醉，我一点儿也没醉。"

原贵说："你别闹了。你这样还没有醉呀。"

30

　　如花躺在了马车上，不一会儿就睡着了。原喜说："哥哥，她这么睡着也不知道什么时候能醒过来。要是病了，咱们可就不好交差了。"原贵拿了一件大衣给如花盖住说："这样也许会暖和一点儿。"突然，从如花的袖子里掉出一本血书。原贵拿出来一看，又马上装到自己的袖子里。

　　到了皇宫，原贵对原喜说："你先扶如花去花青馆，我去找皇上。"

　　此时，皇上刚要就寝，只见林永生说："皇上，原贵求见，如花公主有消息了。"

　　皇上说："真的？快请进来。"

　　原喜把如花扶进花青馆。如玉说："姐姐回来了？快点儿扶到床上。梅花，快叫母后来。"

　　梅花到了凌云宫，月霞拦住了说："娘娘正在哭呢，有什么事明天再来吧。"

　　梅花说："我有重要的事，如花公主回来了。"

　　月霞说："真的？如花公主回来了？那你怎么不早说，娘娘正在伤心呢，你快进去跟娘娘说吧，娘娘为这事伤心好多天了。"

　　月霞说："娘娘。"

　　皇后说："你快给我滚！"

　　梅花说："娘娘，如花公主回来了，就在花青馆里躺着呢。"

　　皇后说："你说什么？如花回来了？本宫现在去看一看。"

这边，原贵说："皇上，臣是在酒店里碰见的，而且臣发现了这个。"

皇上说："呈上来。"

皇上一看，上面是如花用血写的诗："儿臣困鸟笼，整日郁闷堵。母后当棋看，父皇拿臣看。"

皇上说："你是从哪儿找到的？"

原贵说："是从如花公主的袖子里。"

皇上忍着悲哀说："这丫头真是越来越调皮了，还用血写这首破诗，林永生，去烧了吧。你先退下吧。"

原贵说："是，臣告退。"

皇上流了一滴泪又马上擦干。

如玉问原喜："你是在哪儿找到姐姐的？"原喜说："我和哥哥去一家酒店碰到了如花公主在借酒消愁，喝醉了，我们就把她给送回来了。"

忽然皇后来了，她的面容依然很严肃，见到了如玉也没有多问。如玉上前兴冲冲地说："母后，您来了？姐姐回来了，现在正在床上躺着呢。"

皇后说："我自己会去看的。"看着熟睡的如花，又闻到一股酒味，叹道，"这疯丫头怎么喝了那么多酒，幸亏原贵、原喜发现得及时，要不然真的要让她醉下去了。原喜，你们这次发现得及时有功，本宫要赏你们。"

原喜说："只是臣和哥哥偶尔路过碰见的，臣不敢居功，还有哥哥的一点儿功劳。"

皇后说："对啊，本宫就是要赏赐你们两个，待会儿让你哥哥来一下凌云宫，本宫有事要跟他说。"

原喜说："是。"

原贵刚从皇宫里出来，原喜见到原贵后说："哥哥，皇后娘娘让你去凌云宫一趟。"

原贵说："让我去凌云宫干吗？"

原喜说："好像是有事，赶紧去吧，别让皇后娘娘等急了，我在这里等你。"

原贵说："那我去了。"

到了凌云宫，原贵说："皇后娘娘千岁千岁千千岁。"

皇后说："平身吧。"原贵说："谢皇后娘娘。"皇后说："坐吧。"

原贵坐下以后，皇后说："本宫就开门见山地说了，你跟如花，从现在开始必须一刀两断，不能再纠缠不清了。"

原贵说："臣和如花公主没有什么关系，只是朋友。"

皇后说："朋友？只怕没有朋友那么简单吧，就算如花对你没有感觉，你对她也会有感觉吧。本宫今天叫你来就是为了把你以前和如花的那些扯不清道不明的关系给解开，以后你们俩再也没有任何关系。"

原贵说："皇后叫臣来就是为了这个？"

皇后说："没错。"

原贵说："您为什么要臣这么做？"

皇后说："因为我要让她变回以前的如花，心如止水的如花。"

原贵说："如果臣按照您说的做呢？"

皇后说："你要是按照我说的做的话，本宫就可以恳求皇上给你们升职，你们的权力会越来越大，还可以满足你父亲的愿望，登上丞相这个位子，到最后你们会是一人之下，万人之上。"

原贵说："如果臣不这么做呢？"

皇后说："不这么做，你弟弟的生命就会有危险。"

原贵说："可是如花公主会同意吗？"

皇后说："这也是本宫要说的，如果让如花知道了本宫这番好心，会让她误会，她会当成恶意。"

原贵说："所以娘娘希望咱们今天的这番谈话让我烂在肚子里面？"

皇后说："没错。原贵，快点儿答应吧，爱情和面包，你自己选吧。"

原贵想："我应该答应，我自己倒没什么，可是弟弟的性命怎么办？"于是说："好，我答应您，可是如花公主要来的话怎么办？"

皇后说："这个我有办法，你只要管好你自己就行了，你走吧。"

原贵站起来说："臣告退。"

皇后说："但愿不要因为原喜而改变了如玉。"

原贵也不回答，就走了出来。

原喜说："哥哥，皇后娘娘叫你干什么？"

原贵说："可惜了如花如玉，这么好的两个姑娘就要困在皇宫里，一辈子受人管制。"

原喜说："哥哥，你这是怎么了，只不过是去了凌云宫一趟，就跟洗了脑一样。"

原贵说："没什么，咱们走吧。"

31

第二天，如花醒来了，觉得口干就让如玉倒了一杯水喝。如玉说："你可回来了，你不在这几天，母后急坏了，每天都不吃饭。"

如花说："她现在知道关心我了，早干嘛去了？她根本就不是关心我，她关心的是我的价值。"

如玉说："你就是嘴硬，对了，你走了以后，原贵还来过呢，他还打开了你的百宝箱，还是他送你回来的。"

如花一听是原贵，怕原贵发现了自己的血书呈给皇上。她让如玉把衣服拿过来，如花掏了掏见没有，说："完了，父皇肯定知道了，我得赶紧去找父皇。"

如花刚走就觉得有点儿晕，如玉忙上来扶着说："你看你身体都成这样了，天大的事把身体给养好了再说，待会儿我要带你去一个地方。"如花说："什么地方呀？"如玉说："到了你就知道了。"

如花和如玉到了冷宫，如花说："你带我来这个鬼气阴森的地方干吗？"如玉说："姐姐你看一看她们，再看一看那些遭人陷害的嫔妃，比起她们咱们可幸福多了。"

如花说："你只知道她们是遭人陷害，你知道这里所有人是被谁害的吗？是母后，她不惜一切代价地害人、利用人，她手里的棋子已经不知道死了多少个了。甚至还拿咱们俩的生命开玩笑。如玉，你还记得你六岁的时候吃那个春卷中毒了吗，你知道是谁放的吗？是母后陷害的孙贵人。"

如玉说："其实这件事情我早就知道了，可母后也是迫不得已的。"

如花说："迫不得已？她有多少个迫不得已，说是为了咱们，其实还不是为了她自己，你现在知道我为什么恨她了吧。我永远不会原谅她。"说完，如花就走了。

如花在花青馆里坐着整理自己的百宝箱，皇后来了也不理，皇后说："你这次可玩大了，以后不许这样了。"

如花冷漠地说："我回来你怎么那么高兴？"

皇后说："你回来了我当然高兴了。"

如花说："高兴什么，高兴又把我这颗棋子捡回来了，又可以百般利用我了？"

皇后说："我今天不想跟你吵，你也不小了，这样下去也不成体统，该嫁人了吧。"

如花说："我还没想到要嫁人呢。"

皇后说："那你现在想。"

如花说："我打算不嫁人。"

皇后说："你这是什么话，你是皇家的公主，嫁人是迟·早的事，你不选，我已经给你选好了，是潘圆。"

如花说："潘圆？我绝对不嫁。"

皇后说："是谁你自己选吧，如果是原贵的话我肯定不同意。"

如花说："为什么？"

皇后说："他做不了驸马。"

如花说："我就知道你是因为他跟咱们门不当户不对嘛，我可以去找父皇来做主。"

皇后说："你找你的父皇也没用，就算去找的话，你的父皇也不会让你嫁给原贵，只会让你嫁给潘圆，而且内宫之事，我说了算。"

如花说："我就是要嫁给原贵，除了原贵我谁也不嫁，更别说潘圆那个臭少爷了。"

32

如花出了花青馆，皇后说："如花，你去哪儿？你给我站住，这死丫头气死我了。"

此时，原生利、原贵、原喜正在接旨。林永生说："奉天承运，皇帝诏曰，原贵、原喜因找到如花公主有功，升为伴读，原生利升为大学士，钦此。原大人，接旨吧。"

原生利说："臣领旨谢恩。"

林永生走了以后，原生利说："看来这如花公主失踪还有点儿好处了，学士府虽然没有丞相府那样富丽堂皇，但也是铜墙铁壁，总比这儿好。"

可是原贵没有一丝喜气，原生利说："你怎么不高兴？我知道你不喜欢当贵族，可这是皇上下的旨也没有办法，你和原喜就踏踏实实地做皇上的伴读吧。"

原贵想："这肯定是皇后娘娘向皇上求来的，这是用我的爱情换来的官位，不是光明正大的，我不稀罕。"原生利说什么他一点儿也没有听进去。

　　如花出了花青馆，想找原贵解解闷，没想到被宫门的侍卫拦住。如花说："给我让开。"一个侍卫说："公主殿下，皇上有令不能再放您出宫了。"如花说："怎么，怕我像上次一样失踪呀，不会了，我出去玩会儿就回来。"

　　侍卫听了只能让开，如花来到了学士府里。正在苦读的原贵见了如花，非常兴奋，早就把皇后的话忘到九霄云外了。原贵说："如花公主吉祥。"如花说："我不是说了吗？跟我不用多礼。我笨死了，那首《忆江南》还是学不会，所以今天麻烦你了。"

　　原贵说："公主殿下说的这是哪里话，能教公主殿下弹琴是臣的荣幸，请吧。"

　　皇后一直等到晚上如花才回来，如玉说："姐姐，你可回来了。"

　　如花说："我告诉你，我今天可高兴了，那原贵实在是太好玩了。"

　　皇后说："高兴什么呀？"

　　如花说："没什么，只是出去走走而已。"

　　皇后说："走这么晚才回来？如花，知女莫如母呀，你去哪儿了，我一猜就能猜中，你就不要瞒我了，是不是去原府了？"

　　如花说："没错，我就是去原府了，怎么了？"

　　皇后说："怎么了？你是许过人的，以后嫁人了你还想在外面瞎混吗？"

如花说："什么叫瞎混，我是去学琴了。"

皇后说："你以后嫁了人，除了驸马，不能再接近任何男人的。"

如花说："我哪有许过人，谁说的？就是你刚才随便一句话，父皇答应了吗？"

33

皇后说："我刚才已经去求皇上了，皇上已经答应了把你指给潘圆。"

如花说："我自己的命运绝不能因为父皇随便的一句话就决定的。"

皇后说："这事已经决定了，你想改也改不了。"

如花说："母后，我刚回来，我不哭一次你是不是难受？我看你是做过丑事的。我说呢，你为什么非要把我指给潘圆，原来你是跟潘文静有关系。你不就是想我嫁过去以后，借着看我的名义跟潘文静亲近吗？你跟潘文静的那些苟且之事还当谁不知道呢。"

皇后扬起手狠狠抽了如花一耳光："你说的这是什么话，你怎么能诬蔑你的母后？我身为皇后何等尊贵，怎么会干那些见不得人的事，就算干还不是因为你们？"

如玉说："母后别生气了，姐姐快跟母后认错吧。"

如花说："如玉你就是太软弱了，才会受这种女人的欺负，母后你以为现在的如花还是以前的如花吗？不是了，以前的我每天都是疯疯闹闹的，你每天耍的花招我都不知道，所以我不恨你。可是现在的我跟以前不同了，我知道了你的性格，所以自然也就知道了。你肯定会说我还小，可是我已经长大了，我真后悔为您举办那特别的生日，你以为我还是以前的疯丫头吗？"

皇后说："好，我为你付出这么多，就换来你这些话，你个没良心的，是谁把你抚养大的，你也不想一想，你就拿这个来报答你的母后？"

如花说："所以你让我帮你打败那些女人，拿我当棋子，看这样报答你是不是就满意了？"

皇后说："你还是……"

如花说："我是如花，但已经不是以前的如花了。"

皇后说："果真不是了。"说完皇后就走了。

皇后走在回宫的路上，边走边想：如花这是怎么了，怎么跟变了一个人似的，她还是我的小棉袄吗？难道如花去了一趟原府，原贵都告诉她了？

如花脱了衣服躺在床上哭了半天，如玉怎么劝也劝不住。

第二天皇上来到了花青馆，如花和如玉一起说："参见父皇。"

皇上说："平身吧，如花身体怎么样了？"

如花说："好多了。"

皇上说："怎么眼睛肿得像核桃一样？"

如花说："没什么，可能是昨天晚上没有睡好吧。"

皇上说："你可要好好睡觉。对了，铃儿的病好了，她要叫你们俩去放风筝。"

如花说："真的哎，铃儿妹妹得了什么病？"

皇上说："没什么大病，快去吧，别让铃儿等急了。"

如花、如玉、铃儿正在放风筝，皇上、皇后、原贵、原喜正在看着，皇上说："你看她们多快乐呀。"

皇后说："皇上，臣妾想跟您说一件事。"

皇上说："什么事？"

34

皇后说："如花都18岁了，不小了，也该指婚了。"这句话让旁边的原贵听见了，他心中隐隐作痛。

皇上说："你不说朕差点儿把这事忘了，你说说吧，指给谁比较好呢？"

皇后说："德高望重权力大的，总不能让如花跟着一起受苦吧，还得年龄相当，依臣妾看，不如就潘圆吧。"

皇上说："不愧是皇后，看人的眼光总是那么准。原贵、原喜，你们觉得怎么样？"

原贵说："臣觉得甚好。"

原喜说："臣也是。"

皇上说："那就潘圆吧。待会儿跟如花说一下。"

皇上、皇后、如花、如玉、铃儿入席，皇上举起酒杯说："这第一杯酒首先要祝贺如花，终于要成亲了，父皇已经为你挑好了驸马，就是那潘圆。"

如花放下酒杯说："如果父皇第一杯酒是为了这个，儿臣不干。"

皇上怒道："为什么不干？"

如花说："儿臣对这个驸马不满意。"

皇上说："有什么不满意的，他可是跟咱们门当户对的。"

如花说："正是因为门当户对我才不满意，因为我不喜欢富人。"

皇上说："你这丫头古灵精怪的，你的脑子成天想什么？好了，不要闹，选一个黄道吉日就把你嫁出去。"

如花说："父皇，我没有胡闹，我就是不喜欢潘圆。我现在已经长大了，该有自己的生活了，我不是木偶。"说完，她绝尘而去……

在玉莹宫里，玉妃摔碎了茶杯生气地说："三个月了，我连皇上的人影都没有见到，本宫才二十几岁，为什么就勾不住皇上的心，皇上为什么整日在皇后宫中？"

翠儿："娘娘息怒，奴才倒有一个主意，只不过不知道娘娘敢做不敢做。"

娘娘说："什么主意？快说，嫌本宫这儿还不够乱吗？"

翠儿说："装病。"

娘娘说："你说什么？装病？可是能骗过皇上吗？"

翠儿说："应该能，皇上要是听说您病了，肯定会来的。"

玉妃说："好，就这么办，今天晚上你就装作为本宫伤心难过的样子去找皇上，至于话怎么说，我不管，你自己想办法吧。"

晚上皇上正在批阅奏折，如花如玉在一旁服侍。只见翠儿哭着跑进来说："皇上救一救玉妃娘娘吧。"

皇上说："玉妃怎么了？"

翠儿说："玉妃娘娘最近虚弱了许多，其实娘娘早就开始病了，奴才要告诉皇上，可是娘娘不让，说休息几天就没事了，不要打扰皇上，最后终于卧床不起了，奴才是偷偷跑出来告诉皇上的。"

35

一旁的如花听了他们的对话，心想，这个玉妃娘娘，她到底想使什么花招，把父皇给骗过去？她身体一直很好，怎么会病呢，一定是装病，想把父皇骗过去，不能让父皇被她骗了。

如花说："父皇不如先让太医去看一看，若是没事的话从此便好了，若是有事吃几剂药到时候让母后去看一看，你瞧瞧父皇现在公务缠身，哪有时间关心这些鸡毛蒜皮的事。"

皇上说："如花言之有理呀，请太医去吧。"

玉莹宫里，玉妃躺在床上，听见有人来了，马上装作很虚弱的样子。翠儿说："娘娘，太医来了。"

太医把完了脉说："没什么大病，休息两天就没事了。"

太医走了，玉妃从床上坐起来，打了翠儿一耳光："混账东西，这点儿事都办不好。"

翠儿跪着说："娘娘，皇上本来要来的，只是如花公主在旁边说了一大堆话，皇上才没有来。"

玉妃说："好啊，如花公主，你让本宫失宠，本宫就让你吃苦。"

如花、如玉服侍完皇上以后，走在回宫的路上。如玉说："姐姐，你为什么不让父皇去看玉妃娘娘？"

　　如花说："难道你没看出来那是一个阴谋吗？"

　　如玉说："我当然看出来了，你不是很恨母后吗，那你为什么要帮母后呢？"

　　如花说："我恨母后还来不及呢，怎么会帮她呢，我只是不想让父皇太忙。你看父皇平时要办那么多公务，还要面对那些嫔妃！"

　　如玉说："可是玉妃娘娘会不会报复你呀？"

　　如花说："她报复就报复呗，我才不怕呢。"

　　第二天，如花、如玉走在街上，见翠儿过来说："如花公主，玉妃娘娘要见你。"

　　如玉说："我可以跟姐姐一起去吗？"

　　翠儿说："娘娘只叫了如花公主。"

　　如花说："我马上过去，告诉娘娘一声。"

　　如玉说："姐姐，还是我陪着你一起去吧。"如花说："玉妃只是找我，放心我不会有事的，毕竟我们俩是皇上最心爱的女儿，她不会对我怎么样的。"

　　如花到了玉莹宫里，玉妃让人把所有的门都锁上。

　　如花跪下说："玉妃娘娘吉祥。"

　　玉妃说："如花，你可知罪？"

　　如花说："如花不知道犯了什么罪。"

　　玉妃说："你是不是不让皇上来看本宫？"

　　如花说："如花只是看父皇太累了，想减轻一下父皇的负担。"

玉妃说："减轻负担，有你这样减轻负担的吗？不招是吧，来人，给本宫用刑。"

夹完手指以后，玉妃问："你到底招不招？"

如花说："好，我说。"

玉妃说："这就对了，说吧。"

如花说："玉妃娘娘，你好可怜。"

玉妃说："什么意思？"

如花说："有的人衣着朴素，心灵美丽，她不可怜，而你玉妃娘娘是衣着光鲜，可是你的心灵是丑陋的，你好可怜。"

玉妃说："胡说八道，给我用刑。"

玉妃说："快招吧，你这么漂亮的小脸蛋被人打死了岂不可惜？"

如花说："就是，你打死我，我也不会招的。因为这是我没做过的事，如果糊里糊涂招了，我会后悔一辈子的。"

玉妃说："看来得用狠招了，把她的衣服给扒了。"

如花被人扒着衣服，喊道："不许碰我，我可是一个清清白白的姑娘，我不能让你们接触的，士可杀不可辱，你们这样对我还不如让我死了算了。"

玉妃说："让你死？本宫是要让你招。"

36

此时，如玉见如花这么长时间还不回来，便开始担心了，于是就去找皇上。如玉说："父皇，姐姐被玉妃娘娘叫去了，

到现在还没回来，该不会出什么事了吧？”

皇上说：“如花被玉妃叫去了？玉妃那种心狠手辣的女人，她是什么都敢做，甚至还敢……”

如玉说：“还敢什么？”

皇上说：“比用刑更厉害，走，看看去，原贵、原喜，你们跟我一起去。”

原贵、原喜异口同声地说：“是！”

到了玉莹宫里，皇上见玉妃的门是锁着的，说：“门怎么是锁着的，说明这里头肯定有鬼。”

玉妃听见外面皇上大喊：“玉妃，快点儿给朕开门。”

玉妃听到了是皇上的声音马上开门，皇上进来一看，发现如玉的衣服都给扒了，说：“果然不出朕所料，你果然用的是这招。玉妃，你什么时候变得这么卑鄙无耻了？你明明知道如花受不了这个，你为什么还要羞辱如花？”

如玉忙过去用衣服给如花披上。玉妃跪下说：“皇上饶命，臣妾只是气如花公主不让皇上来看我，臣妾都病了。”

皇上说：“病了？你这不是好好的吗？别以为朕不知道你是在装病骗朕来看你。”

如花说：“父皇，如花今生服侍不了您了，咱们来世再见吧。”说完如花就晕倒了。

皇上说：“玉妃，朕要把你打入冷宫。”

如玉说：“父皇，先别着急处置玉妃，救姐姐要紧呀。”

皇上说：“待会儿朕再处置你。原贵，你先把如花抱到花青馆里。”

原贵说："那得给如花公主拿床被子，她这个样子怎么去御花园？"

皇上说："对，林永生去拿床被子来。"林永生拿来被子给如花盖上，原贵把如花抱到花青馆里说："快给她盖上被子。"

梅花说："去拿点儿药来，她身上有好多的伤口。"

到了晚上，如花醒过来说："父皇，我的衣服被扒了，您让我去死吧。"

皇上说："说的是什么瞎话，这个玉妃太不像话了，回头朕一定好好惩罚她。"

如花看见了旁边的皇后说："你现在高兴了？我终于成了这模样了。"

皇后说："你成了这模样，我有什么好高兴的，我替你伤心还来不及呢。"

只见铃儿匆匆忙忙跑来，说："父皇，如花姐姐怎么样了？"

37

皇上说："你来得正好，快来安慰一下如花吧。"

铃儿说："如花姐姐你不要伤心了，那个玉妃太不像话了，皇上是该好好惩罚她一下了，不过事情都已经过去了，你就不要再想了。"

皇上说："好了，朕还有事，先走了。如玉、铃儿，你们照顾好如花。"

如玉说："放心吧，父皇。"

皇上到了玉莹宫里，对跪在地上的玉妃说："玉妃，你可知罪？你身为朕的嫔妃为何如此心狠手辣，你怎么能让如花受那种耻辱，你让她赤身裸体她怎么受得了？"说完皇上把玉妃的衣服扒下来说，"朕让你这样你受得了吗？"

玉妃说："皇上，臣妾知罪了，您就原谅臣妾吧，臣妾也是出于想念皇上才这么做的。"

皇上说："只怕你不是想念朕吧，你是想念权力吧。像你这种女人不配留在朕的身边，从今晚开始，你就去太监局陪太监解闷吧，再陪太监过夜，林永生，把她给带过去，再让管太监的婆子给她说一说规矩。"

林永生说："是，皇上。"

玉妃抱着皇上的腿说："皇上，您饶了臣妾吧，一日夫妻百日恩，百日夫妻似海深。臣妾时时刻刻都盼着皇上来，臣妾也是人，臣妾也有自尊。"

皇上说："你有自尊，当你让人把如花的衣服扒下来的时候你有没有想到如花的自尊呢？如果如花这次有个三长两短的话，你也脱不了干系，把她带到太监局去。"

到了太监局，林永生说："云娜，快出来。"

云娜（时年60岁）说："哟，林永生公公怎么有闲心来我们这儿？难不成又给我带了美女来？"

林永生说："你还真猜对了，我还真带了。"

云娜说："那我倒要看一看你给我带了什么样的人。"

林永生说："今天我给你带的可是绝色美人，虽然不像如花公主和如玉公主那样天上少有地下无双，可是总比这里的老女人强，而且是皇上的妃子，带进来！"

玉妃口中还狂叫："放开我。"

云娜说："哟，你可真是美哎，林公公，你真有本事，给我找来一个这样的美人。"

林永生说："好，给她讲讲规矩，我先走了。"

38

林永生走了以后，云娜上下打量着玉妃说："皇上的眼光就是高，偏偏看中了这个美人。好了，下面我来给你讲一讲规矩吧，你们是白天干活，晚上就可以休息，如果干得好就可以免干一天。"

玉妃说："什么破规矩，你们还敢对本宫无礼？"

云娜说："你已经不是玉妃了。这里我最大，把她给带过去，跟我去见太监。"

玉妃说："你们放开！一帮狗奴才。"

云娜打开了太监的门说："我又给你们带美人来了。"

一个太监问起，云娜说："是皇上被废的妃子，还是皇上送到这儿来的。"

太监说："我说怎么那么美呢，原来是皇上的妃子，我得好好玩一玩。来，美人让我亲一下。"

玉妃打了他一个耳光说："你们还敢对我无礼！"

太监也还了玉妃一耳光说："你大胆，你以为你还是主子吗？到了这里就是我们的天地了，我让你干嘛你就得干嘛，来，让

我亲一个。

　　玉妃说："不要……"

39

　　第二天，如花正躺在床上哭。如玉说："姐姐，既然事情都已经过去了，你就别再伤心了。"

　　如花说："我不是因为这个。"

　　如玉说："那你是因为什么呀？"

　　如花说："为什么皇宫里的女人都变得这么狠毒，这对她们有什么好？她们杀过无数的人，手上沾满了血腥，她们真的不后悔吗？"

　　如玉说："这都是命，不能自主，每个嫔妃入宫之前都是一个单纯而美丽的少女，我想母后和玉妃入宫之前也是这样的，只不过是为了在宫里生存下去，才不得不你争我斗。"

　　如花说："可我就是不明白她们为什么要斗呢，为什么就不能和睦相处呢？她们得到皇后宝座最后还不是一个死，这样快乐吗？对她们有意义吗？说实话，我真为玉妃感到悲伤，我真希望有一天她能醒悟过来。"

　　如玉说："姐姐，没有一个人会有你这样的思想，在这皇宫里要争的东西多，要争的人更多。"

　　晚上皇上正在批阅奏折，如玉在一旁服侍，见皇上有了困意，就说："父皇，太晚了，该歇着了。"

　　皇上说："朕还真有点儿困了，对了，如花的身体怎样了？"

如玉说："别提了，自从那件事以后她没有一天是不哭的。"

皇上说："也是玉妃给如花受了那么大的打击，扒衣服这个耻辱连常人都受不了，更何况一个公主。如花失踪回来就没有调养好身体，再加上这么一闹，病更重了。"

如玉说："其实姐姐伤心的根本就不是这个，她心里一直有一个心结。"

皇上说："什么心结？"

如玉说："她不希望那些女人钩心斗角，她希望玉妃能及时醒悟过来。"

皇上说："如花说到了朕的伤心处，朕也希望玉妃死心。不然这样吧，如花希望玉妃醒悟，不如这件事情就交给如花来办，如果玉妃能醒悟的话，朕就可以让玉妃回宫，再赏赐如花，这样如花的心结不就也解开了？"

如玉说："对呀，这倒是一个好主意，不愧是父皇，这么聪明。"

皇上说："好了，朕也累了，你也回去睡觉吧。"

如玉说："父皇，我走了。"

次日，如花正在发呆，皇上来看她了。"花儿，发什么呆呢？"

如花说："没什么，只是想望一望天空而已。父皇是不是要让我帮忙？"

皇上说："你怎么知道？"

如花说："我还知道您让我帮什么忙呢。"

皇上说："什么忙？"

如花说："您让我劝玉妃及时醒悟，想把我的心结解开。"

　　皇上说："你怎么会知道，是不是如玉告诉你的？"

　　如花说："不是。"

　　皇上说："那是谁告诉你的？"

　　如花说："谁都没有告诉我　是我自己猜的。"

　　皇上说："你为什么会猜出来呢？"

　　如花说："因为我是您女儿。"

　　皇上说："就算是猜的吧，如花，你要是真的把这件事办成的话，就等于帮了朕的一个大忙。"

　　如花说："那办成了您怎么奖赏我？"

　　皇上说："朕可以赐你免死金牌。"

　　如花说："我不要。"

　　皇上说："那你要什么？"

　　如花说："我要随时都可以出宫，就连母后也管不了我。"

　　皇上说："好，朕答应你，不过你也要答应朕的条件。"

　　如花说："放心吧，这件事情包在我身上，保管给您办好。"

　　皇上说："是吗？到时候可别哭着鼻子来找我。"

　　如花说："您这是在咒我。我一定会办好。"

　　皇上说："那好吧，朕等着你的好消息。"

　　如花说："一言为定。"

　　皇上说："一言为定。"

　　这时皇后走过来看到如花跟皇上逗笑，心里有一种说不出来的滋味，非常悲伤，眼泪流了下来。她打算过去跟如花好好调和调和关系。于是皇后走过去说："皇上吉祥。"

皇上说："平身。"

皇后说："谢皇上。"

皇上说："你今天怎么有闲心到这里来？"

皇后说："回皇上的话，臣妾刚好从这里路过，想散一散步，刚好看见了皇上和如花，就想过来看一看如花。"

本来想跟如花拉近点关系，但还没等皇后说完一句话，如花就生气地说："父皇、母后你们先聊，我先走了。"

皇上说："先别走嘛，也不跟你的母后说一说话？"

如花说："我没有时间跟这种人说话，她一天到晚就知道怎么耍花招。"

气氛瞬间紧张起来。

40

如花继续说："我也没有时间在这儿耗着。"

皇上怒喝："如花怎么如此跟母后说话呢？"

如花说："那我要怎么说？我应该怎么说？她多厉害呀，每天老是耍花招，存心要把我气走，要不是有父皇护着我，我怎么死的还不知道呢，而且迟早会死在她的手里。你只会在父皇面前假惺惺，有本事把训人那劲头在父皇面前呈现出来呀，父皇是没看到你的真面目。你就像一只披着羊皮的狼，我们都是羊，任你宰割，就连老谋深算的父皇也被你耍得团团转。"

皇上说："花儿，你好歹也叫皇后一声母后，怎么能这样没规没矩？"

皇后说："皇上您不必再说了，就算给她说一百遍她也不会改的，都是臣妾不知道造了什么孽生下了她这个祸根孽胎。"

如花说："瞧瞧，又开始装蒜了，你都不知道自己造了什么孽，我来告诉你，就是你每天拿我和如玉当棋子，还有你让人监视花青馆看一看有没有什么宫女被父皇看上怕成了妃子，动摇了你的位置。这就是你造的孽，还让我继续往下说吗？"

皇上说："如花你再这样下去朕就生气了，你怎么跟变了一个人似的？你刚才对朕是那样的温柔，那种态度为什么就不能拿来对你母后呢？"

如花说："她不配，再说她也不需要，我和她的关系再也不能回到以前了。从此以后我会当她已经死了，不认识她，就算见到她也会拿她当空气一样，她以后再也不是我母后，我也不是她女儿，我们俩以后没有任何关系。好了，你们已经浪费了我很长时间了，我还有很多事情要做，失陪，还有父皇，您以后也不要劝我跟她和好，因为我们俩现在没有关系，也没有仇恨，我们俩现在不认识，两个素不相识的人怎么会有仇恨呢？"如花说完就走了。

皇上说："这个如花！事情都过去这么久了她还记仇，还说没有仇恨了，分明这个仇恨在她心里藏着嘛，没有仇恨能这样对你？不行，朕得好好去训一训她。"

皇后说："皇上，您别去了，您要这时候去训她，她一定会认为是臣妾让您去训她的，她肯定认为是我想借此机会报复她。"

皇上说："那你说该怎么办，你们俩就这么僵下去？皇后，朕知道你这个人争强好胜，什么事都想赢，你有志气这是好事，可你要是对自己的女儿还这样的话就太残忍了，你就不能去给如花道个歉？朕知道你一直等着如花来给你道歉，可如花是死了也不会跟你道歉的。"

皇后说："皇上，您最了解臣妾了，您也认为臣妾是这样的人吗？"

皇上说："难道不是吗？"

41

皇后说："如果臣妾真是皇上所说的那种心胸狭隘的女人，就不配做母仪天下的皇后。"

皇上说："朕没有说呀。"

皇后哭道："皇上是没说，可皇上说的就是这个意思，您也认为臣妾是在跟如花斗吗？您说臣妾这么多年来容易吗？我上顶天下顶地含辛茹苦，却没有一个人感激我，反而都抱怨我，真是白费了一片苦心。"

皇上说："你的苦心朕都知道，朕也明白你是为了如花和如玉好，可是你有没有想过你能管制她们一辈子吗？有的时候皇家的规矩根本就不合她们的性格，她们长大了应该有自己的生活了，谁愿意困在鸟笼一辈子呢。"

皇后说："那如花就一定是那种性格吗？"

皇上说："当然是了，而且她在失踪期间还写了一首诗，想听吗？"

皇后说："想听。"

皇上说："写的是'儿臣困鸟笼，整日郁闷堵。母后当棋看，父皇拿臣看'，还是一纸血书。"

皇后说："能不能给臣妾看一看？"

皇上说："朕早给烧了。"

皇后说："那从哪句话看出来如花是那种人呢？"

皇上说："从'儿臣困鸟笼'这句就能看出来花儿崇尚自由。别说是花儿了，就连平常人家的孩子，天天也恨不得长在大街上。得亏如花是生在皇家，这要是生在平民百姓家的话一夜不回家也没事。所以，这就是如花恨你的原因。"

皇后说："可是皇上，如花怎么对臣妾像变了一个人一样呢？她到底是不是如花呢？"

皇上说："如花当然是如花，可是花儿这次的心灵受到了很大的伤害，朕觉得应该让如花静下心来好好想一想。另外，你也应该静下心来好好想一想，等时间长了，她自然就会想明白的，你也听朕的话，好好想想吧，朕还有一些公务要处理，先走了。"

谁都不知道，此时如花一直在后面听着皇上和皇后的谈话，泪流满面。在回去的路上，她想："我这是怎么了？怎么会不由自主地说出那样的话，我还是我吗？"

如花走在池边，精神恍惚，身体晃晃悠悠，眼看快要掉下去了。一个男子忽然冲过来："公主殿下小心，要掉水里了。"

如花公主被他这么一吓，竟真的掉进湖里了，男子跳进湖里，把她救了上来。如花这才看清，来者竟是原贵。原来，此时原贵恰巧在附近散步。

回到花青馆里，如玉说："姐姐，你怎么那么不小心，这要不是原贵，只怕你已经死了。"

原贵说："如玉公主，臣已经把如花公主送回来了，臣先走了，要不然父亲该着急了。"

如玉说："你先走吧。"说完，马上把衣服给如花披上。

这时，忽听室外太监拉长声音高喊："皇后娘娘—驾到！"

42

如玉说："参见母后。"

皇后对如花说："你玩得越来越大了，上次玩失踪，这次玩自杀。"

皇后又说："要不是有原贵，后果还不知道怎么样呢，我怎么生了你这么一个疯丫头？气死我了。"

如花说："我淹死了你应该高兴呀，我没淹死怎么你反倒来训我呢？"

皇后说："我好心好意来关心你，你却说出这种风凉话，真不知道上辈子欠了你什么？"

如花说："你关心我那为什么要训我，表面上是关心，其实谁都知道，你是来整我的。"

皇后说："怎么是说我整你？你这个孽种，我不过下午说了你两句，你就自杀。"

如花说："谁自杀了？我是不小心掉到湖里去的，而且你知道我是因为什么吗？是因为下午我骂你了那么长时间我出气

了，我得意忘形了，我高兴得要死了。"

皇后打了如花一耳光说："在你心里我就那么令你讨厌吗？看到我遭殃了你就高兴了？"

如花捂着脸说："没错，你失宠了我才高兴呢。"

皇后怒喝："看我今天不打死你！"

原贵上前一步挡在如花面前："皇后娘娘，难道您一定要用暴力来对如花公主吗？"

皇后说："本宫教育女儿也要让你管？给本宫滚开！"

原贵说："如果皇后娘娘往日都是这样教育如花公主的话，那臣就斗胆说一句，不管是谁，先把臣拿下再说，不然的话，谁也别想靠近如花公主。"

皇后说："你难道要为了如花公主这么一个不孝的女儿跟本宫拼命吗？她值得你这么做吗？"

原贵说："不管是什么样的公主都值得臣这么做，因为保护公主是臣的责任。"

皇后说："好，我看你能坚持多久，林永生、孙凤武，给我上。"

林永生、孙凤武一起说："是。"

皇后说："他们俩可是皇宫里最可靠的御前侍卫，本宫就不相信你的武功能好得过他们。"

原贵说："对付他们两个对臣来说真是小菜一碟。"

皇后说："话别说得那么绝，谁输谁赢还不一定呢。"

原贵说："好，如果臣输了，臣立刻从如花公主前面走出去，要打要骂随你们。如果臣赢了，皇后娘娘就不能再打如花公主，如果要打的话，可别怪臣不客气了。"

皇后说:"还愣着干吗?给我上。"

林永生、孙凤武说:"是。"

可是几个回合后,林永生和孙凤武就被原贵给打败了。

43

原贵说:"怎么样?皇后娘娘您要是想赶臣走就放了如花公主。"

皇后说:"好,我明白了,你们是故意来整我的。"

如花说:"怎么是我们整你,分明是你整我们。"

如玉说:"母后为什么你跟姐姐每见一次面,都要吵一次架呢?为什么就不能心平气和地说话呢?"

如花说:"我跟她没法心平气和地说话,我一看见她我就来气。"

如玉说:"姐姐,你就不能少说两句吗?母后这么做也是关心你呀。"

如花说:"关心我?妹妹,你未免太单纯了吧,只怕她不是关心我,是关心我的价值,所以才来这儿训我的。"

皇后说:"你怎么想随你便,只是不要带坏了如玉,你少在这儿挑拨离间我和如玉的母女关系。"

如花说:"怎么,你怕如玉也识破你的诡计,你就没有证据陷害我了?"

皇后说:"那你有什么证据来断定本宫陷害你,本宫拿你当棋子看呢?"

如花说："我有证据——如玉六岁吃春卷中毒，导致单纯又漂亮的孙贵人，年仅七八岁就被父皇打入冷宫，到现在她才十七八岁就疯了。她本是一个能歌善舞的女孩，却被你这狠毒的女人折磨成了一个无知的疯丫头；我还知道，你往春卷里面放了什么毒——来龙去脉散，才使如玉变成了胆小的姑娘，所以，也就自然识不破母后的诡计。我今天下午没有跟父皇说起，就是为了当着如玉的面揭穿你，就等着如玉自己去告诉父皇。"

皇后猛然一惊：她怎么什么都知道！

如玉说："我只知是你下的毒，却没想到毒有这么深。母后，如果你下毒害我是为了隐瞒我，如果真是这样，就太残忍了。"

皇后吓得脸色苍白："如玉，你别听如花瞎说，她是为了离间咱们母女俩的关系，让你站到她那边去，让她更有充足的证据。我是下毒了，可是真没放来龙去脉散，你千万别信如花的鬼话呀！"

如花说："我说的是鬼话，你没有放来龙去脉散，你的脸干嘛发白呢？你是做贼心虚了吧？"

突然外面打雷了。如花又说："看，老天爷都发怒了。上次你扇了我一耳光，这次又打了我，你这两个耳光打断了咱们的母女恩情，从此一刀两断！"

说完，如花哭着跑出去了。

如花离开后，如玉说："母后，现在不但姐姐恨你，我也恨你恨得要死，真没想到你那么残忍，真后悔当初为什么没有跟姐姐一起骂你。"

如玉要走，皇后抱住她的腿："如玉，求求你，原谅我吧，我承认我下的是来龙去脉散，可真的不是怕你识破我的诡计，是因为下的毒重才能让孙贵人进冷宫，我这一切都是为了你呀！"

如玉说："为了我？为了我你就要把那单纯的女孩打入冷宫吗？"

皇后说："我不把她打入冷宫，她就会害你。"

如玉说："她才多大呀就要害我？你不要再找借口了，你分明是想借刀杀人。"

皇后说："玉儿，求你不要恨我，母后已失去一个女儿，不想再失去你了。"

如玉说："你现在怕失去我了，当你剥夺了姐姐自由和快乐的时候你怕了吗？当你利用我害孙贵人的时候你怕了吗？你现在说怕失去我们，鬼才信你！"

皇后说："玉儿我真的没有利用你，我从来没有把你和如花当棋子看，求你了，原谅我吧！那件事是我不对，我向你道歉。我从来没有求过任何人，今天我求你原谅我！"

如玉哭着说："母后你走吧，姐姐不想看见你……"

皇后说："玉儿你要赶我走吗？你真的不肯原谅我吗？你真的要学你姐姐吗？"

如玉说："你做了这种对我伤害这么大的事，你让我怎么原谅你？"

皇后说："好，你不原谅我，我今天就不走了。"

44

如玉抽出剑横在皇后脖子上："你走不走？不走我就杀了你。"

皇后说："你杀了我吧，我今天宁可死，也要你原谅我。你杀了我，你的父皇会饶了你吗？谅你也没有那个胆。"

如玉的手开始发抖，剑滑落在了地上。如玉知道用这招对母后不行，就对原贵说："你赶快把这个女人给我赶出去。"

原贵有些犹豫。皇后说："他敢吗？"

如玉说："他敢，刚才他敢挡在姐姐前面反抗你，他现在就敢把你给拖出去。"

皇后说："那只是为了如花，他为了如花什么都敢做，甚至可以为她去死，可是现在如花不在，如果把他换成原喜，就一定会把我给轰出去的。"

如玉说："原贵，你不是为了姐姐什么都敢做吗？你跟姐姐如此相爱，这个女人会拆散你们的，会毁了你和姐姐的幸福的。"

原贵听了这话，马上说："是。"他把皇后给拖出去了。

皇后歇斯底里："玉儿，你把我赶出去你会后悔的，你自己倒没什么，可是原喜呢，难道你忍心看到他死吗？你不原谅我，我就会杀了原喜，还有你——原贵越来越大胆了，还敢对本宫无礼，你就不怕本宫告诉皇上，让皇上扒了你的皮，让你们原家回去种地？你再也别想享受皇宫里的锦衣玉食了。混账东西，你放开本宫！……"

这边，如花奔到湖边，一边被雨淋着，一边大喊："啊，皇后你就像一个戴着面具的妖怪，总有一天我会把你的面具揭开，让你原形毕露，你毁了我的幸福，我发誓要让你生不如死。"

哪知，皇后和原贵从这儿经过，皇后说："好，我没想到你这么恨我。"

原贵说："如花公主，我对您隐瞒了一件事，是关于皇后娘娘的，不知道该不该讲？"

皇后惊慌起来，她知道是要把找他谈话那件事说出来了。

45

如花说："说吧，关于母后干的坏事，我都想听一听，等着明天去禀告父皇，让父皇把她打入冷宫。"

皇后说："你的父皇才不会轻易把我打入冷宫呢，你想把我打入冷宫没有那么容易。"

如花说："那得看你犯的罪重不重，要是重，就算父皇对你的情义再重，也会把你打入冷宫，如果犯的是死罪有可能就不是打入冷宫了，就算父皇有多爱你，也只能忍痛割爱，下令把你给斩了。"

皇后说："你希望我死，有你这么咒自己的母亲的吗？"

如花哭道："我咒的就是你。从我记事开始，我就意识到你不是什么好人。"

原贵说："公主殿下、皇后娘娘，请不要吵了，请听臣说完，是这样的，公主殿下，你还记得您喝醉了臣把你送回来那天晚上吗？"

如花说："当然记得，你还看了我的血书呈给了父皇。"

　　原贵说："就是那天晚上，皇后娘娘把臣叫到凌云宫里不让臣跟你来往，还威胁臣说，如果不按她说的做，臣的弟弟生命就会有危险。如果臣按照她说的做，她就会求皇上给臣的父亲升职，臣的权力会越来越大，最后会是一人之下万人之上，还不让我告诉你，因为我这样做了，就有可能会被你视为恶意，她还要让你变成以前的如花公主——心如止水的如花公主。"

　　原贵跪着说："如花公主，臣错了，你打臣也好，骂臣也罢，千错万错都是臣的错，只希望公主殿下把所有的怨气都撒到臣身上。"

　　如花哭着说："你是怕我把所有的怨气都撒到这个女人身上，你在祖护这个女人是吗？"

　　原贵说："不是。"

　　如花说："那是为了什么？"

　　原贵说："臣这是赎罪，臣后悔没有早点把皇后娘娘的诡计告诉公主殿下。所以公主殿下就算杀了臣，臣也心甘情愿。"

　　如花说："你起来吧，这不是你的错，你也是为了你弟弟的安危着想，要怪就怪这个女人的一步棋，果然是皇后呀，整人的招数数不胜数。"

　　原贵起身说："皇后娘娘，臣想跟您说几句话，那就是您不让臣跟如花公主来往，还不让臣告诉如花公主，您毁了如花公主的幸福，还有刚才臣拖您出去，您说如果如玉公主把您给赶出去，弟弟的生命就会有危险，您又毁了如玉公主的幸福。您一下子毁了两个女儿的幸福，您觉得快乐吗？"

皇后说："我不是在毁她们的幸福。"

原贵说："可是您阻止她们俩的爱情，就是在毁她们两个的幸福，您现在快乐了吗？"

皇后说："我是在为她们的前途着想，你算老几，你不过是棋子一个，就敢教训本宫？你有本事爬到丞相那个位子，爬到潘圆那个位置，你怎么训我都没有关系。"

还没等皇后说完，如花就打断她："好，原贵你说得太好了，为你鼓掌，我从小到大还没看到有一个人能把她给制伏的。"

皇后说："我没有被制伏。"

如花说："你没有被制伏，那为什么骂他？原贵说服了你，证明你不是无敌的，你刚才说什么爬到潘圆的位置？潘圆的才华有原贵好吗？原贵的才华还不够惊人吗？可是为什么做不到丞相这个位置呢，就是因为你从中作梗，不帮原生利说话，而是帮潘文静说话，好让潘文静每天跟你勾结怎么整我们。怎么样，慌了吧？你的阴谋诡计都被我们识破了，在我眼里原贵就是比你强，比潘圆强怎么样，恶人有恶报，潘文静现在是丞相，过几年就不是了，十年风水轮流转，我看遭殃的也快到你们了，所以你别想依靠潘文静来整我。你不是要杀原喜吗？你去杀呀，不过我要提醒你，你就算杀了原喜，我和原贵的爱还是没变，你别想拆散我们。"

如花又说："你杀了原喜，纸是包不住火的，终有一天会查出，到时候父皇不处置你才怪呢，到那时候你一无所有，没有了名分，没有了皇后宝座，甚至你的命都要没了。"

说完，如花就走了。

46

如花走了以后，原贵说："我不得不佩服如花公主，她居然敢当着我的面说出这样的话来，我原以为如花公主是一个疯疯癫癫的小丫头，没想到她居然是这么厉害的人，太出乎意料了。"

皇后说："原贵，你给我小心点儿，你别以为我真不敢杀你弟弟，我要是生气了，你弟弟早就在九泉之下了。"

原贵说："看来如花公主跟您说的那些话，您都没听进去，您以为如花公主说的那些话是在讽刺您挖苦您吗？她是在帮助您，您杀了我弟弟，一命偿一命，您得还。因为您欠了我弟弟的一条命。"

皇后说："你少拿如花的话来吓本宫，本宫身经百战，还经不起如花一个小丫头的威胁吗？"

原贵说："您又错了，如花虽然年龄还小，可是她的心灵已经长大了，算了，反正现在跟您说您也听不进去，等您什么时候落魄了，一无所有了，回想起如花公主说过的话，您就明白如花公主说的是对的。"说完原贵也走了。

此时，只有皇后一个人留在雨中，她觉得心中一无所有。这时，只见月霞匆匆忙忙打着伞过来说："娘娘，下着雨，您怎么在雨中站着，咱们回去吧，皇后娘娘。"

回到凌云宫后，皇后伤心地喃喃自语："现在好了，不但如花不理我，连如玉也不理我了，我是一个人了。"

月霞说："娘娘，过一阵子会好的，如玉公主刚刚知道是这样，肯定会承受不了的，等她们长大了，自然就会明白您对她们的苦心的，您是为了她们好，您就别去伤心了。"

皇后说："本宫伤不伤心要你管，你管得着吗？本宫的喜怒哀乐也要你管吗？"说完就从头上拿一个簪子下来扎月霞的胳膊，"本宫让你管，让你管。"

月霞不停地说："娘娘饶命，奴才不敢了。"皇后说："给我滚出去。"月霞说："是。"

皇后感觉浑身无力，坐在地上哭了起来。

如花淋着雨回到了屋中，如玉看见如花浑身淋湿了，说："姐姐，你快点儿先泡个热水澡，换身衣服吧。"

如花说："对不起，妹妹。"

如玉说："你跟我道什么歉，快点儿去洗澡，别着凉了。"

如花说："你现在一定非常恨用来龙去脉散毒你的母后，也非常恨告诉你真相的我吧？"

如玉说："不，我不恨你，我是恨母后。我不但不恨你，还要感激你，要不是你把真相告诉我，只怕我现在还蒙在鼓里呢。"

如花说："那你现在伤心吗？"

如玉说："我伤心什么，我为了这么一个人伤心不值得，我跟她断绝一切关系，我高兴还来不及呢，好了，咱们永远是亲姐妹。"

如花说："你说的是真话吗？"

如玉说："不是真话难道还是假话吗？就算其他是假的，可咱们永远是亲姐妹，我真的没有恨你。"

如花说："好吧，我信你，咱们永远是亲姐妹，我去洗澡了。"

如玉说："去吧，我等你。"

如花走了以后，如玉又伤心起来，心想，在众人眼里，闪光的永远是姐姐，而不是她自己。

47

如花洗完澡，看见如玉伤心的样子说："你明明是非常的伤心，还说不伤心，真的口是心非。"

如玉说："姐姐，我问你一件事，你一定要如实地回答我。"

如花说："你说吧，我听着呢，我知道的一定会如实告诉你。"

如玉说："好，你是怎么知道放的是来龙去脉散？"

如花说："你干吗问我这个？"

如玉说："我想知道到底是怎么回事。"

如花说："还能是怎么回事，不就是想害孙贵人吗？栽赃陷害就是这么回事。"

如玉说："那只是她的意图，我要知道你是怎么知道的。"

如花说："你问这个干吗？这重要吗？"

如玉说："当然重要了，你要是不知道来龙去脉散，你能告诉我吗？你要是不告诉我，我能知道吗？所以我断定，你知道来龙去脉散一定有很深的奥秘。"

如花说："你凭什么就敢断定我知道来龙去脉散有很深的奥秘呢，你有什么证据？

如玉说："这还用有证据吗？不要瞒我了，快说实话吧。"

如花说："我无话可说。"

如玉说："就算我求你了，跟我说吧，我已经被隐瞒了十一年，不想再被隐瞒了。"

如花说："我不能告诉你。"

如玉说："为什么不能告诉我？"

如花说："因为这是我多年的一个秘密，我不能告诉任何人，也包括你。"

如玉说："我可是受害者，为什么不告诉我？"

如花说："就因为你是受害者，我才不能告诉你，我不能让你接二连三地受打击，这次打击比上次打击还要大，我怕你听了会承受不住。"

如玉生气地说："我知道你永远比我厉害，那些公主都敬佩你，你忙着招待那些崇拜你尊敬你的人，所以你不管我，你觉得我无能，不愿意理我。"

如花说："什么叫你无能，你不是同样很漂亮很受人敬佩，咱们俩不都是皇宫里最漂亮的公主吗。"

如玉说："那不一样。"

如花说："怎么不一样？"

如玉说："你有你的特点，你总是一朵让人喜爱的鲜花，而我却是一棵小草，没有人来关心我，无视我的存在，甚至什么样的人都踩踏。我只有漂亮，没有别的东西，要不是漂亮，我早就死了。"

如花说："可是别人都很喜欢你呀。"

如玉说："我说过那不一样！那个杏花公主每次咱们去找

她玩的时候她都拿我当空气，无视我的存在，只跟你玩，使我感觉我只生活在你的光环之下，你占尽了所有的优势，你受到的疼爱比我多，受到的重视也比我高，从小到大你占尽了所有的光彩，这是你欠我的债，现在也该是你还债的时候了，我求你了，给我一次机会吧，让我展示自己的才能，我要展现出我并不比你差。"

如花说："如玉，你到这个世界上的目的，就是来跟我竞争的吗？你到底拿没拿我当亲姐妹？我给过你机会，而且给过你很多机会，可是你自己不珍惜，没有把握住。"

如玉说："你给我机会了，在哪儿？你什么时候给过我机会？"

如花说："你还敢说没有给过。每次我跟母后吵架的时候我都给你机会让你跟她吵，可是你非但没有跟她吵，反而劝我不要跟她吵。机会不是别人给你的，是你自己争取的，你找不到机会那是因为你无能，你没有能力让人对你刮目相看。我今天才知道你的心里是怎么想的，原来你伤心的不是母后给你放来龙去脉散，而是因为你一直生活在我的光环之下，我看错你了。"

说完，二人厮打起来了。

48

梅花雪花上来劝架："公主殿下别打了。"

雪花说："是啊，你们从来没有打过架，今天不要为了一点儿小事就打架，闹坏了姐妹情谊，可真是太不值了。"

可是两个娇贵的主子揪头抓脸打得正欢，哪肯听她们的。如花如玉好不容易被拉开后，如花说："你刚才说过的话现在就忘了，你根本就没有拿我当亲姐妹，你一直在跟我比赛，你恨我，你恨我夺走了你所有的光彩，占尽了所有的优势，受到的疼爱比你多，受到的重视比你高，你嫌我，我走，给你腾地儿就是了。反正现在雨也小了，我也不怕生病，不过我告诉你，你没有什么本事令我刮目相看，更没有资格怪我，从此以后咱们一刀两断。"

雪花说："公主殿下，您和如玉公主有何矛盾慢慢说，不要一气之下就说出这种话，如玉公主多伤心呀。"

如花说："她伤心？只怕她是盼我走吧，不用再劝我了，从此以后，我不会再理会这个人。"如花说完就走了。

雪花跟在后面："公主殿下。"

如玉说："不要拦她，最好永远不要回来才好呢。"

如花出了花青馆，来到了杏花的粉香房里。

杏花看见了如花说："如花姐姐，你怎么被淋成这个样子？来人，快给如花姐姐弄热水，如花姐姐，你先洗一个澡吧。"

如花说："我洗过了，谢谢杏花妹妹。"

杏花说："怎么了？如花姐姐。你好像有什么事，跟我说说来吧，别憋在心里，再憋出病来。"

如花吞吞吐吐地说："我能在你这儿住几个晚上吗？"

杏花说："我当是什么事呢，原来是这个，早就盼着你来了，别说是住几个晚上，就算永远住在这儿，我都欢迎。来，我也要睡了，跟我睡一起。"

这天晚上，如花翻来覆去睡不着，她心想，我到底怎么知

道母后放的是来龙去脉散，我又怎么知道母后不是我的亲母亲呢？她陷入了深深的回忆——

　　那年，如花才七岁，她看见了皇后往七八岁的孙贵人送的春卷里放来龙去脉散，那时候如花还不知道那毒药竟是来龙去脉散，问："母后，您给妹妹的春卷里放的是什么呀？"

　　皇后说："这是一种调料，会使食物更香甜可口。孙贵人没有加，所以本宫就给加了点儿。"

　　如花说："那我也尝一尝。"

　　如花刚要伸手去拿，皇后就打了她的手一下说："这是孙贵人给如玉吃的，谁让你吃了？"

　　皇后给如玉吃了，如玉吃完就吐血。皇后说："大胆孙贵人，竟敢陷害公主，本宫要把这件事告诉皇上，让皇上做主。"

　　皇上说："孙贵人，你可知罪，你小小年纪就诡计多端，将来如何了得？"

　　孙贵人说："皇上我听不懂您在说什么。"

　　皇上说："你还敢给朕装蒜，来人，用刑。"

　　侍卫把孙贵人按到长椅子上，打大板！

　　如此用刑，年幼的孙贵人怎么受得了？七岁的如花在旁边看着，她和孙贵人是最好的朋友，虽然地位不同，但是年龄相当，能玩到一起。看到这一幕，如花既害怕又伤心。孙贵人一直在喊着："如花姐姐救我，如花姐姐救我，快救我。"

　　皇上说："你叫如花也没有用，虽然她平日里跟你要好，朕准你们两个在一起玩，但是你犯了死罪，连她也救不了你，你不招的话谁也救不了你。"

如花冲过去说："父皇，您为什么要打孙青妹妹，她犯了什么罪？就算犯了，您也原谅她吧。"

皇上说："她犯的是死罪，也不招，就只能用刑了。"

如花说："她犯了什么罪？"

皇上说："她往春卷里面下毒，要毒死如玉。"

孙贵人说："我没有放毒，如花姐姐你要相信我。"

如花说："孙青妹妹不是那种人，就算放了毒，您惩罚她一下就是了，不要打她。父皇我求求您放过她吧！"

如花又说："可妹妹没死呀，你们干吗还不放过孙青妹妹？"

皇后说："可是她不招，而且这种人根本就不能留，不杀一儆百，她还会犯的。"

孙贵人说："我根本就没有下毒，你们凭什么打我？"

皇上说："好，仗着有如花给你撑腰，你就敢无法无天，敢对皇后和朕无礼，奶妈，把如花领走。"

一个侍卫说："回皇上，奶妈没有跟着来。"

"那你们俩就把如花给拉走，把她送到花青馆里再回来。"

两个侍卫异口同声："是！"

如花说："父皇，您放过孙青妹妹吧，我求求您放过孙青妹妹吧，她是无辜的，她不是那种人。"

49

这天皇上正在慈念宫批阅奏折。皇后走过来说："皇上，这孙青还真厉害，打了她这么半天也不吭一声，十八种刑具都

用了，她还是死不肯招。"

皇上说："气死朕了，你说朕怎么会召她进宫？看她能歌善舞，七八岁又那么年幼，便答应她一切要求，准她跟如花玩，谁知怎么那么诡计多端，皮还挺厚，死都不肯招。朕瞎了眼，朕这么聪明，怎么会被她迷惑。"

这时如花刚好走来，在屏风后面听到他们在谈孙青，便悄悄偷听。

皇后说："皇上，臣妾倒有一个主意，不知道皇上同不同意。"

皇上说："有什么主意？快说。"

皇后说："拿如花当人质来威胁孙贵人。"

皇上说："这未免太冒险了吧，如果还是不肯招呢？"

皇后说："不可能，她和如花毕竟是朋友，幸亏这次臣妾发现及时，要不然的话如花也会被她害了。"

如花冲出来说："母后你不许拿我当人质来杀孙青妹妹，你要是杀了她，我就跟她一起死。"

皇后说："皇上您听听，她都能为孙青发疯了，这样下去还了得？皇上不要再犹豫了，执行吧。"

皇上说："立即执行，孙凤武。"

孙凤武说："在。"

皇上说："把如花送到大内监牢里去。"

林永生说："是。"

如花说："你放开我，我不要去。"

皇上说："打晕她。"

孙凤武说："是。"孙凤武在如花的脖子上弄了一下，如花就晕倒了，林永生、孙凤武把如花抱进监牢以后，皇上让孙凤武看着如花。

如花醒来了以后，发现自己在监牢里。

孙凤武说："参见如花公主。"

如花说："你还知道我是个公主，你眼里要是还有我这个公主的话，就快点儿放我出去。"

孙凤武说："奴才不能放您出去。"

如玉说："为什么？你要是不放我出去的话我就告诉父皇，让父皇来收拾你，杀了你扒了你的皮。"

孙凤武说："奴才就是奉皇上之命的，利用您来威胁孙贵人。"

如花说："我想起来了，是父皇让你把我弄晕的，所以我会到这里来，父皇拿我做人质，利用我来让孙贵人招是她放的毒。不行的，不能让她招，你快放我出去，快呀。"

孙凤武说："奴才不能，要是放公主殿下出去，皇上会杀了奴才的。"

如花说："你快放我出去，父皇能杀你，难道我就不能杀你吗？"

孙凤武说："好啊，您杀呀，问题是您现在能杀吗？杀得了吗？"

如花随手操起一根棍棒，想吓唬他一下，却不小心打到孙凤武的后脑勺，孙凤武立马晕倒了。

如花心想，他醒来以后肯定会来找我的，干脆把他给绑起来。突然她看见了牢笼里有一个布袋，就把孙凤武给套住，偷偷拿了钥匙逃了出来，来到了孙贵人所在的牢笼里，看见了遍体鳞

伤的孙贵人处在昏迷中，便叫了两声。孙青醒过来，见是如花，抱着她哭道："如花姐姐，我真的没有下毒，你要相信我呀！"

如花说："我相信你，先别说这些，父皇母后想利用我来威胁你，赶紧走吧，我陪你一起出宫，这个地方不能停留太长时间。"

如花、孙青刚出牢笼，就被皇上和皇后拦住了。皇上说："花儿，这里是皇宫，哪有那么容易出逃？你那点儿雕虫小计瞒得过朕吗？赶快回花青馆照顾如玉，不然朕就杀了孙青。"

如花说："父皇，您饶了孙青妹妹吧。"

皇上把剑架在孙青的脖子上说："你真不怕朕杀了她？"

如花说："别，父皇我怕。"

皇上说："怕就赶快回宫吧。"

皇后说："如花，你要搞清楚谁是你的亲妹妹，你的亲妹妹现在躺在床上你不管，却跑到这儿来替陷害你妹妹的人求情。"

孙青说："我没有。"

皇上说："如花快滚，不然我真杀了她，你不怕我杀了她？我原以为你们俩的感情有多深呢，原来不过如此，孙青她不肯承认，可别怪朕无情。"

如花说："不要，父皇我答应您走，不过您不要杀孙青妹妹。"

临走时，如花小声对孙青说："过几天我再来找你。"

50

皇上对孙青说："纸是包不住火的，朕会等着你招。刚才如花为你做出牺牲了，你是不是也该为她牺牲一回啊，而且毒明明是你放的。"

孙青说："我没有放，有可能是如玉妹妹看我跟如花公主玩得好，她嫉妒我，也许那毒是如玉妹妹下的呢，来陷害我，想把如花姐姐拉拢过去来恨我，还好如花姐姐有自知之明，不会怀疑我。"

谁也不知道，此时如花一直在后面听着。

皇后说："你还狡辩，把责任推给如玉。"

皇上说："朕真替如花不值，她有了你这么一个朋友。那朕现在就去把如花的生命给了结了。"

孙青急了："皇上，是我下的毒。"

皇上说："我就知道你为了如花什么都会说，你这样的大罪，朕本应将你处死，不过朕念你年幼又看在如花的面子上，把你打入冷宫。来人，把孙贵人打入冷宫。"

孙青看了如花一眼，如花正要追上去，却被皇上给拉住了："花儿，跟我回去，你不能被这个女孩给迷惑。"

如花说："我不跟你走，父皇，毒不是她放的。"

皇上说："好了，花儿，这件事就此结束。对了，你是怎么从牢笼里出来的？孙凤武呢？"说完，皇上马上带着如花去找孙凤武。

到了如花的牢宠里，打开布袋，孙凤武从里面爬出来说："参见皇上，奴才失礼，如花公主，你这也太不像话了，为什么把奴才给绑起来呀？"

皇上说："如花，你为什么要把孙将军给绑起来，还放到布袋里？"

如花说："他不放我出去，我不小心弄晕了他，然后我就把他放在布袋里捆起来，就去找孙青妹妹了。"

皇上笑着说："你心眼还不少，你是怎么看出来的，能弄晕他？"

如花说："您不是也弄晕过我吗？我就是不小心打住他的脖子，然后把他给捆起来了。"

皇上说："你呀你呀，真是人小鬼大。"

皇后说："如花，你也太不像话了。"

皇上说："皇后不要这么严肃好吗？她才七岁懂什么呀，再说让她玩一玩有什么呀，总不能让她七岁的时候就失去自由和快乐吧。"

如花看到自己的母亲对自己是那么冷落，无法理解。她幼小的心灵怎么受得了，她想起了自己的亲生母亲，于是就对皇上说："父皇，我想母亲了。"

皇上说："你的母亲不是就在眼前吗？"

如花说："可我想念的是我的亲生母亲不是她。"

皇上说："如花，虽然她不是你的亲生母亲，可是皇后一直拿你当她的亲生女儿呀，我知道她是严厉了一点儿，可她也是为了你好啊，她是母仪天下的皇后，责任就是让自己的儿女守规矩。"

如花说："她一点儿都不疼我。"

皇上说："母仪天下就是把天下所有的人都看作自己的儿女，怎么会不疼自己的女儿呢？"

如花说："可我还是想念母亲。"

皇上蹲下来抱住如花说："朕知道你想念你的亲生母亲，其实朕也想念她。这样吧，改天朕带你去见一见你母后的墓碑，叫上你的太子哥哥，他毕竟也是你母亲的亲生儿子。好了，朕还有一些事要处理，让你的母后带你回去吧。"

皇后伸出手温柔地说："来，如花。"

如花说："不用了，我自己回去就可以了。"

有一天，如花高高兴兴地来到了皇上的寝宫里，一推开门就叫道"父皇"。可是看见了皇后就说："父皇在处理公事呀，那我先回去了，待会儿再来找您。"

皇上说："哎，如花过来，什么处理公事呀，朕在研制药物呢。本来念叨着要去看你呢，结果你还来了。"

皇后说："如花坐到我身边来。"

如花说："我坐到父皇身边就行了。"

如花坐到了皇上身边。皇上说："为什么不坐到母后的身边呢？"

如花说："我不愿意坐在她身边。"

皇上说："为什么不愿意坐在你的母后身边？她可是你的母亲。"

如花说："她又不是我的亲生母亲，对了，父皇，您答应

过我过几天带我去母亲的墓地。"

皇上说："是这样啊，如花，你看父皇非常忙也没时间，不如让你的母后带你和太子哥哥去怎么样？"

如花说："我不要。"

皇上说："为什么？"

如花说："她带我去不可能让我和太子哥哥待太久的，她现在肯定恨透了我的母亲，想让我忘掉她，让我把她当成我的亲生母亲。"

皇上说："如花你怎么回事？你的母后在你眼里就有这么坏吗？"

如花说："父皇您在研制什么药物呀，能让我看看吗？"

皇上拿起碗说："这叫来龙去脉散。"

如花一脸疑惑："来龙去脉散？"

皇上说："对，是来龙去脉散，孙青就是给如玉下的这个毒，如玉才会晕倒的，这可是剧毒，所以以后千万不要碰。"

如花说："可是那天皇后也下的是跟这个来龙去脉散一模一样的东西。她说能使食物更加香甜美味，孙青妹妹没加，所以她就加了，而且如玉吃完就吐血了。"

皇后说："如花，你在说什么，我知道你恨我，但是你不能这样陷害我。"

如花说："你敢说你没有往春卷里面放东西？"

皇后说："我是放了，但是没有放毒，放的是调料。"

如花说："我看得清清楚楚，跟这个来龙去脉散一模一样，就连味道也一样。"

皇后说："皇上，真的不是臣妾做的。"

皇上说："我想皇后不会干出这种事情来，如花你不要为了维护孙青就把矛头指向别人，你的母后是不会干出这种事来的。"

51

如花又想起如玉说的话："我只生活在你的光环之下，你占尽了所有的优势，你受到的疼爱比我多，受到的重视也比我高……"如花心想："我到底做错了什么，你要这样对我？你怎么能说出这种话？"

如花竟哭了起来，杏花说："如花姐姐，你怎么了？"

如花说："没事，就是做了个噩梦惊醒了，你睡吧。"

杏花说："天都亮了还睡什么？"

如花说："什么天亮了呀？"

杏花说："是啊。铃儿！"

铃儿说："在。"

杏花说："伺候洗漱。"

如花自言自语："不知不觉一夜过去了，这一夜全是回忆。"

如花来到了太子府里叫了一声："太子哥哥。"

太子说："如花呀，怎么了？有什么事吗？"

如花说："你今天有时间吗？"

太子说："应该没有，我已经三天三夜没合眼了，又有一大堆公务没有处理，我忙得像只蚂蚁一样。怎么了？有什么事吗？"

如花说："我想去看一看，我想你应该知道我说的是谁吧。"
太子说："我知道，是咱们的亲生母亲，我也想去看看，可是我这么忙，实在不能去看，还有那该死的喜力叛乱，气死我了。"

　　如花说："好吧，我自己去看母亲，改天再来约你。"

　　如花刚要走，被太子叫住了。如花转过头来："怎么了？太子哥哥，还有什么事吗？"

　　太子说："你最近怎么不跟如玉在一起玩了？你跟杏花倒走得挺近的。"

　　如花说："有吗？我跟如玉虽然是亲姐妹，但也不能天天黏在一起吧。好了，不要多想了，我先走了。"

　　如花到了生母的坟地，跪下磕了个头，悲泪长流："母亲，我来看您了，如玉不肯谅解我，我不会再跟她是姐妹了，请您原谅，都是皇后往如玉的春卷里放来龙去脉散，使如玉中毒，害我跟如玉吵架。您为什么当初要把我和如玉托付给那个女人，您不知道这么多年来我和如玉一直被她当棋子，对我们好一时歹一时的，简直生不如死，还不让我出宫去玩。母亲，如果您在，一定会让我出宫去玩的，对不对？"

　　此时，皇后在凌云宫里。

　　月霞说："娘娘，来喜回来了。"

　　皇后说："快请进来。"

　　来喜进来跪着说："奴才参见娘娘，皇后娘娘千岁千岁千千岁。"

　　皇后说："起来回话。"

　　来喜起身说："娘娘，如花公主到她亲生母亲的墓地里去了。"

皇后说："到母亲的墓地里？如花呀如花，我为你付出了这么多还是不如你那个亲生母亲，备车，本宫要亲自去看一看。"

如花说："母亲你放心，不管那个女人怎么样，在我的心里只有您。"突然看见了皇后的车驾，于是赶紧躲起来。

皇后下车以后看见如花不在，说："咦？如花怎么不在？难道走了？"来喜说："奴才刚才明明看见如花公主在这里的。"皇后说："不在，正好呀。如花的亲生母亲，如花对您的情挺重的，哼，不过我告诉你，我一定会得到如花的心，让她对我的情意重过你的情意，回宫。"

皇后一走，如花就闪身出来："母亲，您看见了吧，她居然派人跟踪我，如果是您的话，您会这样做吗？还说要得到我的心，让我对她的情意重过您，做梦！我是不会忘记您的，放心！"

说完如花重重地磕了一个头说："今天我多陪您一会儿吧。不着急。"

晚上太子来到了花青馆，如玉看到了太子说："太子哥哥，有什么事吗？"

太子说："如玉，如花呢？"

如玉慢吞吞地说："姐姐……出去了，还没回来呢，你有什么事要跟如花说，告诉我我帮你告诉姐姐。"

太子说："难道去母亲的墓地里还没回来吗！"

如玉说："太子哥哥，什么母亲的墓地，你在说什么呢？"

太子说："噢，没什么，我说的是如花去看母后怎么还没回来。"

如玉说："你既然知道姐姐在那儿，你去凌云宫找呀，干

吗来这儿找呀。"

太子说："我以为如花已经回来了呢，行了，既然如花不在，那我就走了。你好好休息吧，不打扰你了。"

太子走了以后，如花自言自语地说着："太子哥哥，怎么怪怪的，况且他刚才说姐姐去了母亲的墓地，难道母后死了吗？难道姐姐真的有什么事瞒着我？而且已经瞒了十一年了？不行，我得搞清楚这到底是怎么一回事。"

太子离开花青馆，来到皇上的寝宫。太子进来说："父皇，出大事了。"

皇上说："什么大事？"

太子说："今天下午如花来找过我一趟，说是想去母亲的墓地看一看，我太忙了，所以没有去，她就自己去了，结果到现在还没回来。我刚才去了一趟花青馆，不敢把这件事情告诉如玉，我怕如玉知道了又得伤心，如花的性格您也是知道的，她每次去母亲的墓地都会忆起往事，您说她会不会做傻事？"

如玉听见了这些话进来说："太子哥哥，什么意思？你和姐姐是不是真有什么事瞒着我，母后不是咱们的亲生母亲，对不对？你快告诉我。"

太子说："如玉，你冷静一点儿，母后确实不是咱们的亲生母亲。"

如玉说："好啊，你和姐姐隐瞒了我十一年，整整十一年！这十一年，我一直被蒙在鼓里，怪不得皇后要千方百计对付我和姐姐，拿我和姐姐当棋子看，帮太子哥哥当上太子，逼姐姐嫁给潘圆，不让姐姐跟原贵在一起。这些征兆都很明显，我居然没看出来，还帮母后说话，我好傻，这一切一切都是为了她自己，毕竟我们不是她的亲生女儿，姐姐现在在哪儿？"

　　太子说："不知道，但是很有可能在墓地那儿。"

　　如玉说："去墓地那儿，不管怎么样我一定要让姐姐说出真相。"

　　皇上说："好，朕一定要叫上皇后。"

　　如玉说："父皇叫上母后可以，但是绝不可以让母后知道我知道真相这件事。"

　　皇上说："好，朕答应你。"

下
部

52

在凌云宫里，皇后打翻了茶杯。

月霞说："娘娘，您何必为了一个死人生气呢？"

皇后说："谁说本宫生气了，本宫生谁的气了，你哪只眼睛看见本宫生气了？"月霞说："娘娘，您就承认了吧，明明就是生气了。"

皇后一边掐着月霞一边说："你好大的胆子，我让你说，我让你说。"

月霞趴在地上哭着说："娘娘，我求您了，您把这火气降一降吧。"

这时皇上来了，皇上说："皇后，你怎么回事？"

皇后说："月霞她竟然敢顶撞我。"

月霞哭着说："我只是劝一劝娘娘别生气，谁知道她就把火气发这么大。"

皇后说："你再说，你再说，本宫撕了你的嘴。"

皇上说："行了，月霞，你先退下吧，朕有事跟皇后说。"

月霞说："谢皇上。"之后月霞就哭着离开了。

皇上说："去看如花如玉的亲生母亲吧，带上如玉，别让她蒙在鼓里。"

皇后说："皇上，臣妾知道，臣妾怎么做也比不上如花如玉的亲生母亲，要不是杨倾城当时因难产而死，把如花如玉托付给我，皇上也不会立我为后的，肯定会立杨倾城为后。这么多年来皇上仍然爱着她，没有忘记她，说实话臣妾真的好心痛，不过只要能帮到皇上，臣妾付出什么都是值得的。"

皇上说："皇后，朕日后一定会好好弥补你，常过来看你的，可是今天就算朕求你去看一看杨倾城吧，她太可怜了，朕想她一定非常地想念朕和如花如玉，不过皇后，你要相信朕是真心喜欢你，立你为后，不是为了如花如玉而是真的为了你。"

皇后说："皇上您说的是真心话吗？"

皇上说："是。"

皇后说："即便是假话我也爱听，您一年也不来凌云宫一次，没人把我放在眼里，月霞也敢顶撞我，现在我连儿女的爱也没有了，太子虽然对我还好一点儿，可是他那么忙，几个月才来看我一次，如花如玉就更别提了，现在连见我一面也不肯，就算见了面也说出那么多讽刺的话，好了，皇上，走吧，时间不早了。"

皇上、皇后、如玉、太子坐在马车里，如玉说："父皇，母后怎么来了？她那么爱争风吃醋，到那儿不气死她才怪呢。"

太子说："如玉，你到那儿不管遇到什么事，受到的打击再大，你一定要挺住，不要太难受，待会儿就能够和如花见面了，让如花把真相一五一十地告诉你。"

如玉说："我知道。"

到了母亲的墓地，如花正在那里跪着，如玉说："姐姐，这到底是怎么回事？你告诉我到底谁是咱们的亲生母亲。"

如花说："事到如今，我就告诉你，杨倾城才是我们的亲生母亲。"

如玉说："为什么瞒我这么多年，你告诉我，你告诉我！"

如花说："在这里不好说，等到了花青馆再说吧。"

在花青馆里，如玉说："现在你可以告诉我了吧。"

如花说："前面我没有亲身经历，也是听云儿告诉我的，那时候母亲的容貌沉鱼落雁、闭月羞花，父皇那时候也年轻力壮。"

如花又讲了杨倾城和皇上的故事。

有一天，杨倾城走在街上，拿着簪子。

云儿说："小姐的眼光就是高，看中了这么漂亮的簪子。"

杨倾城说："你呀，跟着我这么多年别的没学会，倒学会贫嘴了。"

云儿说："哎呀，小姐出嫁前是伶牙利齿，我倒希望小姐快找个如意的相公，快点儿嫁出去。"

杨倾城追着云儿打着说："你这个臭丫头也敢取笑我，明天我就叫人给你找个奴才许配了，看你到时候怎么哭着来求我。"

云儿说："好了，小姐，我不过是跟您闹着玩，您还真当真了。"

杨倾城说："对了，咱们在外面玩了几个时辰了？"

云儿说："好像都三个时辰了。"

杨倾城说："这么长时间呀，父亲肯定着急了，回去吧。"

这时，有几个泼皮无赖看见杨倾城长得漂亮，就过来说："哟，小美人，这么高兴去哪儿呀？"

杨倾城见他们不是什么好人，心生厌恶，就说："我去哪儿要你管，云儿，我们走。"

泼皮无赖说："去哪儿啊？怎么跟个冷美人似的，一定受到了打击，说，去哪儿啊？"

云儿说："我们小姐去哪儿不用你们管，给我走开。"

泼皮无赖说："嘿，嘿，嘿，这个丫头也蛮有意思的，真是有其主必有其仆呀，两个都是冷美人，来，我带你去一个地方包你满意。"

杨倾城不耐烦地打了泼皮无赖一个耳光："你们不觉得你们很无聊吗？走！"

泼皮无赖说："哟，还挺有意思，还会打人，那我们更得好好玩一玩了。"说着抱住了杨倾城。

杨倾城挣扎着说："你们放开我，放开我。"

泼皮无赖说："门都没有，走！"

云儿跟在后面焦急地喊道："小姐，小姐！"

泼皮无赖说："老大，这个丫头也不错，不如把她一起带走吧。"

泼皮无赖的头目说："好。"

53

皇上独自一人微服私访，正巧从此路过。见前面闹哄哄的，就凑过来看个究竟。围观的人也越来越多。

杨倾城喊道："来人呀，救命呀。"过路的行人都过来看。

泼皮无赖抽了杨倾城一个耳光说："你敢喊？你再喊。"

过路的行人都看不惯，有的说："怎么还打女的？"

皇上打了泼皮无赖一拳，泼皮无赖说："你是谁呀？竟敢打我？"

皇上说："你是人吗？你对一个姑娘下这么狠的手，怎么还打女人呀，简直是一群流氓。"

泼皮无赖说："兄弟们，他说我们是流氓，上。"

经过一番较量，泼皮抱起云儿就走。

云儿说："你们放我下来，放我下来。"

一个泼皮无赖说："别走，这儿还有一个呢。"

另一个泼皮无赖说："能保住一个就不错了，赶快走吧。"

杨倾城说："云儿被他们劫走了，我要去追。"

皇上拉住杨倾城说："先不要着急，他们一定躲在隐蔽的地方，这样吧，咱们现在赶紧跟着他们，看他们把云儿带到哪里去，晚上再悄悄救云儿。"

皇上和杨倾城不知不觉跟着泼皮，一路追到了暮色降临，追进了一个荒山里。泼皮无赖还抱着云儿。

云儿说："求求你们放我下来，我要去找我们家小姐。"

突然泼皮无赖一转身，皇上赶紧把杨倾城拉到一棵大树后。杨倾城看见泼皮无赖把云儿抱到小黑屋里。

杨倾城说："怎么办？"

皇上说："别急，走，去看一看。"

到了小黑屋面前，从门缝里看见泼皮无赖把云儿放在地上。

泼皮无赖说："老大，今天可累死我了，待会儿怎么奖赏我呀？"

一个泼皮无赖说："把她借你玩会儿。"

泼皮无赖说："这么漂亮的女孩我都有点儿舍不得玩。"

一个泼皮无赖说："哎，老大，你怎么扭扭捏捏跟个娘儿们似的，咱们把她给抓过来不就是想玩她吗？如果把她给放了，那不白费力气吗？再说她再怎么好看，也没有刚才那个姑娘好看。"

泼皮无赖说："那还等什么呀，赶紧玩会儿吧。"

泼皮无赖开始扒云儿的衣服，云儿哭道："求求你们放我走吧，我可以给你们钱、首饰……求你们放了我……小姐，你在哪儿呢？快来救我呀，救命呀……"

这时云儿的衣服半个领子已经敞开了。杨倾城看见这一幕，要冲进去，却被皇上拦住了。

杨倾城说："你干什么？放开我，我要去救云儿。"

皇上说："你能打过他们吗？别说是你，就连我也未必能打过他们。"

杨倾城说："那也不能眼睁睁看着云儿被他们糟蹋呀。"

皇上说："看来只有打了！"

说完皇上就拉着杨倾城冲进去了。泼皮无赖头目斜着眼说："嘿，这位公子可真是宽宏大量呀，又给我们送来了个小美人。"

一个泼皮无赖说："哎，老大，这哪里是宽宏大量，人家是因为下午打了咱们，专门领一个小美人赔罪来了。"

泼皮无赖说："算他识相，还知道跟我们道歉。算了，看在你送来小美人的份上，原谅你了，你可以走了，来吧，小美人。"

皇上说："哼，想得倒美，打不过我，谁也别想碰她。"说完，双方对打起来。皇上被众泼皮无赖围在中间，前后左右挥动铁掌龙拳，双方乱作一团。

杨倾城趁机跑到云儿身边。云儿说："小姐，你怎么来了？这很危险，快回去吧，不用管我。"

杨倾城说："不行，云儿我不能丢下你不管。"

　　一个泼皮无赖忽然冲过来，把杨倾城一把搂到木板上。云儿叫道："小姐！"杨倾城被压到木板上喊："救命！"

　　皇上说："小心。"把泼皮无赖一掌推到边上，哪知泼皮无赖一脚又把皇上踢到一边，抓住杨倾城说："我现在给你两个选择，要不然让她留下，要不丫头留下……"

　　云儿说："让我留下，你们把小姐放走。"

　　杨倾城说："云儿，你不可以这样。"

　　云儿说："只要能救小姐，我付出什么都值得。"

　　皇上说："都不要吵了，我今天就算是拼了这条命，也要让他们放你们两个出去。"说话间，皇上拼尽气力，横扫龙腿，将对方扫在地上，接着又飞身击双拳，势如鼓点。泼皮无赖们哪见过这架势，落荒而逃……

　　杨倾城说："多谢公子相救，敢问公子叫什么名字？"

　　皇上说："本人姓杨名少杰，今日遇到姑娘实属荣幸。"

　　杨倾城说："杨少杰？当今皇上叫杨云杰，你跟皇上有缘？"

　　皇上说："不敢当不敢当，姑娘叫什么？"

　　杨倾城说："我叫杨倾城，好了，时间不早了，云儿我们该走了。"

　　皇上说："我送你们回去吧。"

　　杨倾城说："不用了，多谢公子今天救我们。改天有机会我一定报答您。"

54

端午节，作为后宫佳丽人选，三百个少女进了皇宫为皇上献舞。轻歌曼舞中，皇上一眼就认出其中的杨倾城，杨倾城也认出了那是皇上，大惊！

宴会结束以后，皇上问太监："刚才那个跳《春回大地》的叫什么名字？"

太监说："回皇上的话，她叫杨倾城，可是城里面出了名的美人，多才多艺，才貌双全。"

皇上说："既然多才多艺，才貌双全，那朕就要考一考她，待会儿让她去朕的寝宫来一趟。"

太监说："是。"

太监把杨倾城领到皇上的寝宫。皇上说："你们都退下吧。没有我的吩咐，谁也不许进来，来喜，你到外面去守着！"

来喜说："是！"

来喜出去了以后，皇上对杨倾城说："没想到会在这里碰到你，真是缘分。以后咱们可以没有顾虑地在一起了。"

说完，皇上轻轻抬起杨倾城的脸，正要亲她，她却躲开了："皇上，请您放尊重一点儿，不要这样。"

皇上说："倾城，你不高兴吗？你想一想，你可以享受宫里的锦衣玉食，又可以跟最爱的人在一起，朕不会让人伤害你的。"说完，皇上就抱住了杨倾城。

杨倾城说："放开我。"她推开皇上以后说，"皇上，您听我说，我只是把您当朋友看，而且皇上您不能一直钟情于我，您应该找个更适合您的女孩儿。"

皇上说："你说了你是爱朕的，对不对？你是不是怕后宫的钩心斗角？你放心，朕会让你过上舒适的生活，不会让你受伤害，你相信朕好不好？"

杨倾城说："不是的，皇上，不是这样的。"

"好，朕现在就要你一句话，你对朕到底有没有感情？还是这种感情只是朋友之间的感情。"皇上说，"朕不想听你说这么多，你要是真心想让朕幸福，你就嫁给朕，只有你嫁给朕，朕才会幸福。"

杨倾城说："皇上，我配不上您，太后也会为您指婚的，我相信不久您就会忘记我的。"

这一切，都被来喜听见了，随即去凌云宫去禀告铃妃："娘娘，我有一个消息。"

铃妃说："哦，快说，越详细越好。"

来喜说："是，奴才遵命！是这样的，今天在酒宴上跳《春回大地》的那位女孩……"

铃妃说："怎么了？"

来喜说："今日皇上把她召入寝宫了。"

铃妃说："对呀，皇上是考她的才华，有什么问题？"

来喜说："皇上根本不是考她才华，而是对她表白，让那个女人嫁给他，还说只有嫁给皇上，皇上才能幸福；而且，听皇上与那个女人的口气倒不像是头一次见面，好像是很久以前就认识……"

铃妃说："果真如此？"

来喜说："千真万确，奴才在门外听得一清二楚。"

铃妃心里很不是滋味，拍了一下桌子说道："我为皇上付出了这么多，可是为何就不如一个素不相识的女人，气死我了，这么多年来皇上仍旧不爱我。"

月霞说："娘娘，您怎么能这么说呢，皇上没有不爱您呀，皇上只是见那个女人有几分姿色，想跟她玩一玩罢了，没过多久，皇上肯定又会回到您身边的。"

铃妃说："不可能的，皇上当时是奉太后之命娶我的，他不会爱上我的。来喜。"

来喜说："奴才在。"

铃妃说："那个女人叫什么名字？"

来喜说："回皇后娘娘的话，她叫杨倾城。"

铃妃说："好，杨倾城，我记住了。"

月霞说："娘娘，既然你这么恨她，不如就以勾引皇上的罪名杀了她吧。"

铃妃说："不行，我毕竟还不是正宫，我只是铃妃，不能为所欲为。"

月霞说："那怎么办呀，娘娘。如果杨倾城进宫的话正宫之位有可能就会是她的了。"

铃妃说："说得没错，但是我不会让她得逞的。来喜，杨倾城现在走了没？"

来喜说："好像还没走。"

铃妃说："那太好了，你现在马上去跟着她，一定要知道她住在哪儿，然后向我禀告。"

来喜说："是。"

铃妃说："皇上是我的，谁也夺不走！"

随后，来喜偷偷尾随杨倾城，到了杨倾城的府里，原来是知县府。到了知县府，来喜翻越院墙，悄悄跟进房间，蹲守在暗处。

云儿端茶杯过来说："小姐，小姐，您发什么呆呢？"

杨倾城说："皇上今天对我说要我嫁给他。"

云儿说："那太好了，这是好事呀，这说明皇上他喜欢小姐你呀，你怎么反倒不高兴呢？"

杨倾城说："可他是皇上。"

云儿说："皇上又怎么了，只要你喜欢他，他也喜欢你，就可以在一起，小姐，你跟我说实话，你是不是也喜欢皇上？"

杨倾城说："是，我喜欢他，但是我不能跟他好。"

云儿说："为什么？咱们的身份也不低呀。"

杨倾城说："云儿，你不懂，这不是身份的问题，云儿，我问你，如果这件事发生在你身上，你会怎么办？"

云儿说："如果要是皇上爱我，我也爱皇上，我就会毫不犹豫地嫁给他。"

杨倾城说："可是你怎么面对后宫的钩心斗角？"

云儿说："那些我都不想管，只要能跟皇上在一起，我就幸福了。"

杨倾城说："可是如果那些嫔妃要害你呢？"

云儿说："要她们害呗，不做亏心事不怕鬼敲门，我不怕。"

杨倾城说："云儿，你要是站在我的这个角度想，你就不会嫁给皇上了。我跟皇上今生是有缘无分，就看来生了。"

来喜见云儿长得漂亮，顿时起了不良之心，马上回到凌云宫。

月霞说："娘娘，来喜回来了。"

铃妃说："快请进来。"

来喜进来跪着说："给娘娘请安，娘娘千岁千岁千千岁。"

铃妃说："起来回话。"

来喜起身后，铃妃说："怎么样？打听到杨倾城住哪儿了？"

来喜说："回娘娘的话，知道了。"

铃妃说："住哪儿？快说。"

来喜说："回娘娘的话，就住在知县府。"

铃妃说："知县府？知县这官还不小呢。不行，知县的这官太大了，就算不爱她，为了笼络知县也会娶杨倾城的，绝不能让她得逞。明天就去知县府，来喜，你要是把这件事给本宫办好的话，本宫可大大有赏，你想要什么，本宫就给你什么。"

来喜说："娘娘此话当真？"

铃妃说："当真！"

来喜说："娘娘，奴才今天看见了杨倾城的丫头，长得还算有模有样，奴才想娶她做媳妇。"

铃妃说："好，本宫同意你了，不过前提是需把这件事办成。"

来喜说："奴才一定给办成。"

铃妃说："明天我会把杨倾城带到没人的地方去，你呢，

128

你就跟云儿单独见面吧。"

来喜说："谢娘娘，奴才告退。"

55

第二天，铃妃来到知县府。

来喜对旁边的小厮说："去禀告知县和知县夫人，还有杨倾城，铃妃娘娘驾到。"

小厮说："请等一下。"

铃妃说："不用了，不用惊动知县和知县夫人，我这次来主要是找杨倾城小姐来研究一下学问,带我去你们小姐的房间。"

小厮说："是。"

走到半路的时候,月霞小声说:"娘娘,这知县府可真是气派,看来这杨家还不简单呢。"

铃妃说："杨家是不简单，尤其是那个杨倾城千万不能小看，这次一定要把她给除掉。"

到了杨倾城的闺房门口，小厮说："铃妃娘娘，请您稍微等一下，我去通报一声小姐。"

铃妃说："好。"

杨倾城正在看书，小厮走进房间里说："小姐，铃妃娘娘来了。"

杨倾城迎出来："参见铃妃娘娘，铃妃娘娘千岁千岁千千岁。"

铃妃说："快请起，快请起，对了，你的丫头云儿呢？"

杨倾城说："回铃妃娘娘的话，云儿在屋里呢。"

铃妃说："好，我这次来就想找你研究研究学问。"

杨倾城说："快请进。"

到了杨倾城闺房里，发现屋里非常的气派，就连丫头云儿也这么好看。云儿看见了铃妃就说："参见铃妃娘娘，铃妃娘娘千岁千岁千千岁。"

铃妃上下打量了一下云儿，又上下打量了一下杨倾城，心里想主仆俩都那么好看，怪不得来喜那么喜欢云儿。不行，如果她们进宫了，岂不是要骑到我的头上了？看来这个杨倾城绝不是好对付的，看来必须用另一种办法了。

铃妃说："瞧这丫头生得多漂亮，当丫头真是委屈。你是哪儿的人？"

云儿说："不记得了。"

铃妃说："你父母是谁？"

云儿说："不记得了。"

铃妃说："你今年多大了？"

云儿说："不知道，大概跟小姐差不多吧。"

铃妃说："你怎么什么都不记得了？"

云儿说："我从小无父无母，到处流浪。每次都是死里逃生，尤其是到了冬天，没有吃的，又冷又饿。没办法，只能上别人家去偷东西吃，结果被发现了，有好几次都被人打得差点儿死去，承蒙小姐收我做了丫头。"

铃妃说："唉，生得如此标致怎么这样命苦。算了，不说这些了，屋里太闷了，咱们出去研究学问吧。"

杨倾城说："一切听铃妃娘娘的安排。"

铃妃说："云儿，你呢？今天就好好在这里休息一下等你们家小姐回来。"

云儿说："可是我得跟小姐在一起呀。"

来喜搂住云儿坐下来说："云儿姑娘，你今天就在这里歇一歇，你们家小姐肯定用不了多长时间就会回来的。"

云儿看见来喜对自己动手动脚的，一着急不小心打翻了桌上的茶杯，水洒在来喜的身上。云儿跪下说："公公饶命，公公饶命，是我不小心。"

来喜抓住云儿的手让她起来，说："不敢当，不敢当，你也是不小心的。"云儿看见来喜抓着自己的手不放，最后还是用力挣脱了。

铃妃说："好了，我们走了。"

铃妃把杨倾城带到僻静处，二人溜达了好长时间。杨倾城说："铃妃娘娘怎么走了这么长时间，没说一句话？"

铃妃说："倾城，我把你当好姐妹，我说要找你研究学问是骗你的，找你其实是有要事商量。"

杨倾城说："娘娘有事请吩咐。"

铃妃说："这件事跟皇上有关，要不是我拿你当姐妹，不会跟你说这些的。"

杨倾城听了这些，跪着说："铃妃娘娘，奴才一心一意拿您当姐妹，请铃妃娘娘告诉我，皇上到底怎么了？"

铃妃说："快请起来，快请起，皇上为了你寝食难安。他说他想让你嫁给他，做他的妃子，听他的语气好像他已经跟你说了什么。"

杨倾城说："哪天晚上？"

铃妃说："就是你去皇宫献舞的那天晚上，皇上到底跟你说了什么？说是研究学问，可是自从那天晚上以后，皇上就一直怪怪地对待我。说实话，相信我，我一定会替你保密。"

杨倾城说："铃妃娘娘，其实那天晚上皇上根本就没有提起学问，好像说的是让我嫁给他，说只有嫁给他才会让他幸福。"

铃妃说："那你是什么反应？"

杨倾城说："我拒绝了皇上。"

铃妃说："为什么？"

杨倾城说："因为我配不上皇上，铃妃娘娘我知道您是好人，皇上一定都告诉您了吧，总是听老百姓说起您贤良，可我和皇上真的不是同一路人，以后还请您劝他、安慰他，我跟皇上今生无缘，如果有来生的话，希望皇上只是个轿夫或者是做小本生意的人，我只是一个普普通通的民女，我们可以没有顾虑地在一起，结婚生子，快快乐乐地过完一辈子。"

铃妃说："倾城，你是不是怕皇宫里的钩心斗角？"

杨倾城听了不语。

这边云儿踱来踱去："小姐怎么还没回来？"

来喜说："云儿姑娘，你放心，你们家小姐一定会平安无事的回来的，哎呀，有点儿口干了，云儿姑娘，给我倒杯茶吧。"

云儿倒完茶递给来喜："公公，请喝茶。"

来喜趁接茶杯这个机会摸了摸云儿的手说："真不像个丫头，瞧这手多嫩呀。"

云儿很害怕，为挣脱她就松了手，茶杯掉到了地上。

云儿吓得面如土色："公公，饶命，我不是故意的。"

来喜说，"你就是故意的。"说完就从怀里拿出两锭银子说，"这是赏你的。"

云儿说："公公，这礼太重了，我不敢收。"

来喜说："叫你收你就收下吧，日后你们小姐进宫了，别说这两锭银子，各种金银财宝你都能得到。"

云儿说："小姐进宫？公公你说什么呢？"

来喜说："没什么，你就收下吧。"说完摸一摸云儿的脸，"就赏个脸吧。"

云儿躲开说："公公，我不能收。"

来喜抱住云儿说："你就收下吧，别客气了。"

云儿说："公公，您放尊重一点儿……"

这边，铃妃娘娘对杨倾城说："我可以体会到皇上真的很需要你，你不要怕后宫的钩心斗角，我会来解决的。"

杨倾城说："娘娘，我答应您进宫，请您回去跟皇上说一声。"

"对了，我还有一件事，想跟你说。"铃妃娘娘说，"我想把云儿嫁给来喜。"

杨倾城说："什么？把云儿嫁给来喜？"

铃妃说："对，我想给云儿找个好归宿，她太可怜了。"

杨倾城说："我也想给云儿找个好归宿，不过得问问云儿同不同意。"

二人到了知县府，来喜依然抱着云儿不放说："你收下吧。"

云儿说："公公，放开我。"

杨倾城说："云儿。"

云儿说："小姐。"

铃妃说："云儿，我要告诉你一个好消息，你们小姐要进宫做娘娘了。"

云儿说："什么？不会吧。"

铃妃说："怎么不会？另外，我要把你嫁给来喜，给你找个好归宿。"

来喜说："蒙娘娘厚爱，不过要把这么一个如花似玉的姑娘嫁给奴才，奴才实在是不敢当。"

铃妃说："来喜，人家云儿姑娘还没同意呢，云儿姑娘你的意思怎么样？"

云儿哪愿意嫁给来喜，向小姐求救："小姐。"

杨倾城说："云儿你嫁吧，来喜会好好地照顾你的，来喜，我把云儿交给你了，你一定要好好待她。"

来喜说："我一定会好好待云儿的。"

铃妃说："好了，本宫要回宫了！"

杨倾城把铃妃送出门。

56

晚上铃妃正在服侍皇上，铃妃说："臣妾有一件事要跟您说。"皇上说："什么事？你请讲吧。"

铃妃说："臣妾今天去了杨倾城那里。"

皇上吃惊地问："你跟她说了什么？"

铃妃说："臣妾跟她说您为了思念她寝食难安，又说了一大堆好话，她终于答应进宫了。"

　　皇上说："真的？"

　　铃妃说："真的，她还把那天晚上的谈话告诉了臣妾。"

　　杨倾城正在给云儿梳头："看你这头发整天也不好好梳一梳，你要这样进了皇宫怎么行呀？"

　　云儿说："我不想进宫，小姐，你让我跟你一辈子。"

　　杨倾城说："傻丫头，哪有不嫁人的道理，而且你太可怜了，从小无父无母，到现在都不知道自己几岁了。你现在嫁人了，我应该替你感到高兴，你也应该高兴呀，怎么反倒哭了呢？"

　　杨倾城说着便流下了眼泪，云儿说："小姐，要是我嫁人了，不知道什么时候才能跟小姐相见。"

　　杨倾城说："咱们都在皇宫里，又不是天各一方，一定能相见的。"说完杨倾城拿出一个百宝箱说，"这里面是我的一些首饰，你拿去吧。"

　　云儿说："不，小姐，我把这些拿走，你怎么办？"

　　杨倾城说："我还有首饰，这些你拿走吧。"

　　云儿说："小姐。"

　　杨倾城说："别叫我小姐，叫我姐姐吧。"

　　云儿声音颤抖："姐姐。"

　　突然月霞过来说："云儿姑娘，你快把该收拾的行李收拾一下快走吧。"

　　云儿说："去哪儿呀？"

　　月霞说："进宫。"

杨倾城说："不是说好了，等我进宫她才嫁给来喜吗？"

月霞说："是这样的，今天是十五，正好是黄道吉日，所以才让云儿出嫁的。是铃妃娘娘安排的，至于您进宫恐怕是要晚几天了。"

云儿说："好，等我去收拾一下，把行李打点好，马上就过来。"然后给杨倾城磕了一个头，就走了。

故事终于讲完了。是缘是孽让人惊叹。

如花说："这就是事情的经过。"

如玉说："那后来呢？"

如花说："后来就是母亲在皇宫里饱受折磨，又因为你难产而死。"

如玉说："想不到母亲和父皇还有这么一段刻骨铭心的爱情故事。"

如花说："你现在知道我为什么不肯把皇后给你放来龙去脉散的秘密告诉你了吧，就是因为她不是你的亲娘，要是你的亲娘，怎么也不会这么做，这就是那个来龙去脉散的秘密。我已经告诉你了。我可以走了吧？"

如玉说："你去哪儿？"

如花说："我去找杏花妹妹，现在时间还早，我答应她教她女红的，教完我们还要玩儿球呢，今天晚上我还要在那儿住，让你好好静一静。"

如玉说："为什么你老是住她那儿？"

如花说："你不是嫌我掩盖了你所有的光彩吗？我给你腾地儿，而且我们从此以后不再是姐妹，不应该住在一起了，好了，你好好休息吧，我走了。"

　　如花正要往外走，如玉叫了一声："姐姐。"如花也不答应就哭着往外走了。

　　梅花说："公主殿下，您不要伤心了，过几天等如花公主气消了，她就会回来的，一定会回来的。"

　　如玉哭着说："不会的，姐姐不会回来的，之前我说了那么多伤她心的话，要不然她为什么走了呢，她现在一定是恨死我了。"

　　梅花说："不会的，不会的，如花公主一定会回来的。"

　　如花一直在外面听着，一直在哭。

　　这天雪花走在长廊里，突然奇霞匆匆忙忙过来说："雪花姐姐，雪花姐姐。"

　　雪花说："你干吗呀？吓我一跳，有事快说，我这正忙着呢。"

　　奇霞说："我就是想问一问，上次送给如花公主的桃花粉，如花公主用没用呀？"

　　雪花说："你说的是桃花粉呀，如花公主让我给扔了。"

　　奇霞说："什么？扔了？为什么呀？"

　　雪花说："公主殿下嫌不好，就给扔了，公主殿下还说快南巡了，这些东西也用不上，叫你以后不要再送了。"

　　突然，月霞来了。她说："雪花，我找你找了半天，快走，皇后娘娘找你呢。"

　　月霞说完看见了奇霞说："哟，奇霞，你怎么在这儿，雪花，她是不是欺负你了，告诉我，我来收拾她，对这种人就不能客气。"

奇霞说："哎，你别胡说八道好不好，我是在问雪花姐姐，我送给如花公主的桃花粉，如花公主用了没有。可惜，如花公主扔了。"

月霞说："哟，姐姐姐姐叫得多亲呀，还有你送如花公主桃花粉？是不是另有所图？想巴结如花公主吧，不过如花公主那么聪明，也不是那么好骗的，更何况你那些东西根本就不是好东西，如花公主不会喜欢的。"

奇霞听了这句话很生气："你说谁的东西不是好东西？"

月霞说："既然是好东西，那如花公主为什么不用呢？"

奇霞说："那你的东西未必就是好东西。"

月霞说："谁说不是的？"说完，月霞从袖子里掏出一个盒子打开说，"你看，这才是正宗的桃花粉呢，这是皇后娘娘赏我的，奇霞，你总不能说皇后娘娘的东西不是正宗的吧？"

奇霞说："说了又怎么样？你以为我怕呀。"

月霞说："你不怕像上次那样被皇后娘娘夹手指、挨板子，忍受着十八种大刑，你就说吧。我回去肯定会禀告娘娘的，等娘娘要处置你的时候看你怎么办。"

奇霞说："你……"

雪花忙说："月霞姐姐，你不是说皇后娘娘找我吗？快去吧，要不然皇后娘娘着急了。"

月霞说："哟，奇霞生气了，在这儿乱发脾气，有什么呀？"

雪花说："月霞姐姐，你这个桃花粉能不能送给我呀，最近如玉公主总是吵着说要桃花粉。"

月霞说："没问题，拿去吧。"

奇霞说："这么好的桃花粉你都不要了？"

月霞故意说："这有什么呀，娘娘随时都会赏我一些的，不像有些人，就连这一点儿的桃花粉都没有。"

奇霞说："你会给如玉公主桃花粉是不是也有什么企图？"

月霞说："只有你这种人才会巴结别人，我是不会的。"

突然，如玉出来说："雪花。"雪花说："公主殿下。"

如玉说："找你半天了，怎么找都找不到，跟我回去吧。"

月霞说："公主殿下，皇后娘娘找雪花。"

如玉说："找雪花？找雪花干什么？"

月霞说："这个奴才不清楚。"

如玉说："你告诉她，如果她是想向雪花打探我的情况的话，她休想。就算我和姐姐永远不和好了，她也休想离间。"如玉说完看了看奇霞说，"你怎么在这儿？"

奇霞说："我是来问一问雪花姐姐，上次给如花公主的桃花粉用没用。"

如玉说："原来你是为这个，没用，想攀高枝吧？就算姐姐用，她也不会给你赏钱的，因为她知道你是想巴结她。雪花，咱们走。"如玉说完就拉着雪花走了。

月霞笑一笑说："怎么样？如玉公主都能识破，就更别说如花公主了。"月霞说完就走了。

奇霞说："走着瞧。"

57

有一天，奇霞来找林永生说："林公公有没有砒霜？"突然如花走过来，便躲在山后面偷听。林永生说："你想干嘛？"

奇霞说："我想过了，要想得到权力，必须把周白林给摆脱了，不然我没办法得到权力。"

林永生说："你要毒死周白林？她可是个才人。"

奇霞说："才人又怎么样？皇上早把她给忘了。"

林永生说："虽然给忘了，可她毕竟是皇宫里的人，你怎么能害皇宫里的人呢？到时候会掉脑袋的。"

奇霞说："那我也要冒这个险，这次有可能用力一迈就是春天了，你放心吧，就算到时候要死，我也会一个人死的，连累不到你。"

林永生说："我不是这个意思，办法不止这一个，你可以巴结如花和如玉公主。"

奇霞说："如花公主、如玉公主就更别提了，她们都能识破呀，今天我还受了如玉公主的气呢。"

躲在一边的如花想："如玉对奇霞到底说了什么？"

这时林永生说："那你就毒死如玉公主。"

如花心里一惊，贴近耳朵继续听。

奇霞说："你好大的胆子，毒死如玉公主？那可是皇上最心爱的女儿，万一被查出来了怎么办？再说如玉公主向来都对我的印象不好，她会喝我送的茶吗？"

林永生说："你根本就没必要毒死周白林，你毒死周白林就能让如花公主和如玉公主对你有好感吗？不可能的事！你能趁机毒死如玉公主之后，想办法推到月霞身上，说是月霞毒死了如玉公主，再趁机来讨好皇后，之后有可能皇后会重用你。哼，到时候你的权力可是无人能及。"

　　奇霞心想着这条路也不错，便说："好，你快把砒霜给我。"

　　如花在粉香房里想着林永生的话，心想：不行，我一定要救我妹妹。

　　之后如花就跟着奇霞到了厨房，透过门缝看着奇霞用茶壶倒了一杯茶，里面又放了砒霜。

　　如花走进来说："奇霞。"

　　奇霞说："如花公主吉祥。"

　　如花说："你这是在干什么呢？不好好服侍主子来这儿干什么？"

　　奇霞说："我给周才人沏杯茶，公主殿下，您来干什么？"

　　如花说："你管我，我是来拿点儿点心的，给父皇送去。对了，把这壶茶也给父皇送一杯吧，周才人也喝不了这一壶呀。"

　　奇霞说："这……"

　　如花说："怎么了？怕我把这一杯茶拿走呀？放心吧，不会的，我拿完点心就走。"

　　奇霞说："是。"说完倒了一杯茶就走了。

　　如花看见奇霞走了以后，马上倒了一杯茶，出来把有毒的拿走，把没毒的放上去，奇霞回来以后发现茶杯还在上面便端走了。

奇霞走了。如花看了看，于是喊道："雪花。"

雪花说："公主殿下。"

如花说："盯着她点儿。"

雪花说："是。"

奇霞端着茶来到了花青馆说："如玉公主请用茶。"

如玉说："怎么是你送来的，我也没说要喝茶，再说里面有没有毒呀？"

奇霞说："这是周才人特意让奴才给公主殿下的菊花茶，说是能美容养颜。"

如玉说："哼，她倒知道巴结我，行了，你放这儿吧，我待会儿就喝。"

奇霞说："周才人交代过，奴才一定要看着您喝完。"

如玉说："真麻烦。"

如玉喝完茶，说："喝完了，跟你们娘娘复命去吧，以后别让她送茶给我了。"

奇霞说："公主殿下，您喝了就没有什么不适吗？"

如玉说："没有呀！"

奇霞说："奴才告退。"

奇霞一路来到厨房，嘴里一直在说："真奇怪，真奇怪。"

林永生说："奇霞。"

奇霞说："你吓我一跳。"

林永生说："事情办得怎么样？"

奇霞说："你那到底是不是砒霜啊，如玉公主喝了竟没死。"

林永生说："没死？不对呀，我都问过了，那确实是砒霜。"林永生说完打开一个茶杯闻了闻说，"这才是放砒霜的那杯茶。"

奇霞也闻了闻说："是啊，可是为什么公主这杯茶会在这儿，难道有人动了手脚？"

林永生说："你在弄这杯茶的时候谁来过厨房？"

奇霞说："噢，我想起来了，如花公主来过，难道是如花公主把茶杯给换了？"

林永生说："如花公主也没理由这么做呀。你怎么跟如花公主说的？"

奇霞说："我就说这是给周白林沏的茶，她就让我去给皇上送一杯，回来看见茶杯原封不动地就在那里，我就给如玉公主送去了，糟了，如果真是如花公主换的茶杯，她禀告了皇上，那我们不就死定了吗？"

林永生说："如花公主怎么会知道！"

如花突然出来说："我就是知道。"

林永生、奇霞看见了如花，都很吃惊："如花公主吉祥。"

如花说："我知道你们会来所以特地在这儿等你们，你们吃了雄心豹子胆，居然敢下毒来害公主。"

林永生说："公主殿下您在说什么，奴才怎么听不懂？"

如花说："你们还不肯承认，你们刚才说的我都听见了，你们简直是丧尽天良、禽兽不如。"说完如花拿起茶杯说，"好呀，你们说没下毒，行，要证明你们的清白也可以，有本事把这杯茶给喝了。"

奇霞说："公主殿下饶命，公主殿下饶命。"

如花说："跟我去见父皇。"

58

在皇上的寝宫里，皇上给原喜、原贵一人一把宝剑说："你们以后就佩带着这把宝剑来护驾，朕改天下旨升你们两个为御前侍卫。你们两个都是武功高强的人，我想这跟你们平时的刻苦训练是分不开的。对了，如花、如玉呢，她们怎么又没来？最近如花、如玉为什么总不在一起，难道吵架了？待会儿如花来了我得问问她。"

如花进门说："父皇，我有要事要跟您说，他们这两个狗奴才奇霞和林永生，竟然敢下毒害如玉。"

林永生说："奴才冤枉呀，皇上。"

奇霞说："是呀，我们根本就没有下毒。"

如花说："冤枉，哼，你们把这杯茶给喝了呀！"

这时，一个太监高喊："皇后娘娘驾到。"

皇后进来说："给皇上请安，皇上万岁万岁万万岁，皇上，臣妾今天来是跟你说南巡的事情。"

皇上说："你还有心情南巡？有人要下毒害你的女儿，你都不知道。"

皇后说："什么，有这种事？"

如花说："就算如玉被人真的害死了，她也不会管的，顶多就会装哭两声说一些感人的话，就过去了，她哪有心情管这些事。"

皇后说："如花，你说什么呢，你……"

如花说："难道不是吗，有可能下毒就是你指使林永生和奇霞做的，肯定给了她们不少好处吧，这种伤天害理的事，只有你才做得出来。"

皇后说："你……"

皇上说："好了，好了，你们两个就不要再斗嘴了，都什么时候了，现在最重要的是查清楚真相，来人。"

一个太监说："皇上您有什么吩咐？"

皇上说："把这杯茶拿去喂狗。"

太监说："是。"

皇上说："如花你知道他们放的是什么毒？"

如花说："是砒霜。"

皇上说："林永生，你要是真的下毒了，朕饶不了你。"这时，一个太监进来说："如玉公主驾到。"

如玉说："给父皇请安，父皇万岁万岁万万岁。"

皇上说："你这次实在是太大意了，要不是因为如花，你早就没命了。"

如玉说："是儿臣不对，以后一定小心。"

皇上说："起来吧，站到如花身边去吧。"

如玉说："是。"

如玉站到如花身边以后，皇后就说："你太不小心了，以后可不能这样了。"

如玉说："我不用你管，死了也不用你给我来号丧。"

太监回来说："皇上，把茶喂狗了，狗真的死了。"

皇上说："林永生你跟了朕这么多年，居然敢这样害朕的女儿，你害朕的女儿，就等于害朕。朕到底哪里做得不好了，你要这么害朕，还有你奇霞，你算什么东西，也敢来害公主？"

如玉说："林永生呀林永生，真是知人知面不知心，我知道平时待你不太好，可是你也不能这么害我呀。"

如花说："这个奇霞也不简单，她呀，为了得到权力不择手段，上次你给我那桃花粉，幸亏我没用，有可能里面也有毒。"

原喜说："你胆敢害如玉公主，我杀了你。"之后原喜就把刀插进奇霞的肚子里又拔了出来，奇霞躺在了地上。

林永生说："奇霞、奇霞，你别吓我，你怎么样，没事吧，你可千万不能死呀。"

奇霞说："我不会忘记你的，林公公，我会在天上为你祈福求愿让你的权力越来越大，我今生是得不到权力了，只能等来世了，林公公，咱们来世再见。"说完奇霞手一放，倒在地上死了。

林永生抱起奇霞说："奇霞、奇霞，你醒醒呀，你不能死呀，奇霞。"

皇后说："奇霞你这都是自作自受，你还想为林永生祈福求愿，林永生你跟她什么关系，怎么她说要为你祈福求愿，你们两个是不是有私情？"

林永生哭着说："我们是清白的，根本就没什么私情，我是看她实在太可怜了。"

如花说："可怜，可怜也会害人，奇霞就是死有余辜。"

林永生说："她从小无父母，是个孤儿，总是被人欺负。她认为权力能给她安全感，不想让人欺负，所以才进宫当宫女。可是谁让她倒霉，做了不受宠的周才人的宫女，平日里经常受着皇后娘娘身边的宫女月霞的欺负，还在皇后娘娘面前挑拨是非。有一次，她还挨过板子。她想从如花公主、如玉公主那儿得到点儿好处。可是，你们不但不给她好处，还骂她、侮辱她。"

　　如花说："虽如此说，那她也不能害人，况且害的还是公主。"

　　林永生说："她是被逼的，你要是给她点儿好处，她也不会要下毒害人，而且下毒害死如玉公主，是我出的主意，她是要害死周人才的。如花公主你明明知道这件事的经过，你为什么不告诉皇上，还有你，原公子你凭什么乱杀人？"

　　如玉说："林永生，你不要为了替奇霞讨回公道就乱指责人，就算是她可怜，害公主毕竟是国法难容，原喜也是尽一个御前侍卫的职责而已。"

　　林永生说："那他要杀，也杀我呀，为什么要杀奇霞？她只是一个想要安全感的女子，你们为什么要杀她呀？"

　　皇上说："可害公主毕竟是死罪，来人，把林永生关进大牢。"

　　林永生说："皇上你要把奇霞怎么样？"

　　林永生被拖走了以后。皇上说："把奇霞的尸体给烧了吧。"皇后又说："皇上，南巡已晚了好几天，嘉力那边已派人催了。"

　　皇上说："最近发生了太多的事，朕也没心情南巡了，你去叫人回了嘉力吧，你出去吧，朕想一个人静一静。"

　　皇后说："是。"

59

皇后走了以后，皇上想：原喜居然敢为如玉杀了一个宫女，原贵和如花也是不寻常的感情，最近还听说，原贵为了救如花敢顶撞皇后。如果如花、如玉爱上了原贵、原喜，那可就完了，不行，得赶快把如花、如玉给嫁了，让原贵死了这条心。现在得先让如花嫁给潘圆，之后再说如玉。

正走着路，如玉说："姐姐，这次多谢你相救。"

如花说："不要紧，毕竟姐妹一场，应该的，不过以后一定要小心。"

如玉说："我知道了，可是为什么想在皇宫里安宁度日就这么难？"

如花说："皇宫向来都是鬼气阴森的，每个宫女本来都是善良的女孩，可是为了在宫里生存下去，不得不你争我斗，最后习惯了夺权，丧失理智变成狠毒的女人。咱们既然生在帝王之家，虽然不争斗，但是也要小心。你还有事吗？没事的话，我走了，我还要教杏花妹妹女红呢，最近我们准备绣一个《清明上河图》，我先走了。"

突然杏花来了说："如花姐姐，你去哪儿了？我找了你好久了，咱们一起去绣花吧。"

如花说："好，走吧。"

如花和杏花走了以后，如玉一直在哭，突然有一个手帕递给如玉，原来是原喜。如玉接过手帕以后说："谢谢。"

原喜说："公主殿下为何事伤心？"

如玉说："你不用管。"

原喜说："公主殿下，臣只是想问问，看看能不能帮上公主殿下。"

如玉说："我自己的事不用你操心，以后也不需要你这样的关心了。"

原喜愣了一下："是。"

如玉说："对不起，我今天心情不太好，说了不该说的话。"

原喜说："公主殿下，不敢当不敢当，有人要害你，臣知道公主殿下还在为这件事害怕、难过。"

如玉说："够了，不要再说了，我不想听。"

原喜说："是，公主殿下。"

如玉又想到自己刚刚跟原喜说过的话："那件事，以后不要再提了。还有你不要为我这么卖命，你为了我杀一个宫女我实在不敢当。幸亏父皇没怪罪，要是怪罪了，一定会把你的前途给毁了，到时候免不了朝中非议，让我跟你一起去丢这个脸。"

原喜说："但保护公主是臣的职责。"

如玉说："够了原喜，不用假惺惺的了，你以为你这样我就会在父皇面前给你说好话，让你升官发财了吗？你做梦！你要靠你自己的本事往上爬，就像你哥哥一样。好了，我走了。"

如玉说完就走了，边走边哭，还想着如花说过的话："你不是嫌我掩盖了你所有的光彩吗？我给你腾地儿，而且我们从此以后不再是姐妹，不应该住在一起了，好了，你好好休息吧，我走了。"

如玉又想到自己刚刚跟原喜说过的话："那件事，以后不要再提了。还有你不要为我这么卖命，你为了我杀一个宫女我实在不敢当幸亏父皇没怪罪，要是怪罪了，一定会把你的前途给毁了，到时候免不了朝中非议，让我跟你一起丢这个脸。"

"但保护公主是臣的职责。"

"够了，你不用假惺惺的了，你以为你这样我就会在父皇面前给你说好话，让你升官发财了吗？你做梦！你要靠你自己的本事往上爬，就像你哥哥一样。好了，我走了。"

如玉哭着自言自语："原喜对不起，我不是故意想伤你的，只是我不值得你为我这么卖命，我不值得，我不值得，我不值得……"

晚上如花正在服侍皇上。皇上说："花儿，你觉得林永生害如玉该不该处死？"

如花说："父皇，儿臣认为就应该处死，奇霞都杀了，为什么不杀林永生？"

皇上说："可是林永生毕竟跟了朕多年，让朕杀了他朕真有点儿于心不忍。"

如花说："父皇您不能心软，林永生他不过是个太监，杀个太监算得了什么呀？"

皇上说："花儿，林永生到底哪里得罪你了？你就这么狠心非要置他于死地！"

如花说："这不是狠心，父皇，我知道您很为难，可您要是不杀林永生，这件事情肯定会传遍民间，肯定说皇上为了一个跟随多年的太监，竟然不为自己的女儿做主，这种人不配做皇上，到时候后果可是不堪设想呀！父皇，为了江山，区区一个太监不算什么，可是您要为了他失去了自己的江山那太不值了！而且林永生毕竟是主凶，奇霞是帮凶，都把帮凶杀了，为什么不把主凶给杀了呢？"

皇上说："如花你的心什么时候变得这么硬了？"

如花哭着说："父皇您以为我愿意吗？我也希望皇宫里没有争斗，没有杀戮，就这么和和睦睦地过下去，可那些都是痴想。"

皇上沉默了一会儿，闭上眼说："林永生别怪朕了，为了朕的千秋大业朕也容不下你！"

60

随后皇上走进监牢。如花端着两个酒盅和一壶酒，跟着皇上来到了林永生的牢笼里。皇上坐在椅子上，林永生看见了如花手里拿着酒和杯子说："皇上您这是要赐死奴才吗？没关系，奴才毫无怨言，不过奴才就问您一件事：你们把奇霞的尸体怎么处理了？"

皇上说："朕让人把奇霞的尸体给烧了。"

林永生说："死者为尊！皇上您为什么要这么做？为什么这么狠心？奇霞只不过是一个宫女，你们为什么连具全尸都不给她留？"

皇上说："林永生，咱们今天能不聊奇霞吗？"

林永生说："不聊奇霞聊什么？我现在一闭上眼睛，脑子里全是奇霞的影子，生不如死。也好，今天皇上赐死奴才，奴才也可以摆脱了。"

皇上说："咱们能聊咱们之间的话题吗？"

林永生说："咱们也没什么可聊的，皇上您要赐死奴才就赐死吧，别磨蹭了！"

皇上说："你还记得你刚来的时候吗？"

林永生说："是呀，奴才那时候才十三四岁，记得那是一个下雪的晚上，奴才冻得满身发抖，您让奴才给您做太监，之后咱们就从小玩到大。"

皇上说："是呀，那时候多快乐呀。有一次，你还说皇上真讨厌，要杀了皇上，这句话传到了太后的耳朵里，太后闹着要杀你，最后呀还是朕为你求的情呢。"

林永生说："那时年少不懂事！"说完，林永生和皇上都笑了一会儿，林永生说，"可惜再也回不到那样快乐的时光了。"

皇上说："林永生，朕从来都没有把你当下人看过，而一直把你当弟弟看，可是你为什么要害如玉呢？"

林永生说："不，皇上，跟您没关系，我只是为了奇霞，她太可怜了，她本来是要害周才人的。好了，皇上，聊了这么多好像又回到了以前的日子，不过奴才也应该上路了……"

皇上点了点头，叫了一声："如花！"

如花说："是。"说完把酒和酒杯放到桌子上。

林永生倒了一杯酒说："皇上，我死了以后您把奴才的尸体也烧了吧，奴才愿随奇霞一起去。对了如花公主，请您转告如玉公主，如果有来世奴才一定替她赎罪。"说完举起酒杯，"爹

娘，儿随你们去了。"林永生喝了酒以后就死了……

皇上看着林永生一饮而尽后倒地，大叫道："林永生，林永生你不能死，朕不让你死，来人，传太医！"

如花说："父皇，没有用的，他已经死了！"

皇上哭着说："林永生呀，你的命怎么那么苦？"

……

在祈安殿里如花说："父皇，既然人已经死了，您就不要再难过了，毕竟人死是不能复生的！"

皇上说："你出去吧，朕想一个人待一会儿，别忘了转告如玉林永生说过的话。"

如花说："父皇您不要伤心了，还是让我再陪您一会儿吧。"

皇上说："我没事，我就是想一个人静一静，平时老有人陪，不是你就是如玉，要不然就是林永生，现在林永生已经死了，你和如玉也不用天天来看我了。"

如花说："是！"

如花刚要出去，太子就进来了。如花说声"太子哥哥"，就走出去了。太子进来说："父皇，您让儿臣批的奏折臣弄好了。"

皇上说："放这儿吧。"

太子放下奏折后说："父皇您怎么了？是不是身体不舒服？要不要请太医看一看？"

皇上说："不用，你退下吧。"

太子说："是不是如花惹您生气了？这死丫头，回头我一定好好教训她。您跟我说如花怎么气您了？"

皇上说："不是，跟如花没关系。"

太子说："那是不是如玉呀？怪不得如玉这几天不来看您了，是不是在跟您耍脾气？"

皇上说："也不是如玉。"

太子说："父皇您怎么了？林永生呢？这狗奴才跑哪儿去了，不好好服侍父皇，是不是林永生惹您生气了？"

皇上说："你说完了没有，说完赶紧出去。谁都没惹我生气，是我自己太闷了，没事……"

太子说："父皇您怎么了？"

皇上说："没怎么，你退下吧！"

太子说："是，父皇您好好休息。"

61

如花正走在路上，太子追上来说："如花，是不是你惹父皇生气了？"

如花说："我惹父皇生气？笑话，我看是你惹父皇生气了！"

太子说："你有没有搞错，我去的时候父皇已经生气了！"

如花说："父皇不是在生气，是在伤心。"

太子说："伤心？父皇为什么要伤心呀？"

如花说："你听说林永生和奇霞一起下毒害如玉的事了吗？"

太子说："这件事我也隐隐约约地听到了一些，真是胆大包天，依我看他们两个人就该处死。"

如花说："已经处死了，奇霞是被原喜给杀死了，林永生恰好是在今天晚上被父皇赐死的，父皇就是为赐死林永生这件事伤心呢。"

太子说："林永生就该死，父皇干嘛要伤心呀，敢害公主本来就是死罪！"

如花说："亏你还是太子，连这个都不知道。你当然觉得林永生该死，可是林永生毕竟跟了父皇多年，让父皇杀了他，父皇肯定难受。父皇虽然是皇上，但也是有血有肉、有情有义的人！"

太子说："那奇霞他就忍心了？"

如花说："当然了，而且奇霞就该死，再说奇霞也不是父皇杀的，而是原喜杀的。"

太子说："你说什么？原喜他是不是喜欢如玉呀？"

如花说："没准……"

太子说："最近，我看原贵对你也有点儿意思。"

如花说："去你的，好端端地怎么又扯上我了，那你跟小花儿呢？"

太子说："别说我，对了，正事我差点儿忘跟你说了，你那个宫女梅花都喜欢什么呀？"

如花说："干吗？"

太子说："也没什么，就是想了解一下宫女的情况。"

如花说："那你为什么不了解其他宫女的情况，干嘛就要了解梅花的情况呀？"

太子说："少废话，快说！"

如花说："这个你得问如玉，梅花是如玉的侍女，我不太了解。"

太子说："你爱说不说，对了你这是去哪儿呀？"

如花说："我去粉香房。"

太子说："我还以为你回花青馆，你是不是跟如玉吵架了？"

如花说："哪有呀，我是去教杏花妹妹，最近我们要绣一个《清明上河图》。"

太子说："你为什么不跟如玉去绣呀？"

如花说："她哪会这个呀？她让人下毒了自己都不知道，好了不跟你说了，我走了，不然杏花妹妹该等急了，又得到处找我了。"

太子说："你可要好好休息呀，最近这脸色可有一点儿难看，瞧你那黑眼圈跟团团圆圆似的。"

如花说："我懒得跟你说，你平时那么忙，今天好不容易清闲，拿我寻开心是不是？！"

太子说："什么清闲呀，我回去还有一大堆奏折要批呢！"

如花说："你刚才不是已经批完给父皇送过去了吗，怎么还有一大堆呀！"

太子说："那只是一小部分，回去还有一大堆呢！"

如花说："那你可真够忙的，好了，你好好忙吧，我走了。"

第二天如花到了花青馆，告诉了如玉，林永生已被赐死了。

如玉说："什么时候的事，我怎么不知道？"

如花说："就是昨天晚上，林永生让我转告你，如果有来世他一定会赎罪的。"

如玉说："你找我来就是说这个？"

如花点了点头说："经过这件事以后你一定受了很大的惊

吓吧，回头我叫雪花给你送一只鸡，熬一锅鸡汤让你补补身子。"

晚上，如花正在服侍皇上："父皇请用茶。"

皇上看见如花的脸色很难看，说："如花你没事吧，要不然你去休息吧，明天来也没事，你这几天一直陪朕熬夜，身体行吗？要是不行的话，就不要硬撑。"

如花说："父皇，我没事，倒是您要好好休息，不要太劳累，要不然您现在就休息吧。"

皇上说："哪里睡得着呀，还有一大推奏折没有批呢。"

如花说："可是您也得休息呀，您都好几天没有好好休息了。"

皇上说："没事，朕先洗个脸，林永生打洗脸水……"

如花说："父皇，林永生他已经……"

皇上说："是啊，林永生已经死了，你看朕多糊涂呀！"

如花说："父皇，还是我去给您打洗脸水吧。"

皇上说："不用了，朕也不想洗了。"

突然杏花敲门进来说："如花姐姐你怎么还在这儿，不是说好了今天一起绣《清明上河图》的吗？"

如花说："我都给忘了！"

皇上说："如花你去吧，朕一个人在这儿没事。"

如花说："那我去了。"可刚走没几步，出门就晕倒了。

杏花说："如花姐姐，如花姐姐……"

皇上说："如花，如花……"

在粉香房里的如花躺在床上，太医正在给如花把脉。太医说："皇上，没什么大病，只是要好好休息一下，只不过现在身体还虚，不能下床，臣开服药。"

如花醒来以后说：“父皇。”

皇上说：“你身子还虚，不能起来，快躺下快躺下，杏花你去看看药煎好了没有。”

杏花说：“好的，父皇。”

杏花走了以后，皇上想如花平时跟如玉最亲密，说不定可以从如花那儿探听一些原喜跟如玉的关系。

皇上说：“如花，朕问你一件事，你可一定要如实地回答朕。”

如花说：“父皇您说吧。”

皇上说：“原喜为什么为如玉这么卖命？”

如花想父皇怎么会突然问起这个，难道他已经怀疑原喜喜欢如玉了？不能让父皇知道。可是，我该怎么回答，不能说出真相。

如花说：“父皇，您怎么突然问起这个来了？”

皇上说：“没什么，就是问问。”

如花说：“其实也没什么，原贵、原喜两人对皇上都非常忠诚，只要是父皇的亲人，他们都要保护的。”

皇上说：“那原贵为什么不上前杀了奇霞呀？”

如花说：“原贵做事情一般都比较冷静，原喜呢，就是比较冲动。父皇，有忠心耿耿的人，不好吗？”

皇上说：“好好，好好休息吧！朕走了。”

62

皇上一边走，一边想如花说的是真的还是编造的，为什么如花说原贵冷静，为什么早不说晚不说偏偏在这个时候说，恐怕没有这么巧合的事吧。可是，如花说的不像是编造的，这到底是怎么回事……

皇上叫了一声"林永生"，身边的张继云（时年 50 岁）说："皇上奴才是张继云，林永生已经死了。"

皇上说："噢！朕倒给忘了。"

张继云说："皇上有何吩咐？"

皇上说："没事。"

在粉香房里，如花也在想：父皇既然怀疑原喜喜欢如玉，为什么不说出来？难道他是在演戏？父皇到底有什么心思？真叫人捉摸不透……

杏花进来说："如花姐姐药煎好了，快喝吧。"

如花喝了一口说："这药怎么那么苦？"

杏花说："良药苦口利于病，忠言逆耳利于行。"

如花笑道："我又没有什么大病，干嘛要喝药呀？"

杏花说："行行行，听你的好了，我让人去告诉母后你病了。"

如花说："母后？不用了，又没什么大病，不用惊动母后了。"

杏花说："你呀，什么时候也为自己想想。"

如花想：我不该跟如玉吵架，也许这就是皇后故意设下的圈套，过几天再去跟她理论。

第二天，如玉正在花园里走着。

梅花说："公主殿下这里风大，咱们回去吧。"

如玉说："让我再待会儿吧，以前我和姐姐就老在这儿散步，现在再也回不去了，我和姐姐再也不能一起散步了。"

梅花说："公主殿下可以的，您不要太伤心，如花公主再过几天一定会回来的。"

如玉说："你不用再安慰我了。多长时间了，姐姐都不回来，我们以后不再是姐妹了，我们的姐妹缘分已经尽了，我也该放手了。"

梅花说："公主殿下您可千万不要绝望，也许如花公主待会儿就回来了。"

如玉说："天下没有不散的筵席，我和姐姐分开也许是命中注定的。"

梅花说："可是您跟如花公主不一样，你们是姐妹呀，永远不会散的。"

如玉说："我是一丝希望也看不到了，现在身边一个亲人也没有了。没有姐姐，没有母亲，前几天我把原喜也给伤了，我一无所有了！"

梅花说："公主殿下，我听说前几天，如花公主生病了。"

如玉说："她生病就生病呗，跟我没关系，我们以后不是姐妹了。"

梅花说："公主殿下您这是何苦，毕竟您流的是跟如花公主一样的血呀。"

如玉说："好了，什么都不要说了，跟我回去收拾姐姐的东西吧！"

在花青馆里，如玉正在收拾如花的东西，小猫可可正在喵喵地叫着。如玉说："别叫了你，很快你就可以回到如花的身边了，你看连猫都不要我，我就连畜生都不如。"

梅花说："公主殿下您别这么说自己。"

如玉说："连猫都喜欢如花，可见她是多么的闪亮夺目，就像一颗光彩夺目的宝石，而我就是一棵没有人注意的小草，随便被人践踏，最后被烧成灰烬连尸体也找不到。"

突然如花来了，梅花看见了如花说："如花公主来了！"

如花进来说："你这是在干吗？"

梅花说："公主殿下正在给您收拾东西。"

如花说："谁让你收拾的，我的东西就算要收拾，也不能随便动呀！看你弄得乱七八糟的，还有可可，我不过就是几天没照顾它，你们就把它弄成这样，真是的！"

梅花说："如花公主您说话客气点儿好不好，您天天不回来，公主殿下也是好心给您收拾东西……"

太子恰巧从这经过，便听了一会儿。

如花说："这没你说话的份，哼！你们先把东西放这儿，等我过几天自己来收拾，还有可可你们干嘛不善待它呀？"说完抱起可可走了。

如花一边走一边想：如玉对不起，这是皇后设下的圈套，故意让你我不和，我必须"装"，趁皇后得意的时候我再跟你复合。

63

如花正走在路上，太子追上来说："如花。"

如花说："太子哥哥，怎么了，有什么事吗？"

太子说："如花，你跟我说实话，你是不是跟如玉吵架了？"

如花说："没有呀，你从哪儿听说的我跟如玉吵架了？"

太子说："你别装了，我刚才都听见了。"

如花说："你都知道了，还问我干什么！"

太子说："你跟如玉到底怎么了？之前那些谎言都是你编的，我居然没看出来。"

如花说："是我编的，你没看出来，是因为你无能，你笨。"

太子抽了如花一耳光说："我这一个巴掌是替如玉打你的，你刚才怎么可以那样对如玉？"

如花说："太子哥哥，连你也帮她，她之前说那么多伤我心的话，她嫌我掩盖她所有的光彩，受到的疼爱比她多，受到的重视也比她高，她早就想让我离开了，我离开她是帮助她呀！"

太子说："就算如玉说了那么多不好听的话，你也不能那样对她。你们俩毕竟是姐妹，总不能老死不相往来吧。"

如花说："我只是暂时不和她和好，等过些日子我自然会和她和好的。"

太子说："你为什么现在不和好，非得等过些日子再和她和好？

如花说："因为这是一个阴谋。"

太子说："阴谋？哼，那我问你这是谁设下的阴谋？是你还是她，还是另有其人？"

如花说："太子哥哥，我跟你说不清楚，事后你自然会明白的。"

太子说："如花，你骗了我们所有人，你说要教杏花女红绣《清明上河图》都是假的吧，你骗如玉的吧？如花呀，如花呀，你真厉害，你骗了我们所有的人。"

如花说："那些是真的，这几天我都住在粉香房里。"

太子说："这几天你从来没有关心过如玉，你为什么这么冷酷？"

如花说："太子哥哥，你说这几天我从没关心过如玉，那你关心过我和如玉吗？自从你被父皇封为太子之后，你就成天躲在你的太子府里，除了批奏折还是批奏折，就没有别的事情做，你根本就没关心过我和如玉，就连自己的亲生母亲也没有看过。"

"有一次，我约你去看母亲，你却说还有一大堆奏折没批，到现在都没有太子妃吧？你将来要是做了皇上就知道批奏折，不去外面走走，没有一个妃子，连皇后也没有，将来生不下龙子怎么办？国不可一日无主呀，江山不就没了吗？父皇当初真是瞎了眼怎么会立你为太子，要不是父皇对母亲的情意，怎么会立你这个草包为太子，父皇真应该把你这个太子废了！"

太子说："你一派胡言。"

如花说："太子哥哥，对不起，我不是故意要说这些的，可是真的有人设下圈套让我和如玉不和的，如果现在跟如玉和好，那个人会害她的，所以我现在不和她和好是在演戏，是做给那个人看的，趁那个人得意的时候我再跟如玉和好，这样不是更好吗？"

太子说："你刚才说的那个人到底是谁呀！"

如花说："就是害母亲的人！"

太子说："那是谁？"

如玉说："皇后！！！"

太子说："你说什么？皇后？你说皇后是害死母亲的凶手？"

如花说："没错！"

太子说："如花，你不要胡说，这是不可能的事，我不相信母后会干出这种事。"

如花说："太子哥哥，都什么时候了，你还护着她，你怎么这么糊涂呢？我知道从小到大她是最疼你的，你已经被她驯服了。"

太子说："如花！"

如花说："可是你知道她为什么对你这么好吗？就是因为你是太子，她在讨好你，她想让你将来立她为皇太后，当初她先用花言巧语把母亲骗入皇宫，再折磨母亲，最后母亲因难产而死，一定是她害死了母亲。"

太子说："难产也是母后害的，为什么？"

如花说："你想想母亲平时深受父皇宠爱怎么会难产，一定是她用了什么方法害死了母亲，好让自己登上皇后宝座。"

太子说："你说的这些都是真的？"

如花说："千真万确，你好好想想吧。对了，请不要把我说的告诉如玉。"

在花青馆如玉正在伤心，梅花说："公主殿下别伤心，这个如花公主也太不像话了，她不在这儿住又不让我们给她收东西，还对公主殿下那样，她以为她是谁呀？她是公主，殿下也是公主！"

　　如玉说："这不怪她，都是我自作自受，谁让我之前说了那么多伤她的话，一直在误解她，错怪她，现在不怨她恨我，自从如花走后，花青馆一下子就变得空荡荡的……"

　　梅花说："公主殿下……"

　　如玉说："退下吧，我没事的。"

64

　　晚上如玉在睡觉，嘴里一直大叫："别，别……"

　　如玉梦见自己在森林里迷失了方向，突然看见了林永生和奇霞。

　　奇霞说："如玉公主别来无恙。"

　　如玉说："你们不是已经死了吗？"

　　林永生说："我俩是死了，这是我们的魂魄。"

　　如玉说："你们想干什么？"

　　奇霞说："干什么？哼，一命偿一命，你欠了我们两条人命，我们来要你的命！"

　　如花说："你们被父皇赐死跟我没关系。"

　　林永生说："没关系？要不是皇上为了保护你，我们怎么会被赐死？真正的凶手还是你。"

如玉说："那也是你们先下毒害我的！"

林永生说："少废话，拿命来。"

突然如花若隐若现，如玉转头看见了如花，便抓住如花的手说："姐姐，快救救我，林永生和奇霞要取我性命，快救救我。"

如花说："要你命就要你命呗，跟我有什么相干，我只是路过……"

如玉说："姐姐，我知道你恨我，不过我求你救救我，保住我一命。你不看僧面看佛面，看在我们原来是姐妹的情谊，看在父皇的面子上，救救我好不好？"

如花说："你少拿父皇来压我，我不吃你这套！"

如玉说："姐姐，就算你不看在父皇的面子上，也救救我好不好？"

如花说："你有没有搞错，这可是林永生和奇霞的魂魄，你让我用自己的命来救你，我傻啊！"

如玉说："我只是想让你赶走他们。"

如花说："这多危险呀，我都不敢跟他们说一句话。"

如玉说："姐姐只要你能救我一命，我以后再也不纠缠你了，以前再危险的事你不是都救我吗？"

如花说："行了行了，我也不跟你多说了。我这次无论如何都不能救你的，就看你自己的造化了。"说完如花就消失了。

如玉叫了好几声："姐姐你回来，你不能丢下我，你回来姐姐，不能丢下我啊！"

林永生说："连如花公主都不救你了，你没有活路了。"

如玉哭着说："我求求你放了我吧，我回去会每天为你烧香祈福，愿你们在黄泉一切安息，我求你们不要再缠着我了！"

奇霞冷笑："什么？我没听错吧，如玉公主也会求我，难道你忘了你以前是怎么嘲笑我，说我想攀高枝的吗？现在居然也会求我。"

如玉说："以前都是我的错，以前都是我不好，我求你们重新投胎做人，找个好人家。"

林永生说："现在后悔来不及了，我们要报仇，拿——命——来！"

如玉眼看着林永生和奇霞要逼近自己，便大声喊道："姐姐救我！姐姐救我！！"

如玉躺在床上一直在喊："姐姐救我！姐姐救我！！姐姐救我！！！……"

如玉被惊醒，一骨碌坐起来。

梅花进来坐在床上说："公主殿下怎么了？是不是做噩梦了？"

如玉看见了梅花，抖动着全身，扑进她怀里哭道："梅花，我梦见林永生和奇霞的鬼魂来找我，要叫我偿命，突然姐姐出现在我面前，我让她救我，她却不救，我好害怕！"

梅花说："公主殿下您别害怕，什么事都没有，那只是一个梦不是真的！"

如玉说："梅花，你说这一切会不会变成真的？连姐姐都不救我了，会不会明天早上就会发生这件事？这梦是老天给我的暗示？"

梅花说："公主殿下您不要胡思乱想了，安心睡吧。"

如玉说："我睡不着，我好害怕好害怕一切都会在明天早上发生。"

梅花说："公主殿下您安心睡吧，林永生和奇霞的魂魄绝不会来找您的，奴婢会一直在您身边陪着您的。"

如玉躺下了以后，梅花给如玉盖上了被子。

如玉说："不，我不想睡了，也不能睡了。"

梅花说："公主殿下，现在天还没亮呢，您应该好好休息。"

如玉说："我睡不着，我不能再这样下去了，要不然我放下尊严求如花跟我和好，要不然就狠下心把如花给忘了。我还是把如花给忘了吧，不然这样太痛苦了！"

梅花说："公主殿下，可是你们俩同样生活在皇宫里，低头不见抬头见，您日夜思念如花公主，连做梦都梦见她呢！"

如玉说："可是我不把如花忘了，我会很痛苦的，如果我和如花和好，如花不愿意，我们俩都很痛苦的，与其让双方都痛苦，不如就一刀两断。"

梅花说："好了，公主殿下现在什么都不要想了，赶快睡吧，明天还要早走呢。"

如玉终于睡到了床上。

65

第二天，如玉正在梳妆，只见有一个太监进来说："如玉公主，皇上请您去一趟。"

如玉说："你是谁呀，我以前怎么没见过你？"

太监说："回公主殿下的话，奴才叫张继云，是新来的主管太监。"

如玉起来说："哼！林永生刚死就有人攀高枝，还真快！"

说完如玉就走了，张继云也跟着走了。

在祈福宫里，皇上看着《清明上河图》说："啊，杏花真是了不起，朕以前怎么没有看出来你有这本事。"

杏花说："父皇，我可不敢居功，如花姐姐才是最大的功臣。"

这时，如玉来了。

如玉说："给父皇请安！"

皇上说："如玉呀，快来看一看，这是如花跟杏花一起绣的《清明上河图》。"

如玉听了这句话，眼泪都快要流出来了，心想如花跟谁要好跟我没关系，我只是来看这幅《清明上河图》的，她跟我没关系，跟我没关系。

如玉看了看这幅《清明上河图》说："的确不错，这幅图虽然好看，秀气有余，但颜色也有点太少了吧。"

如花补充说："这可是我在书上查的，不会有错的。"

如玉说："每本书和每本书可不一样，有可能另一本书上写的是颜色丰富，色彩搭配。"

杏花说："如花姐姐，如玉姐姐，你们这是怎么了？"

皇上说："是呀，你们这一唱一和地把朕都给弄糊涂了，如玉你要是喜欢颜色鲜艳，色彩搭配多一点的，明儿让如花再给你绣一幅就是了。"

如花说："我可不给她绣，太累了。"

皇上说："怎么可以给杏花绣，却不可以给你的亲妹妹绣呀？"

如花说："那不一样，杏花是配合我才绣得这么快，可如玉呢，连一点儿女红都不会，那得多长时间才能绣完呀。"

皇上说："不会你可以教她啊。"

如花说："她让人下毒给害了都不知道，哪儿学得会女红呀？"

皇上说："如花别再提那件事了，好好的又扫兴，真是的。"

杏花说："是呀，过去了就过去了，就当没发生过一样吧。"

杏花想：哼，现在如花姐姐和如玉已经疏远了，我必须从中挑拨挑拨，让她们两个反目成仇，如玉你到时候再也没有靠山了，我又可以整你了。

如玉和梅花正走在路上，杏花在后面叫如玉。

如玉说："杏花妹妹有事吗？"

杏花说："这几天如花姐姐可都是住在我的屋子里，眼看可就要和你疏远了。"

如玉说："这跟我没关系。"

杏花说："从小到大我都很讨厌你，什么东西你都抢。现在，我抢走了你的姐姐，是你应当还我的，我会让她越来越讨厌你，最后跟你反目成仇。我也会让父皇越来越讨厌你，我会置你于死地。"

梅花说："杏花公主，公主殿下到底哪里得罪你了？"

杏花说："狗奴才，这儿还轮不到你说话。"

如玉说："杏花妹妹，你不要说梅花，我什么时候抢过你的东西？"

　　杏花说："你敢说你小时候没有抢过我的茶叶蛋？"

　　如玉说："那只是一个茶叶蛋而已，你怎么还那么介意，我们为什么不可以当它没发生一样呢？就像你刚才说的，把有人害我的事情就当没发生过一样。"

　　杏花说："我那是说给皇上听的，那不只是一个茶叶蛋，今天你会抢走我的茶叶蛋，明天你就会抢走我的权力，所以我不得不防。"

　　梅花说："我们公主殿下从来没这个心思，倒是你心胸狭窄，想夺走权力。"

　　杏花说："狗奴才，你给我闭嘴。"

　　铃儿又趁机说："公主殿下，奴才早就说过了梅花是一个没规没距的野人，对公主殿下都敢这么无理，日后还不知道怎么对公主殿下呢。"

　　杏花说："真是有其主必有其仆啊。"

　　如玉说："这么多年来我跟你也不想斗，我也不想争什么权力。"

　　杏花抓住如玉的手腕说："够了，不要再装了，你等着吧，很快你这个小公主的位置就会被击垮，我会让你滚出皇宫。"说完杏花一下子把如玉推倒在地，如玉"啊"了一声。

　　梅花跑过来说："公主殿下您没事吧？你们为什么要这么对公主殿下，公主殿下受的委屈已经够多了，你们为什么还要这样对她？你们为什么就不肯放过她呢？"

杏花上去打了梅花一个耳光说："狗奴才，我还没说你呢，一个奴才居然敢这样大胆，日后还不得骑到我头上来，看来真是你的主子调教得好。"

梅花说："说我就说我，不要说公主殿下。"

杏花说："你还敢顶嘴，我警告你，如果不想跟着你的主子滚出皇宫，你最好识相一点儿，不然的话，哼，没你好果子吃，我们走。"

临走的时候铃儿还笑着看了梅花一眼。梅花说："公主殿下您怎么样？我扶您回花青馆吧。"

如玉说："不用，我自己走就可以了。"

杏花走在长廊上，铃儿说："公主殿下那个梅花也太不守规矩了，居然敢对公主殿下那样，您要是不给她们点儿厉害看看，她们就不知道什么是天高地厚了。"

杏花说："够了，不要再说了。如玉，走着瞧吧，总有一天我会让你滚出皇宫。你这个公主的位置再也没有了，我会是一条毒蛇将尔逐出皇宫。还有那个狗奴才梅花，等打败了如玉以后我就会让你在这个世上生不如死，饱受煎熬。咱们走着瞧，看谁斗得过谁。"

这天，太子跟福亲王林志豪走在路上说："二弟，如花说父皇立我为太子简直瞎眼了，还说我不配当这个太子，你说我配当这个太子吗？"

福亲王说："大哥你怎么这样说呢？你是这个世界上最配当太子的人了，如花为什么要这样说？"

太子说："如花说自从我被封为太子之后，每天躲在太子

府里除了批奏折还是批奏折，都没有关心过她和如玉。还说父皇应该把我这个太子给废了，你说是不是如花说的都是真的？是不是我根本就不应该当这个太子？也许，父皇当初立我为太子就是一个错误。"

福亲王说："大哥你别这么说自己，如花怎么能这么说呢？"太子说："就是因为如花和如玉吵架，我说了几句她就说我不配当这个太子。"

福亲王说："大哥，如花太过分了，我说她去。"

太子说："你去哪儿说呀，你找得到她吗？她也许不在花青馆。"

福亲王说："都这么晚了怎么还不在，这丫头成天都上哪儿疯去了，我去找她。"

太子说："她这几天都住在粉香房里，你去花青馆没用。"

梅花来了说："太子殿下吉祥！福亲王吉祥！"

太子说："梅花呀，有什么事吗？"

梅花说："公主殿下最近总不开心，我想让您想点儿法子逗她开心。"

福亲王说："如玉喜欢什么？不喜欢什么？她最近做过什么梦？"

梅花说："梦？我知道了，昨天公主殿下梦见林永生和奇霞的鬼魂来找她，让她偿命，把她吓坏了！"

太子说："好，就这招，今天晚上我就扮成林永生，你就扮奇霞，一起去如玉的花青馆。"

梅花说："好主意，奴才告退。"

66

晚上，如玉正在想杏花说过的话，又想到杏花抓住她的手腕说："够了，不要再装了，你等着吧，很快你这个小公主的位置就会被击垮，我会让你滚出皇宫。"说完，杏花就把如玉推倒在地。

如玉摸着被杏花抓过的手腕哭着说："姐姐，我该怎么办？我好害怕。"

突然，友幕中林永生和奇霞闪现了，如玉马上跑到床上说："你们别过来，我求求你们放过我吧，我错了！"

太子说："你错到哪里了？"

如玉说"我不知道，我求求你快走吧！"

福亲王说："我们可以走，但是，我们要把你带走。"

如玉说"不，我是不会跟你们走的，我告诉你们，这皇宫有好多的侍卫，我一喊他们就会来，他们会再杀你们一次的，你们怕不怕？我劝你们快走，到时候可别怪我。"

林永生说："我们才不怕呢，你要喊就喊吧。"

如玉说："行，可别怪我没提醒你，你们死了以后别化成鬼魂来找我。"

太子和福亲王笑着，拿下头套来。

太子说："本来是想要吓一吓你的，没想到你就真信了！"

福亲王说："看来我们这个演技还可以，都可以骗到你。"

如玉哭着说："你们骗我，全世界的人都欺负我，你们两个哥哥也欺负我。你们太坏了，不理你们了。"说完就哭着出去了。

如玉坐在椅子上，太子和福亲王跟过来。

太子说："如玉。"

如玉不答应。

太子说："真生气了？不要生气了，我们不是也想逗你玩吗？"

福亲王说："是呀，是呀，我们没有功劳也有苦劳嘛，为了逗你开心，今天一下午我都在学奇霞的声音，学得嗓子都快疼死了。"

太子说："别生气了好不好，笑一个。"

太子去摸如玉的脸，如玉踢了一下他的肚子。太子马上装作晕倒。

福亲王说："大哥，大哥你醒醒呀，如玉你把你大哥踢得没气了。"

如玉听了也上来说："太子哥哥，你不要死，你将来还要当皇上，你真的要丢下你未来的江山，丢下父皇，丢下姐姐，丢下我吗？你醒醒呀，你怎么会死呢？我只是踢了你肚子一下，你怎么那么娇弱，你一定是在装死，对不对，不要装了赶紧起来吧。"

太子笑着说："如玉真棒，猜出来我是装死。"

如玉说："太子哥哥你太可恶了，你个浑蛋，你以为这样就能逗我开心了吗？我告诉你，不能，你反而会让我越来越伤心，你根本就不配当太子。"说完就趴在桌子上哭了起来。

太子说："如玉啊，如花说我不配当太子，你也说，我不配当太子，都说我不配当太子，好，我现在就去找父皇让他把我这个太子给废了，行了吧？"说完太子就走了。

福亲王跟在太子身后说："大哥，大哥！"

67

太子走在路上，福亲王追上来说："大哥，你别闹了行不行？你别跟如玉一般见识了，如玉那会儿心情不好，她说出那样的话完全是出于无心，你应该多多包涵。否则，就不配当太子了。"

太子说："二弟，连你也说我不配当太子吗？行，你都说我不配当太子，我现在让父皇把我的这个太子给废了，立你为太子你满意了吧。"

福亲王说："大哥，你怎么这样想我呢？我没有想要当太子，父皇那么英明，他看人是不会错的。再说了，就算你去找父皇废了你，父皇也不会轻易这样做。"

太子说："二弟，你说，我是不是很没用？看着自己两个妹妹这么痛苦，你说这点儿小事都处理不好，我还能干什么？将来如果当了皇上，立谁为太子都不知道，现在眼前真是一片迷茫呀！"

福亲王说："大哥你别说了，别看现在眼前一片迷茫，可是当上皇上就不一定了。"

太子说："有时候想一想，也许如花说的是对的，我从来都没有关心过她和如玉，每天躲在太子府里除了批奏折还是批奏折，到现在都没有太子妃。"

福亲王说："大哥你可别怪我多嘴，你也该有位太子妃了。"

176

太子说："不是正在找吗，好了不说这个了，我们走吧。"

第二天如玉正在梳妆，只见翠儿来说："如玉公主，我们公主殿下叫您过去一下。"

如玉说："叫我过去，叫我过去干吗？"

梅花说："就是，别再像上次一样把公主殿下给训一顿，让公主殿下受委屈。"

如玉说："梅花。"

梅花小声说："本来就是嘛。"

如玉说："我这就过去。"

如玉边走在路上边想："没事的，没事的，姐姐在那儿，没事的，她也不敢把我怎么样，什么事都不会有的。"

到了粉香房里，如玉看见了杏花却没看见如花。杏花看见如玉四处扫视，说："你在找如花姐姐吧？她上街买东西去了。"

如玉说："杏花妹妹找我有什么事？"

杏花说："来人，把她们两个给我抓起来。"

有两个宫女抓住了如玉，有两个宫女抓住了梅花。

梅花说："你们要干什么？"

杏花说："干什么，哼，今天就是专门来教训你这个狗奴才的，翠儿，给我打！"

翠儿说："是！"说完翠儿就打梅花的脸。

梅花说："公主殿下，公主殿下救我，公主殿下！"

杏花说："你指望她救你是不可能的了，给我打，给我狠狠地打，给我使劲儿地打！"

如玉一边挣扎一边说："杏花妹妹你要是对我不满，你就

177

冲我来，不要打梅花。"

杏花说："我这就是冲你来，我打你的宫女就是要让你心痛，我抢走了你的姐姐也是要让你心痛，我要让你尝尝小时候你抢走我的东西的痛，我要让你知道什么叫痛！"

梅花说："杏花，你卑鄙，你无耻！"

杏花说："我卑鄙我无耻？翠儿别打了，去把我的马鞭拿过来。"

翠儿说："是，公主殿下！"

翠儿拿来马鞭，杏花拿着马鞭上前抽了一下，梅花"啊"地叫了一声。

杏花说："我这一鞭子是告诉你，什么是规矩，国有国法，家有家规，居然敢说我卑鄙无耻。"

杏花又抽了梅花一鞭子，梅花又"啊"了一声。

杏花说："这一鞭子是告诉你称呼，居然不叫我公主，叫我杏花，反了你，你以为这皇宫是你一手遮天呀！今天暂且饶过你，如果改天再有这种类似的情况，定不轻饶了你！"

如玉和梅花走了以后，杏花自言自语："如玉，你小时候抢走了我所有的东西，现在也该是还债的时候了。你等着吧，总有一天我会把你所有的东西都会抢走。你的权力我也会抢走！"

翠儿说："公主殿下，您真是英明呀！"

在青花馆里如玉说："梅花怎么样？还疼吗？"

梅花说："已经不疼了，公主殿下。"

如玉说："明天再上点儿药慢慢就会好了。"

梅花说："公主殿下，您为什么要受她这种人欺负，偏偏这个时候如花公主又不在。"

如玉说："她在她也不会保护我的。"

梅花说："公主殿下，您为什么这么软弱？你这样总有一天会被她整死的！"

如玉说："放心，不会的，倒是你要好好的，你要好好照顾好自己。"

如花来到了祈福宫门口，张继云说："如花公主，皇上正在休息。"

如花说："你是谁？"

张继云说："奴才是皇上新的主管太监。"

如花说："你真是不懂规矩，父皇难道没有告诉你吗？我和如玉都是可以随便进去的，之前连林永生都不敢管，你算什么？只不过是一个新主管太监罢了，没来几天就敢在这儿狐假虎威！"

张继云说："如花公主，不是奴才不让您进去，是皇上吩咐过的，皇上在处理公事时不许任何人打扰。"

如花说："你说的到底哪个是真的？你刚才说父皇在休息，现在又说父皇正在处理公事，你怎么变得那么快呀？"

张继云说："如花公主，刚才奴才是在骗您呢，现在皇上正在处理公事，您赶紧走吧，别为难奴才了。"

如花看见张继云脸色很紧张，说："你是不是有事瞒着我？父皇是不是根本不在里面？"

张继云说："没……没有，奴才怎么敢瞒着公主殿下呢？"

如花说："那你的脸色怎么这么难看？"

张继云说："奴才有些不舒服。"

如花说："怎么好端端的不舒服了？我可要进去看一看。"

如花进去了后发现皇上不在，就出来说："我父皇呢？快说！"

张继云忙跪下说："奴才该死，奴才该死！"

如花说："父皇到底哪儿去了？"

张继云说："如果奴才说出来，就死无葬身之地了。"

如花说："父皇能杀你，我就不能杀了你吗？"

张继云说："公主殿下饶命，奴才说，奴才说，在一小时以前皇上正在批阅奏折。皇上突然说：'倾城，倾城！'之后皇上就出来吩咐我说：'你在这儿守着，哪儿也不许去，不许跟任何人说包括如花和如玉，否则朕杀了你！'"

如花问："倾城，倾城？父皇往哪个方向走的？"

张继云指了指宫门出口方向："皇上朝那个方向走的。"

如花忙到青花馆叫道："妹妹，快，父皇出宫了，赶紧去找。"

如玉说："什么？快走吧。梅花，你在花青馆守着千万别出去。"

梅花说："是，公主殿下。"

如花和如玉走在路上，如玉说："怎么回事，父皇怎么突然出宫？"如花说："我现在跟你说不清楚。"

如花说："现在必须把父皇给找到，而且不能让太后知道，如果要是让太后知道，心脏病肯定会复发的。"

68

二人正走在街上的时候，忽然看见了皇上。如花如玉追了上去："父皇您怎么出宫了，快回宫吧。"

皇上说："我刚才看见了你的母亲，真的看见你的母亲了！"

如花说："父皇您肯定是太思念母亲了，才会看花眼，母亲已经死了，怎么会来呢？咱们回宫吧。"

如玉说："是呀，父皇您放心，什么事情都不会发生的。"

皇上说："可是朕刚才明明看见倾城往那个方向去的。"

如花说："那一定是您看花眼了，母亲已经死了，人死不能复生，咱们当时也看见尸体了，您一定是看花眼了！"

皇上说："难道是朕眼花了？"

如玉说："是，是您眼花了，咱们回宫吧。"

如花、如玉和皇上走了以后，从树后面闪出了一个神秘女人……

晚上如花、如玉正在服侍皇上。

如花说："父皇夜深了，喝了这碗参汤歇息了吧。"

皇上说："朕睡不着，朕一闭上眼睛全是你母亲的影子。"

如玉说："父皇，您还在为白天的事情疑惑呀，那只是幻觉，不是真的！"

皇上说："可朕觉得那就是真的，她的一言一行、一举一动都不是装出来的。"

如花觉得很奇怪，就说："父皇您能不能把事情的经过从

如花似玉

头到尾地跟我说一遍？"

　　皇上说："白天朕正在批阅奏折，突然倾城出现了，说是皇后害死她的，还请朕为她报仇，之后没等朕回话她就走了，朕往她跑的宫门出口追出去，结果一转眼她就不见了。"

　　如花说　"张继云，你有没有看见那个女人？"

　　张继云说："回公主殿下话，奴才好像也看见了，结果一转眼就没了。"

　　皇上说："如花如玉，朕累了，想休息你们先回去吧。"

　　如花说："父皇，您好好休息，我们先走了，记得把参汤给喝了。"

　　如花如玉刚出来，如花说："我们回去吧。"

　　如玉说："我们……姐姐？你指的是……"

　　如花说："怎么？不愿意呀？那算了。"

　　如玉说："不是，你想通了，不再跟我较劲了？"

　　如花说："我本来就没打算要跟你较劲，只不过是一场戏而已，是做给皇后看的。"

　　如玉说："为什么是做给皇后看呢？"

　　如花说："这件事情以后再说，现在最紧要的是要把父皇看见母亲的事给弄清楚。"

　　如玉说："这有什么可弄清楚的，不就是父皇的幻觉吗？"

　　如花说："不，我总觉得这件事情没这么简单，更何况父皇说出来的也不像是编出来的，还有为什么母亲死得太蹊跷，只单单说是皇后害死了她。而且刚才张继云也看见母亲了，这里面一定有不寻常的事情。这里不好商量，我们回花青馆去。"

在花青馆里如花说："真是奇怪，不是幻觉，那又是怎么回事呢？"

如玉说："难道母亲没有死？"

如花说："不可能，我当年都看见尸体了，而且是看着母亲进了棺材的，这么多年来棺材也没人动过……"

如玉说："难道是母亲偷偷跑出去了？"

如花说："不会的，她都死了怎么逃呀？"

如玉说："是不是被人救出去了？"

如花说："妹妹你能不能别老说这些不着调的话，母亲已经死了！"

如玉说："那就是人扮的。"

如花说："不会是人扮的，再像也不会一样的。"

如玉说："那到底是怎么回事呢？……"

一天如玉正走在街上，突然瞥见一个喝茶的蒙面女人。如玉一边走一边想：好奇怪，怎么那么眼熟，像是在哪里见过，看起来好像母亲的容貌。

如玉想着想着，就走了。

如玉走了后，那个女人站起来，心想不会这么巧吧，竟然会在这里碰上如玉，真是天助我也，找了这么长时间终于找到如玉了。

如玉回到花青馆看到如花在发呆，便大叫道："姐姐，姐姐！"

如花说："如玉你干吗，这么大声吓死我了！"

如玉说："我今天在街上看见了一个女人，很像母亲！"

如花说："你的意思是说母亲没有死，那是母亲？"

如玉说："现在我还不敢确定，虽然她只露出三分之一的脸，可是还是很眼熟，像在哪里见过一样，一时也说不出来。"

如花说："难道那天父皇看见的母亲就是她扮的？"

如玉说："可如果她不是母亲，那绝不是她，唉，这皇宫真的是中邪了，太后说得没错，最近发生了太多的怪事。"

如玉说："太子哥哥！"

如花说："太子哥哥，你说太子哥哥干嘛，难不成是他扮的？"

如玉说："有可能就是他扮的，在我不开心的时候他就会扮成林永生出来逗我，而且母亲的相貌他也记得很清楚，我认为最有可能干这件事情的就是他了。"

如花说："可是他闲得没事干这个干嘛呀？他有病呀？！"

如花说："我明白了，有一次我说他不配当太子，还说父皇应该把他这个太子给废了。"

如玉说："我好像也这么说过他。"

如花说："他怕我把事情告诉父皇，就先下手为强要弑父。"

如玉说："好个太子哥哥，他不来明的来暗的。"

如花说："不可能，绝对不可能，太子哥哥绝不可能干出这种事来。"

如玉说："画人画皮难画骨，知人知面不知心！你想想看，他怕咱们把事情告诉父皇，怕把他这个太子给废了，就扮成母亲，让父皇的身体越来越差，最后死去，他就可以当皇上了，这样既可以不让人知道是他害死了父皇，又可以顺顺利利地登上皇位。"

如花说："你把太子哥哥想得也太坏了吧？他根本就不是那种人，他成天躲在太子府里批奏折，有可能这事还不知道呢。"

如玉说："那就是二哥做的。"

如花说："二哥也没理由这么做。"

69

隔天，如花走在街上，突然有人在后面叫住了她，如花转过来看了看，原来是那个女人。

如花说："你是谁，你怎么知道我叫如花？"

女人说："我当然知道，因为我是你的母亲杨倾城。"

"杨倾城？"如花惊得脸色突变，"你别胡说，我的母亲当年已经死了，怎么会是你呢？"

杨倾城说："既然你不信，那我就拿出证据来给你看一看，看看我是不是你的母亲……"说完杨倾城拿出一个玉佩来说，"这是当年你的父皇赐给我的玉佩，你应该认得吧？"

如花上前摸了摸玉佩说："你真的是母亲？"

杨倾城说："难道我还会冒充你的母亲不成？"

如花说："你为什么没死？"

杨倾城说："这里不方便说话，我们找个僻静处慢慢聊。"

在茶馆里，如花说："你到底想说什么？"

杨倾城说："花儿，你让我感觉很惊讶，原以为久别重逢你会跟我抱头痛哭一场，没想到你会是这样。"

如花抽出手来说："要说什么快说，我没时间跟你在这儿耗着，再说了你既然没有死，为什么这么多年来对我和如玉不管不问，我为什么要跟你抱头痛哭？！"

杨倾城说："好吧，我告诉你，当年我是装死，趁你们不注意的时候逃出宫去了。"

如花说："你为什么要逃出宫去？"

杨倾城说："如果我不装死，皇后就不会死心，皇后就会加害如玉，我本以为自己死了——是皇后害我的，你会为我报仇，没想到你如此无能，不但不害皇后，还为她举行特别的生日宴会。"

如花哭着说："原来你打的是这个主意！你知道这么多年来我和如玉都经历了什么？为了给如玉隐瞒真相，我跟如玉还大吵了一架，现在才和好。可纸是包不住火的，我最终还是把真相告诉如玉了。有一次，如玉吃的春卷里面有毒，是皇后放的，嫁祸于孙贵人。如玉那时候是死里逃生呀，这么多年来你给过我和如玉关爱吗？你知道这么多年来我有多痛苦吗？"

杨倾城说："花儿，其实我也有苦衷。"

如花说："苦衷？你也有苦衷？你有什么苦衷？"

杨倾城说："花儿，你还年轻，将来你会明白的。"

如花说："你不要说我年轻，我虽然才十八岁，可是我已经长大了，而你呢，总是拿我当一个孩子看待。"

说完如花站起来就要走。杨倾城站起来抓住如花的手腕说："好不容易找到你了，当然是要让你多待一会儿了，现在我无论如何不会让你走。"

如花说："你想干什么？"

杨倾城猛击了如花的脖子一下，如花就晕倒了。醒来以后她发现自己在一个破屋子里，手被绑着。

杨倾城说："你醒了？"

如花说："我这是在哪儿呀？"

杨倾城说："这是我家。"

如花站起来正要走，杨倾城拍了拍手，只见出来好多侍卫。

杨倾城说："这都是我的手下，你打得过他们吗？"

如花说："你到底要把我关到什么时候？"

杨倾城说："花儿，你别误会，失散多年，我只是想跟你叙叙旧。"

如花说："那我问你，有一天父皇说看见了你，我以为那是幻觉，可是父皇说的也不像编出来的。"

杨倾城说："你是不是想问那个神秘女人是不是我？的确是我！我对皇上说是皇后害死了我，请皇上为我报仇，我就是想让皇后死！"

如花说："你现在为什么变得这么狠毒？以前那个纯洁善良的杨倾城到哪儿去了？"

杨倾城说："不毒不妇人！你不狠毒别人就会加害你，尤其是皇后会加害你，当年要不是皇后用花言巧语把我骗进宫，我也不会落得如此下场，你看看你母亲现在连条狗都不如。"

如花说："你跟皇后都是一样的，全是为了自己，你也比皇后强不到哪儿去，只会利用别人。"

杨倾城说："随便你怎么想，今天晚上我暂且先不放你回去，明天再说吧……"

70

花青馆里，如玉问：“姐姐怎么还没回来？”

梅花说：“有可能已经到宫门口了吧。”

第二天如花醒来以后，发现杨倾城已经醒了。

杨倾城说：“你醒了，饿不饿？我这儿除了发霉的窝头没别的。”

如花看着桌子上两盘发霉的窝头说：“你每天就吃这个呀？”

杨倾城说：“没办法。我知道这些东西根本就不适合你这种金枝玉叶吃。”

如花说：“我有点儿渴。”

杨倾城倒了一杯水给如花说：“只有污水——‘污水茶’。”

如花喝了一口又吐到地上说：“这是茶吗？”

杨倾城说：“这就是茶，哪里比得上皇宫里的茶呀，这一切都是皇后害的。”

杨倾城突然痛苦地摸着肚子。如花说：“你怎么了？”

杨倾城说：“我肚子好疼。”说完杨倾城就倒下了。

如花说：“母亲，你怎么了？母亲！来人啊，快来人呀，母亲，你醒醒，来人，谁来帮帮我，来人呀！”

突然有一个侍卫进来了说：“什么事？”

如花说：“快快给我解开。”

侍卫说：“主人没发话。”

如花说：“你看看你的主人现在都成什么样了，哪能等她发话呀？"

侍卫说："那也不能放。"说完侍卫就出去了。

如花站起来说："哎，别走，你回来呀，别走，你给我回来，不许走，唉，没有一个忠心的。"

突然，她看见了桌上的玻璃杯子，于是就把杯子给打碎，捡地上的碎片，割开了绳子。如花把杨倾城扶起来，又找到了杨倾城的马，骑上去带杨倾城回皇宫去了。

早上如玉刚起来发现如花不在旁边，如玉说："如花呢，如花一夜也没有回来？"她下床说，"梅花，如花一夜都没回来，快去找呀。"

梅花说："不会吧？"

这时如花正好把杨倾城给扶进屋。

如玉说："如花，你可回来了，你知道吗？你一夜没有回来把我给急死了，你这一夜去哪儿了？"

如花说："糟糕，我现在该去找父皇了。"

如玉说："姐姐，你怎么了？躲在床上的女人是谁？你认识她吗？你怎么能让她进皇宫呢？"

如花说："我当然认识她了，她是咱们的母亲，而且那天就是她出现在父皇的面前。父皇看见的不是幻觉而是真的。"

如玉说："母亲不是死了吗？"

如花说："如玉，我改天再跟你解释好吗？现在我没时间，我要去找父皇。"

如花去了祈福殿说："父皇，快跟我去花青馆，我有要事跟您说。"

皇上说 "等我批完奏折再说吧。"

如花说 "不行，我现在就要跟您说。"

皇上说："如花，等批完奏折再说吧。"

如花说："我这次是真有急事。"

皇上说："比天还大的事，也要等我批完奏折再说！"如花说："那要是母亲回来了呢？"

皇上说："皇后呀，回来就回来呗，你呀，就会小题大做。"

如花说："不是皇后，是杨倾城，是杨倾城回来了！"

皇上说："你别骗朕了，你母亲都已经死了。"

如花说："是真的，她真的都已经回来了，现在就躺在花青馆呢。"

皇上说："当真？倾城果真回来了？"

如花说："是真的，父皇。难道我还会骗您吗？"

皇上说："快到花青馆，叫上皇后和太子。"

皇上、如花还有太子以及皇后一起到了花青馆，如玉说："父皇。"皇后看见躺在床上的那个女人说："皇上，您可要看清楚呀，这不一定是杨倾城，杨倾城已经死了，怎么会在这儿呢，依臣妾来看，这肯定是冒充的！"

如花说：'我看你是怕母亲占了你皇后的位置吧，要不是你当初害母亲，怎么可能会这样？"

皇后说："花儿，你不要血口喷人，为什么只要谁一死你就把脏水泼到我的头上来，你说她是杨倾城，你有证据吗？"

如花说："谁说没有的？"

说完如花从杨倾城衣服里拿出玉佩说："父皇，这是当年您给母亲的，您应该认的吧？"

皇上从如花手里夺过来："是的，这是朕给杨倾城的！"

皇后说："皇上，断不可轻信呀，这块玉佩有可能是伪造的。"

如花说："伪造？这上面刻着个'杨'字。"

皇上看见了那个"杨"字说："她是倾城！她就是倾城！！"

皇后说："皇上，这玉佩有可能是别人偷的。"

皇上说："不，她是倾城，一定是倾城。来人呀，快传太医。"

太医给杨倾城把完脉以后说："皇上，没有什么大碍，只是长期吃不干净的东西，好好调养就会好的，臣告退了。"

71

杨倾城醒来以后说："我这是在哪儿呀？"

如花说："母亲，您这是在皇宫，这是父皇，您还认识吗？"

杨倾城说："花儿，这些人都是谁呀，我怎么都不认识？"

如花说："这是太子呀，是您的儿子呀。"

杨倾城说："太子？我不知道谁是太子，我在这里干吗？"

如花说："母亲，您不会都忘了吧？这是如玉。"

杨倾城摸着如玉的脸说："如玉，你真的是如玉吗？"

如玉说："母亲，是我！"

杨倾城一把把如玉抱入怀中："如玉，母亲对不起你，对不起你！"

如玉哭着说："母亲，母亲……"

皇上说："好了好了，终于让她们母女相认了，来人，封杨倾城为皇贵妃，把安诚宫赐给杨倾城，赐号'佳'从此以后杨倾城就是佳妃娘娘了。"

晚上皇后在凌云宫里哭。

月霞说："娘娘，您别哭了，那杨倾城算得了什么呀？"

皇后说："别给我提她，杨倾城多年前抢走了我的皇上，好不容易把她给除掉，她现在为什么又阴魂不散，她被封为皇贵妃，只比我低一等！"

月霞说："娘娘，也许这就是命吧。"

皇后说："命？我从来就不认命，我从来就不相信命！"

月霞说："娘娘，那杨倾城主要是把功夫花在皇上身上，她是勾住了皇上的心。"

皇后说："对呀，我也要想方设法地勾住皇上的心，我不会让杨倾城得逞。"

在学士府，原喜正在练剑，一边练剑，一边想着如玉说过的话："那件事，以后不要再提了。还有你不要为我这么卖命，你为了我杀一个宫女我实在不敢当。幸亏父皇没怪罪，要是怪罪了一定会把你的前途给毁了，到时候免不了朝中非议，让我跟你一起去丢这个脸。"

原喜又想到如玉说的："够了原喜，不用假惺惺的了，你以为你这样我就会在父皇面前给你说好话，让你升官发财了吗？你做梦！你要靠你自己的本事往上爬，就像你哥哥一样。"

原喜又想到了在精品店里和如玉的对话。那时原喜在武剑，如玉说："好剑！"原喜说："这不是公……"原喜还没说完，只见如玉向他摇着头。

原喜又想起自己说："噢，王掌柜，她要的这个香袋子我买了。"如玉说："那怎么能让你破费？我会把钱还给你。"原喜说："不用了。"出来以后如玉说："我该回去了，再见。"原喜说："下次见。"

原喜还想到了在长廊里的对话。他说："不知公主殿下为何事这么开心呀？"如玉说："也没什么，只是今天遇到了一些开心的事，好了，我先走了。噢，对了……"说着从一个钱袋子里掏出了一些银两："这是你上次你帮我买香包的钱，还给你，谢谢了啊！"原喜说："不用了，公主殿下，真的不用了。"如玉说："那怎么行，欠债还钱，天经地义，让你收下你就收下吧。你怎么在这里呢？"原喜说："臣有腰牌，想到宫里来散一散步，没想到却在这里遇到了公主殿下。"如玉说："好了，时间不早了，我该回去了。"

原喜想到这些，越想越气，挥剑砍断了一块木板，然后把剑扔在了地上，自言自语："如玉公主，我为了你都可以把命搭进去，还在乎我的前程吗？你怎么可以那样说我！"

这一切，都被如花看在了眼里。如花进来了以后，原喜说："参见如花公主，如花公主吉祥。"

如花说："你哥哥呢？"

原喜说："臣的哥哥在里屋看书呢。"

如花说："难得父皇能放你们一天假。"

原喜说："臣为皇上效劳是臣的荣幸，应该的。"

如花说："你有这份心就好，对了，如玉跟你说了什么？你为什么这么生如玉的气呢？"

原喜说："有吗？臣没有，臣只是在练剑。"

如花说："刚才我都听见了你说如玉的话，你不用放在心上，她有的时候话可能狠了一点儿，显得非常冷血，其实她的内心比任何人都软弱。好了，不打扰你了，我去找你哥哥了。"

如花回到花青馆，见如玉正在擦自己的同心如意。

如花上前坐下来说："你在干吗呢？"

如玉说："我在整理自己的东西。"

如花说："今天我去了原府。"

如玉看了如花一眼说："去就去呗，怪不得这么晚才回来。"

如花说："我还见到了原喜。"

如玉说："见到就见到了呗。"

如花说："你跟原喜说了什么？"

如玉说："没说什么呀。姐姐，你今天怎么那么奇怪呀？"

如花说："原喜今天说为了你都可以把命搭进去，还在乎他的前程吗？你怎么可以那样说他？"

如玉冷笑了两声说："他就那么想升官发财吗，还跑到你这里来说，他都给我用过迷魂药还想给你用迷魂药！"

如花说："你怎么能这样说话？"

如玉说："我是跟他说了一些话，说不用为我这么卖命，否则会把他的前程给毁了，还问他为我这么卖命是不是想升官发财……"

如花说："你怎么能这么说呢，这不是伤了他的心吗？你

194

怎么这么糊涂呀！"

　　如玉说："我就是想伤了他的心，让他不要为我卖命。"

　　如花说："其实你知道，原喜这么做不是为了升官发财，就是为了你对不对？"

　　如玉说："不是，他就是为了他自己。"

　　如花说："你明明知道，为什么要骗你自己，为什么要骗你的良心？"

　　如玉说："我没有。"

　　如花说："还嘴硬，如玉，你知道这个同心如意是什么意思吗？是有情人才会有的，你为什么擦了一遍又一遍？"

　　如玉说："这跟同心如意有什么关系，姐姐我看你是被原喜的花言巧语迷昏了头脑，你趁早赶快醒过来吧。"

　　如花说："如玉，你心里明白的。"

　　如玉说："我是明白的，可是我不想他把时间花费在我身上，因为我不值得他为我这么做。"

　　如花说："你怎么就不值？你不要把自己看得那么低，其实你很优秀。"

　　如玉说："姐姐，我不像你那样光彩夺目，我不想让任何人把时间花费在我身上。"

　　如花说："那你还拿着这个同心如意干什么？"

　　如玉说："对呀，我拿这个干吗呀，我应该把它给摔了。"

　　说完，如玉就把同心如意摔到了地上，碎了。

　　如花说："你这是干什么呀？你简直是不可理喻。"

　　这时皇上进来了，说："谁不可理喻呀？"

如花如玉一起说："参见父皇。"

皇上说："起来吧。"

如花如三说："谢父皇。"

皇上看见了地上摔碎的同心如意说："怎么了？吵架了？"

如花说："不是，父皇。如玉不小心把这个同心如意摔碎了，我就说简直是不可理喻。"

皇上说："原来是这个的呀，告诉你们一个好消息，后天我们就要去嘉力大草原南巡了。"

如花说："真的？那太好了，我们又有机会出宫去玩了。"

皇上说："你们玩吧，朕走了。"

72

皇上走了以后如花说："你现在跟原喜断绝关系也好，父皇已经开始怀疑你和原喜的关系了，他还问过我一次，不过以后再也不会让人怀疑了。"

如玉说："是呀，以后就可以无牵无挂了，凭父皇的能力一定会给我指门好亲事的，所以我不用怕。"

如花说："没错，不是你的东西就不是你的，咱们永远也得不到。咱们的未来一定布满荆棘，这个皇宫是一个鬼气阴森的皇宫，咱们想逃出去又逃不出去，遇到自己心爱的人又要谈论门当户对，在皇宫你还得是一枚棋子，任人摆布。不知道将来我和原贵会怎样，不可能，不可能，简直是痴想，我和原贵怎么可能有情人终成眷属？那只不过是一种心理安慰罢了，有情人真的能走到一起吗？”

如玉说：“所以，咱们不能连累别人，长痛不如短痛，不如就一刀两断，以后就再无牵连。”

如花刚要从原府回花青馆。

原喜说：“如花公主，您等一下。”

如花说：“怎么了？”

原喜掏出一个香袋子说：“帮我把这个给如玉公主。”

如花接过香袋子说：“这里面装的是什么呀？”

原喜说：“是花瓣，每天风刮下来的花瓣，我都会去接，好不容易有了这满满一袋，如今就送给如玉公主吧。”

如花说：“难得你这么用心良苦，我一定会帮你转交的。”

在花青馆里，如花说：“原喜辛辛苦苦攒的。”

如玉说：“你帮我把这个埋了吧。”

如花说：“你为什么不埋？”

如玉说：“你不是喜欢埋花吗？”

如花说：“那你为什么要把这个埋了呢？”

如玉说：“我就是想埋，把这个埋了，以后就没有牵挂了。”

如花说：“好吧，我帮你埋。”

如花找到了一个没人的地方，挖了一个坑就把花埋起来了，埋到一半的时候突然有人叫道：“如花公主。”

如花转过身来看见是原喜，忙把坑给挡住说：“是你呀，你怎么来了？

原喜说：“皇上叫臣，刚出来的时候看见了如花公主正在埋花。”

如花说："对呀，我经常埋花。"

原喜说："前几日臣让如花公主转交给如玉公主的香袋子，如花公主给没给呀？"

如花说："香袋呀，给了给了。"

原喜说："如玉公主怎么说的？"

如花说："这个袋子挺好看的，她还让我代她谢谢你呢。"

原喜说："如花公主，你今天怎么怪怪的？"

如花说："有吗？没有吧。"

突然雪花扑过来把如花给弄倒了，原喜看见了坑里的香袋子说："如花公主，你不是说如玉公主喜欢这个香袋子，觉得挺好看的吗？丕谢谢臣呢。"

如花说："是呀，如玉说这么好看的香袋子放在她身边岂不可惜了，所以就让我给埋了。"

原喜说：'那如玉公主她自己为什么不来埋呢？"如花说："如玉她不舒服，所以就让我来埋，再说我也喜欢埋花。"

原喜捡出香袋子说："如玉公主不舒服，那我倒要去看看她得了什么病，顺便再问候问候。"

如花上前拦住原喜说："原喜，她正在休息，不便打扰。"

原喜说："我只是去看望看望。"

如花说："原喜，花青馆是我和如玉的寝宫，岂能说进就进，就算要进也得让我和如玉同意了。"

原喜说："如果如花公主不让我进的话就说明如花公主在撒谎。"

如花说："原喜你再闹我就去禀告父皇了。"

原喜说："皇上去安诚宫找佳妃娘娘了，而且现在是晚上，皇上应该睡了，明天才能起来。"

如花说："你是怎么知道的？"

原喜说："皇上临走前跟臣说了。"

如花说："那你也不能去。"

原喜说："臣今天非去不可。"

73

到了花青馆，原喜说："如花公主，我看如玉公主的脸白里透红的，一点儿也不像有病呀。"

如玉说："是谁跟你说我有病的？"

如花说："原喜，你闯入花青馆，犯的是死罪！"

原喜说："臣今天就算是死了也心甘情愿，臣一定要问清楚。"

如玉说："你要问我什么？"

原喜说："臣送给你这个香袋你为什么要给埋了？"

如玉说："这个香袋不好看，所以我就让如花给埋了。"

原喜说："那臣怎么听如花公主说这个香袋子挺好看的，还让她代您谢谢臣呢？"

如玉说："那不是怕你伤心吗？"

原喜说："这可是臣辛辛苦苦攒的呀，你怎么能说埋就埋了呢？"

如玉说："别问了，我是公主，你只是个御前侍卫，我想埋就埋，不想埋就不埋，你管得着吗？再说了我堂堂一个公主能接受你的一个破香袋就已经不错了，你还想怎么样，而且你可别忘了，是你自己要给我的，又不是我要的。"

如花说　"如玉，你怎么能这样说话呢？"

如玉说　"如花，你不要被原喜迷惑，表面看的是省吃俭用，老老实实，其实这些都是装的，就是想从咱们这里得到权力。"

原喜说："好啊，如玉公主，我今天才看清楚你的真面目，你不配得到我的香袋。"

如玉说："瞧你这话说的，是你不配给我香袋。"

原喜说："我再也不想见到你了。"

如玉说："你走吧，我也不想见到你了。"

原喜说："好，我以后不会为你卖命了。"

如玉说："这样最好。"

原喜走了以后如玉说："原喜，你终于不用再为我卖命了。"

如花说："如玉，你怎么这样呀？"

如玉哭着说："如花，这是好事，你应该为我高兴才对呀。原喜看清了我的真面目以后他就不会把时间花费在我身上了，是好事，真的这是好事。"

第二天在马车里如花说："父皇，咱们这是要去哪儿呀？"

皇上说："去的是嘉力大草原。"

如花说："可以骑马吗？"

皇上说："当然可以了，那儿到处都是草地。"

如玉说："父皇，咱们还有多长时间才能到呀？"

皇上说："快了，还有七八天吧。"

如花说："父皇，那里的女子肯定比我们这里漂亮吧，到时候您娶回来封为皇贵妃，给后宫那些女人一点儿警告，气一气她们。"

皇后想："如花这话明明是冲我来的，想用一个草原女子来勾皇上的心，有一个杨倾城还不够又想多一个。"

皇上说："如花，你可别胡说，父皇哪有幸能娶到草原女人呢？"

如花说："那可说不准，有可能嘉力可汗一高兴，就把他的女儿嫁给您了。哼，我看有些人还敢斗，让她们自己斗去吧。"

皇后说："如果那位草原女子来了，会有多少人跟她斗呀？"

如花说："我看第一个跟人家斗的就是你吧，不过没关系，人家毕竟是草原公主，嘉力的女儿，父皇定要敬她几分，就算她受你陷害，犯了死罪，父皇也不会杀了她，如果杀了她嘉力必会大怒。"

如玉说："姐姐，你也犯不着跟这种女人费口舌了，我想父皇那么英明，也不会被她骗了。"

皇后说："这就是你们俩吗？你们怎么这样了？我教你们这么多年都白教了。"

如花说："我们成这样，那是因为你调教无方。"

如玉说："对，你不配。"

皇上说："好了，好了，好不容易出来一次，你们就别斗嘴了，皇后，她们是孩子，你犯得着跟孩子计较吗？如果你不会斗的话，你就自然不会反抗，不做亏心事，不怕鬼敲门，如花、如玉你们也是，原本开开心心地出来，干吗要吵架呀？朕这次去嘉力大草原是有要事要办的，你们玩。我的心里已经够乱了，早知道就不带你们三个出来了。"

几天以后到了嘉力大草原，皇上、皇后、如花、如玉从马车上下来，如玉说："这里好美呀。"

如花说："有大自然的味道。"

皇后说："咱们来这儿真是来对了。"

不一会儿嘉力（时年60岁）带了几个侍卫来了，鞠躬说："尊敬的皇上，已经恭侯您多时了。"

皇上靠近嘉力一点儿，侍卫就拔出刀来。

嘉力说："无礼，还不赶快退回去。"

侍卫说："是。"

嘉力说："皇上，实在是不好意思，侍卫都是被我调教惯了，所以……"

皇上说："没什么，这说明你的侍卫自我防护意识很强，真是令朕敬佩。"

嘉力说："皇上真是宽宏大量呀，那请到行帐里面说话。"

去了行帐里面，皇上一行都坐下了，嘉力坐在首位，突然看见了如花，心想这个如花公主怎么那么眼熟呢，像是在哪里见过一样。嘉力突然想起来了，自己在城里看见的，一天如花正走在街上，突然东西掉了，嘉力捡了起来，还握住如花的手腕不放。如花用力挣脱之后就走了。他心想，真没想到她竟然是皇家公主。

皇上说："嘉力可汗，朕这次来其实是有要事要商量的。"

嘉力说："皇上远道而来，一定是辛苦了，不如先休息一下，晚上会给你们办一个舞会，一定会让你们玩得酣畅淋漓。"

74

晚上的时候，有一个女孩正在跳舞。皇上说："嘉力可汗，你们这儿的女子可真是美。"

嘉力说："皇上若是喜欢这里的女子，将是这些女子的荣幸。"

如花说："嘉力可汗，您舍得吗？只怕您还要留着将来享用吧。"

嘉力说："如花公主的直率真是令我佩服，不如我把这儿的一个男子赐你如何呀？"

如花说："用不着，在城里我随便挑选，就能选一个中意的，也不会在这儿选的。"

嘉力说："是，如花公主长得漂亮，不愁找不到一个好驸马，别说皇上那么疼你，就连我也想多疼几分不是，我要是有你这么一个女儿，我疼都来不及，不知如花公主可否倒一杯奶茶敬给我？

如花说："当然可以。"如花看了一眼皇上，皇上说："既然让你敬，你就敬吧。"

如玉说："姐姐。"

如花说："能给殿下敬酒也是如花的福气，妹妹，待会儿你也敬一杯吧。"

　　如花倒了一杯给嘉力的时候，嘉力摸着如花的手说："瞧这纤纤细手，不知如花公主能与我跳一支舞吗？"

　　皇上说："如花能跟嘉力殿下跳舞也是你的福气，你想一想，这茫茫草原，谁能有福气跟嘉力可汗跳舞呢。"

　　如花说："我累了，要回去休息。"

　　嘉力搂住如花的腰说："哎哟，如花公主，哪有什么累不累的，你看我一把老骨头都能跳，你怎么就累了呢？"

　　如花说："放开。"

　　嘉力拉住如花去跳舞，如花见挣脱不开，嘉力说："你如果再不跟我一起跳，你父皇那片草地就别想要了。"

　　如花听了这句话，只能跳了，跳了两个时辰以后，嘉力坐下把如花拉到旁边说："如花公主，你能不能喝酒？"

　　如花不耐烦地说："不能。"

　　嘉力搂着如花说："你就陪我喝几杯吧，就当是给我个面子。"

　　如花说："真不能喝。"

　　嘉力说："不能喝，这不像是你如花公主说的话呀，上酒来！"

　　如花说："我不能喝。"

　　嘉力说："就喝一杯。"说完就灌到如花的嘴里了。如花咳嗽了几声，嘉力又灌到如花的嘴里，说再喝一杯。

　　如花喝完以后，嘉力说："如花公主既然都把这两杯喝完了，不如就把这一壶喝完吧。"

　　如花说："我实在不能喝了。"

嘉力说："喝完这一壶就不喝了。"说完，嘉力又把这一壶灌到如花的嘴里。

皇上说："好，灌得好。"

如花听了这句话以后把嘉力推开说："父皇，你怎么能这样呢？"

皇上说："怎么了？"如花看了皇上一眼就跑了。

皇上说："嘉力可汗，实在是抱歉，小女都被我娇宠惯了。"

嘉力说："没事，如花公主不喝了，那咱们喝，今天一定要一醉方休。"

如花跑到半路的时候吐了好多，之后就走到自己的行帐里去了。如花坐在床上想着皇上说的话，如花说："父皇怎么可以这样，他到底是不是我的父皇？"

突然外面有人影晃动，如花说："谁？"

嘉力可汗进来说："如花公主，是我。"

如花说："嘉力可汗有什么事吗？"

嘉力说："其实没什么事，就是想到如花公主，过来看看。"

如花说："我要休息了。"

嘉力说："我可是听你父皇说你每天都是疯到很晚才睡的，今天怎么刚擦黑就要休息？"

如花说："今天玩得太久，累了。"

嘉力说："那你跟我说说话，提提神。"说完嘉力就一摇一晃地走过去，不小心一下子把如花给扑到床上。

如花说："哎，嘉力可汗，嘉力可汗，你喝醉了。"

嘉力说："我没醉，拿酒来。"

突然可可跑到嘉力的身上，嘉力吓了一跳起来说："这只臭猫，我要杀了你。"

如花说："不许杀，不许杀。"

嘉力把如花推到一边说："给我滚开。"

如花一下子冲上去抱住可可，嘉力一下子把剑刺到如花身上了。如花"啊"的一声就倒在地上了。

嘉力说 "好了，把这只臭猫给杀了。"

突然如玉进来说："如花。"突然看见如花躺在地上，嘉力的剑上还沾着血，如玉说："姐姐，你怎么了姐姐？你醒醒啊，你怎么了姐姐？"

如玉看见嘉力的剑上沾着血说："是你，是你杀了我姐姐。"嘉力说："我走了。"说完就走了。

如玉迅速赶到父皇的行帐，哭着说："父皇，快去看看如花吧。"皇上匆匆跟随她来到如花的行帐里。如花躺在床上盖着被子。皇上说："如花出事的时候都有谁来过？"

如花说："我来的时候也没有别人，只有嘉力可汗在，而且他的剑沾着血。"

皇上说："先不说这些了，赶紧请太医吧。"

太医给如花把完脉后说："皇上，如花公主的刀口太深，而且救得太晚了，只恐怕……"

皇上说："怎么样？快说。"

太医说："性命是保住了，不过会失忆，什么都不会记起来了。"

皇上说："那她还有恢复记忆的可能吗？"

太医说："有可能会记起一点儿，会慢慢地重新恢复记忆，不过这种可能性一般都会很小的。"

一听这话，皇上顿时脸色惨白，要倒下去了，如玉忙扶住皇上说："哎，父皇。"

皇上说："你先退下吧。"

太医说："是。"说完太医就走了。

75

皇上说："朕的如花以后再也记不起我来了，如花，再见。"

如玉说："父皇，您别着急呀，有可能事情还会有转机。太医不是说了吗，慢慢地，如花就会重新恢复记忆。"

皇上说："那种可能性很小。"

皇上慢慢地走到床前坐下，轻轻擦去如花脸颊的泪水："唉，这么多年朕都没有当好这个父亲。也许，在人们眼里朕是九五之尊的皇上，在你们眼里我仍然是，而不是一个父亲。如花在身边的时候朕应该好好疼爱她，她却不在了。"

皇后说："只要如花活着，一切都会好的。"

如玉说："你什么意思？如花活着就能有一切吗？话说得倒轻巧，她不是个健全人了，她失去记忆了。"

皇上说："如玉说得没错，朕宁可让如花死，也不能让她身体不健全。"说完拔出长剑就要向如花刺去。

如玉拦着皇上说："不要啊父皇，姐姐已经活了，不能让她死了呀。"

皇上说："如玉，这件事情由朕来处理。"

如玉把刀横在自己的脖子上："父皇，您要杀姐姐，就先杀了我。"

皇后说："如玉，你疯了吗？如花都被刺了一刀，你也想死吗？"

如玉说："谁让他杀姐姐的，我愿意跟姐姐一起死。"

皇上把如玉推到地上，说："走开。"

接着，皇上把刀搁到如花脖子上，如花忽然醒了。

如花说："我怎么会在这里？"看到刀在自己脖子上，她马上爬起来说，"你是谁？为什么要杀我？我跟你无怨无仇的，你为什么要杀我？"

如玉说："不是，我们不是要杀你，只不过是父皇在练剑，不小心搁到你的脖子上了，没有想过要杀你。"

如花说："父皇？"如花马上跪下磕头，"皇上恕罪，不知道您是皇上，所以冒犯了。"

皇上说："起来吧，如花你叫朕什么皇上，朕是你的父皇呀。"

如花说："如花，谁是如花呀？"

皇上说："就是你呀。"如花说："我叫如花吗？你也不是我的父皇，我从小无父无母，怎么会是我的父皇呢？"

如玉说："父皇，姐姐失忆了。"又转身对如花说，"是父皇看你晕倒在路边，就把你抱回来了。如果你愿意给父皇做女儿，给我做姐姐，父皇倒是很愿意收留你，对不对呀父皇？"如花拉了拉皇上。

皇上说："噢，对对对，朕愿意收留你。"

如花说："真的吗？那太好了，可是总得给我起一个名字吧，我都不知道我的名字叫什么。"

如玉说："我叫如玉，不如你叫'如花'吧。"

如花说："如花？好啊好啊，这个名字挺好听的，我做梦也没有想到居然能成为当今皇上的女儿。"

皇后说："那么我做你的母亲吧。"

如花说："有父亲，我就已经很满足了，不敢再奢望有母亲了。"

如玉说："皇后娘娘，您不要操这个心了。"

如花说："我怎么看如玉那么眼熟呀，可是我又想不起在哪里见过你。"

如玉说："姐姐，是不是想起什么来了？"

如花说："我什么也没想起来，我只是看如玉比较眼熟而已。"

皇后说："你必须给我想，快点儿给我想出来。"

如玉说："皇后娘娘，难道您一定要这样强迫她吗？记忆是要一点点儿恢复的。"

皇后说："我也是想让她恢复记忆。"

如玉说："你这样只会让她的记忆慢慢消失，她刚想起来一点儿，就应该继续慢慢想，不要逼她，亏你贵为皇后，连这些都不懂，真不知道这些年你是怎么跟那些女人勾心斗角的，你又是怎么打败那些女人的。姐姐，你不用着急，慢慢想，什么时候想到什么时候说。"

如花揉着头说："求你们不要再说了，我的头都快炸了。我的脑子里好乱，我想睡一会儿。"

皇上说："如花，你饿不饿，要不要吃东西？来人，去熬点儿粥。"

如花说："不用了，我要睡了，你们都出去吧，不要再打扰我了。"

如玉说："好，我们出去，有事叫我们。"说完，如花躺下，如玉给如花盖上被子就出去了。

皇后说："皇上，咱们也走吧。"

皇上说："你先出去吧，朕待会儿就出去，朕想和如花单独待一会儿。"

皇后说："是。"说完，皇后就出去了。

皇上走到如花的床前："可怜的孩子，你怎么成这样了，都是嘉力害的。你好好睡吧，朕一定会为你主持公道的。"

76

皇上出了帐篷，去找嘉力。嘉力看见皇上来了说："皇上来了，来人，上茶。"

皇上说："不用了，朕今天到这儿来不是来喝茶的。"

嘉力说："来人，拿上好的酒，本可汗今天要与皇上好好地喝两盅。皇上，咱们今天不醉不归！"

皇上说："朕也不是来喝酒的，朕有一件事想问你。"

嘉力说："请皇上明示。"

皇上说："你昨天晚上对如花做了什么？"

嘉力说："我没对如花公主做什么呀？如花公主怎么了？"

皇上说："如花昨天晚上是不是被你刺了一剑？"

嘉力说："没有呀，如花公主怎么了？出什么事了？我没刺她呀，有可能她自己不小心拿剑刺到自己了。那天晚上我杀的是猫……"

皇上说："你再好好想想，昨天晚上你是不是去过如花的帐篷？"

嘉力说："是呀，那也不能证明是我杀了她。我只是想找如花公主聊聊天。"

皇上说："可如玉看见你的刀上沾着血。"

嘉力使劲想想，拍着头说："皇上，我想起来了。昨天晚上我喝醉了，本来是要杀那只猫的，可是谁知道就刺中如花公主了，也是如花公主硬冲上来的。如花公主怎么样了？"

皇上说："她失忆了。"

嘉力说："都怪我不好，都怪我喝醉了。还好，如花公主只是失忆。"

皇上说："还好？她都不记得朕是她的父亲了，在她眼里，朕是皇上而不是她的父亲。"

嘉力说："那她还记得我吗？"

皇上说："她连朕都不记得了还能记得你吗？我们明天就回京。"

嘉力说："皇上，明天就回京，那等于只住了两天。再住几天吧，皇上不是有要事要商量吗？"

皇上说："朕不能在这儿待下去了，朕不放心呀。你已经伤了如花了，下一个你还打算伤如玉吗？朕一个女儿已经被你伤了，不想再被你伤第二个女儿了。可汗，请休息吧，朕先走了。"说完，皇上就走了。

第二天，皇上一行在马车前，嘉力送行："皇上，祝您一路顺风。"

皇上说："朕已经不顺了，看看如花现在这个样子，不记得所有人了，唉……"说完皇上就上了马车。

如玉说："姐姐，我们走吧。"

如花说："好吧。"说完如花和如玉也上了马车。

皇后说"嘉力，你害得如花失去记忆，我会让你还回来的。"嘉力说："你一个女子斗得过我吗？"

皇后说"不信你走着瞧吧。"说完皇后也上去了。

在马车上，如花看了看窗外："父皇，我不想离开这里，咱们就在这儿住下吧。"

皇上说"为什么要住下？"

如花说："我喜欢这里。"

皇上说："花儿说说为什么喜欢这里？"

如花说："这里的草原多宽阔，我喜欢待在这儿。"

皇上说："花儿，咱们去的那个地方是咱们的家，咱们的家不是草原。"

如花说："为什么不把这个地方当成咱们的家呢？为什么非要去那个地方呢？"

皇后说："如花，你别忘了你现在是个公主，皇宫才是你的家。"

如花说："你干嘛这么厉害呀，我只是问问而已嘛。你告诉我就行了，再说我也喜欢草原。"

如玉说："姐姐，你不用跟没人性的人费口舌。"

皇后说："你说谁没人性呢？"

如玉说："你就是没人性，你禽兽不如。"

皇后想发火，却忍住了。她想："现在如花失忆可是个好机会呀，我必须让如花喜欢上我，一改往日旧印象。"

皇后的语气明显柔和了："跟你说过，对我不要这么凶。"

如玉说："算你还有一点儿人性。"

皇上说："皇后，你能这样说，朕很高兴你终于改变了。现在如花都不知道皇宫是什么……"

皇后说："是，皇上，臣妾说件事，关于佳妃妹妹的。"

皇上说："说吧。"

皇后说："臣妾那天看见佳妃妹妹跟来喜搂搂抱抱，毫无君臣之礼。"

如玉说："又在陷害母亲，可是以父皇和母亲多年的感情，父皇不会相信的。"

皇上说："如玉说得对，朕相信杨倾城不会做出对不起朕的事。"

皇后说："也许吧，有可能臣妾看错了。"

77

如花突然一拍脑门："我好像记起来了，皇后娘娘原来对我很不好。"

如玉说："姐姐，对，你说得对，她原来就是对你很不好。你再想想，她怎么对你不好了？"

皇后说："你真会胡说，我什么时候对你不好了？"

皇上说："皇后，亏你还是皇后，连规矩都不懂。如花现在刚记起来一点儿，你应该让她慢慢想，不管她说什么，都让她说下去。你呀，就是吃不了大亏，所以就让别人认为你太无情了，到最后肯定会吃大亏的。现在别说如花、如玉认为你无情，朕也认为你太无情了。"

皇后心想："完了，完了。如花现在记起原来我对她很不好没关系，现在她还没有完全记起来，趁现在赶紧讨好她。"

皇后说："是，臣妾谨遵皇上教诲。如花，你饿不饿？我准备了一些点心，你要不要吃？"

如花说："我不吃，我现在好怕，更不敢吃你的东西。"

皇后想，这可怎么办呀？

如花往窗外一看，原贵正在骑马，就说："你停下来，我要骑。"

原贵说："公主殿下还是不要骑了，要是有什么三长两短，臣可不好交代呀。"

如花说："不，我就要，我就要骑嘛！"

皇上看见如花在跟原贵说话，心里非常不痛快，便叫道："如花！"

　　如花说："父皇，停下来休息一下，我要骑马。"

　　皇上说："不行，快走。"

　　如花撒起娇来："父皇，我求求您了，您就让我骑会儿嘛，就一会儿，好不好？"

　　皇上说："不行！"

　　如花说："您不让我下去，我自己下去。"说完如花就下去了。

　　皇上无奈地摇摇头。

　　如花下来了以后就上了原贵的马。

　　皇上说："停下来休息会儿。"

　　如花说："骑啊。"

　　原贵说："不是骑着呢吗？"

　　如花说："这也算骑呀，我让你骑远一点儿。"

　　原贵说："这还有皇上呢。"

　　如花说："怕什么，他们不是在休息吗？"

　　原贵说："可是……"

　　如花说："你真是婆婆妈妈的，你坐我后面，陪我骑。"

　　原贵重新上马。如花说："驾驾驾。"他们转眼就骑远了。

　　皇上望着如花远去的背影，不知道该喜该悲，喜的是如花失忆了，也该忘记原贵了，原贵以后再也别想对如花有什么非分之想了。"只要有朕在，你休想得到如花。可是，如花以后什么都记不起来了。"

如花和原贵骑了一阵子，原贵说："如花公主回去吧。"

如花说："急什么？休息一会儿。"

原贵先下了马，如花伸出手来说："来呀。"

原贵拉着如花的手，让她慢慢地下马。如花坐在石头上，拿了一根柳条。原贵坐在如花的旁边说："如花公主，我们还是回去吧。回去太晚了，皇上怪罪下来不好……"

如花说："怕什么？我不回去他们是不会走的。"

如花靠在原贵的肩膀上说："你的肩膀好温暖，我从来没感觉到这么温暖过。"

原贵说："皇上不疼您吗？"

如花说：'父皇是很疼我，不过我毕竟不是他的亲生女儿，总没有亲生的亲。我似乎从来没有叫过'父亲''母亲'有父母对我来说是很奢侈的事情，可是我万万没有想到能成为当今皇上的女儿。不过，我总觉得皇上是威严的、无情的，就算他对我再好，我也没有温暖的感觉。"

原贵说："你希望你将来的驸马是什么样子的？"

如花说："这辈子我都不想要驸马，幸福已经离我远去了，再也回不来了。"

原贵想："如花，你就是皇上的亲生女儿，只不过你现在是失忆了，可是这一切什么时候才能跟你说清楚呢？"原贵这时候已经忘了她是公主，便说，"公主殿下，再骑一会儿吧。"

如花说："好啊，谢谢你温暖的肩膀，走吧。"说完如花就上马了。

在马车旁边，皇上正在走来走去："他们俩怎么还没回来，来人，去看看回来没有。"

　　这时，如花和原贵有说有笑地回来了。皇上看见如花跟原贵那么快乐，说："如花，怎么去了那么长时间，你知不知道，我们都等你们半天了。原贵，你怎么把如花带到那么远的地方？"

　　原贵说："臣知罪。"

　　如花说："不关原贵的事，是我自己要骑那么长时间的，要不是原贵劝我回来，我现在还在骑呢。"

　　皇上说："你还打算再骑下去？那你要骑到什么时候呢？"

　　原贵说："皇上，您不要怪公主殿下，是我不让公主殿下回来的。"

　　如花说："原贵，你不用把责任往自己身上扛，是我要骑的，我一人做事一人当，父皇要打要骂要杀全随您，反正我从小就是一个没父没母的孩子，就算有，我也不要您这样的父亲。您都没有给过我温暖，其实我一点儿也不怕死，我就是不想死在您的手下。"

　　皇上说："你，原贵，谁让你胡说的，朕什么时候怪如花了？好好的女儿都被你给带坏了。"

　　如花说："皇上，作为一国之君，您怎么可以乱骂人呢？我没有被原贵带坏，我说的都是事实。"

　　皇上说："朕管你说的是不是事实，快下来吧。"

　　如花说："干吗？"

　　皇上说："下来呀，难道你不走了？"

　　如花说："谁说我不走了，我是要骑马的。"

　　皇上说："不行，快走。"

如花说："您跟皇后一样，就是没人性，您怎么无缘无故就那么凶呢，真是的，好好的心情都被您给破坏了。"

如玉说："姐姐，不要惹父皇生气了，快下来吧。"

如花说："谁是我的父皇，他根本就不是，他连平常人家的父亲都不如，他根本就不配当皇上！"

皇上说："你给朕下来，您是不是喜欢上原贵了？"

如花说："我偏不下来，你能把我怎么样？你说呀。"

如花接着说："对，我就是喜欢原贵怎么样？情深似海。您改变得了吗？"

皇上说："行，你一定会后悔的！"说完皇上就上了马车，"走！"

如玉说："父皇，别生气了。"

皇上说："别烦朕。"

如玉想："姐姐不就是跟原贵骑个马吗？父皇，为什么这么生气，难道父皇知道姐姐喜欢原贵了？"

皇上说："你看你姐姐都被原贵带坏了，你以后千万别让原喜给带坏了。"

如玉想：'父皇这话是什么意思？难道已经怀疑我和原喜了？"

78

晚上，客栈里。如花把首饰摘下来，把衣服脱了，躺在床上说："臭父皇，坏父皇，我要睡觉！我怎么睡不着呀？"

如花突然想到了原贵："父皇为什么那么讨厌原贵，连跟他骑个马都不行。哎呀，我要睡觉，不想这些了。"

可哪里睡得着呀？突然有人敲门。如花急忙起床："谁呀，这个皇上真是的，连觉都不让人好好睡。"

开门，却是原贵："原贵，怎么是你呀？"

原贵说："公主殿下休息了吗？"

如花说："没有啊，有什么事吗？"

原贵说："臣想跟公主殿下走一走。"

如花说："好呀，我正愁没人跟我说话呢，走吧。"

原贵说："公主不用梳妆、披件衣服吗？"

如花说："不用了，走吧。"

在路上，原贵说："公主殿下冷不冷，要不然回去加件衣服吧？"

如花说："不用了，我没那么娇气。"

原贵说："皇上已经睡着了吧？"

如花说："别给我提他，白天对我那样，我想起来就烦。"

原贵说："可是……"

如花说："咱们能不能聊点儿别的？"

原贵说："那今天如花公主说喜欢臣是真的假的？"

如花说："肯定是假的，怎么会是真的呢？我怎么可能喜欢你呀？我说喜欢你是气父皇的。哎，我问你，父皇为什么那么讨厌你呀？连骑马都不行，你到底怎么得罪父皇了？"

原贵想："如花公主，不是皇上不喜欢我，而是皇上不想让我接近你。"

如花说：“你怎么了？”

正巧遇到皇上。皇上问道：“如花，这么晚了，你怎么在这儿呀？”

皇上看见如花跟原贵在一起，心想：“奇怪，这么晚了他俩怎么会在一起？”

如花说：“是我睡不着，想找原贵出来走一走。”

皇上说：'赶紧回去！散着头发，衣服也不穿好，成何体统？”

如花说：“您管得着吗？我什么时候睡觉您也要管呀，再说了要不是医为您，我怎么会睡不着呀？”如花扭头就跑了。

皇上说：“原贵，我告诉你，你要再敢伤害如花，我一定饶不了你的。你们原家的一切是朝廷给的，但是朝廷同样也可以收回。”

如花回到房间，愤愤地说：“气死我了！气死我了！”

如玉说：“姐姐，这么晚了，你去哪儿了？”

如花说：“也不知道父皇是哪根筋不对，我睡不着觉，出去跟原贵走了一会儿，父皇就让我回来，真是的，他连这个也要管！”

如玉说：“姐姐，你要守规矩。”

如花说：“我本来就是一个江湖女子，我守不了皇宫的规矩，要是非要守那么多规矩，这个皇上的女儿不当也罢。”

如玉说：“好了，习惯就好了。你不困呀？赶紧睡吧。”

如花趁半夜如玉睡着的时候，偷偷地起床写了一封信。她乘着夜色，偷偷骑上了原贵拴在行帐外的马。她边走边想：“我不要再当这个皇上的女儿，我也不要这个'公主'的封号了。

我要找回以前的自由的生活。"

如玉不见姐姐，非常奇怪。一回头，发现桌子上有一封信，打开看了看，就匆忙跑过去找皇上说："父皇，不好了，姐姐不见了，她留了一封信。"

皇上看了看信，上面写的是："父皇，我走了，皇宫里太多的规矩，我受不了。皇宫的生活让我窒息，我要远走高飞，继续过我的自由生活。虽然跟您在一起的时间很短暂，但我很珍惜，感谢您这段时间给我的父爱。另外，我还用了原贵的马，请您谅解。如果有缘我们还会相见的，再见。"

皇上说："怎么会这样，朕要把她追回来。"

如玉说："父皇，她早跑走了，上哪里找呀？"

皇上说："快给朕备马。"

此时，如花快马扬鞭不知走了多久，感觉累了，就坐在路边一块石头上歇息。她想："如花醒来以后，发现皇上的刀搁在如花的脖子上说，'你是谁？你为什么要杀我？我跟你无怨无仇的，你为什么要杀我'，如花该多绝望！"

如花微微笑了一下，又想到了她靠在原贵的肩膀上说："你的肩膀好温暖，我从来没感觉到这么温暖过。"如花又想到对原贵说，"肯定是假的，怎么会是真的呢？我怎么可能喜欢你呀？我说喜欢你是故意气父皇的。"

如花自言自语："想这些干什么，既然决定要走，就不该有牵挂，以后又成了孤身一人了，不过那时我恐怕早已习惯了。"

79

突然，如花听到马蹄声，接着就看见了皇上。她立即准备上马，但已经来不及了。

皇上翻身下马，一把抓住如花说："花儿，跟朕回去！"

如花说："为什么要跟您回去？"

皇上说："你不是一直渴望有一个父亲吗？"

如花说："我是渴望有一个父亲，但是我不要您这样的父亲。我宁可选择没有父亲，恢复以前自由自在的生活，也不要一生享尽荣华富贵，回到那个可怕的皇宫。"

皇上说："好，朕同意你。你在皇宫可以自由自在的，好不好？"

如花说："我已经习惯以前的生活了，我这辈子也不会回去。父皇，我并不是您的亲生女儿，我走不走都无所谓，您为什么非让我回去？我是一个江湖女子，不适合在皇宫里生活，皇上您让我回皇宫，只会给您丢脸的，您让我走吧。"

如玉说："谁说你会给父皇丢脸的？"

如花说："什么都不要说了，我已经决定走了，谁都拦不住我！"

皇上表情更加严肃起来："朕是不会让你走的。"

如花说："皇上，您放开，您放开我。"

皇上见地上有根木棍，拿起木棍，咬牙往如花的脖子上敲了一下，如花晕倒在地上了。

如玉说："父皇，姐姐怎么了？"

皇上说："没事，只是晕了。"

如玉说："父皇，您为什么非要强迫姐姐回皇宫？"

皇上说："那你说朕该怎么办？现在她失忆了，又不能把她的身世说出来，只能打晕她了。"

如花醒来，发现自己在花青馆里，问道："我这是在哪里呀？难道皇上把我抓到皇宫来了，我得赶紧逃。"

突然，皇上来了，说："如花，你要去哪儿呀？"

如花说："果然没错，您果然把我抓回来了！"

皇上说："这里是你的家，你不回家去哪儿呀？"

如花说："不，这不是我的家，我的家不是皇宫，我要出去，我要出去！"

如花跑到门口，皇上正要追上来，如花拔下簪子搁到脖子上说："你们敢过来，我就死在你们面前！"

皇上说："花儿，你不可以这样，你过来，这是你的家。"

如玉说："好，我们不过去，那你过来好不好？"

这时，皇后走过来："如花，快过来，瞧把你父皇急的。"

如花突然放下簪子说："好，我答应你们留下来，不过我一天除了抄经以外不会干别的事了，除了一日三餐外我只会抄经。"

皇上说："好，朕答应你。只要你留下来，什么都答应你。"

突然杨倾城来了说："花儿，你回来了？玩得开不开心？为什么不多住几天？"

如花说："你是谁呀？"

杨倾城说："皇上，花儿怎么了？"

皇上说："倾城，别急别急，花儿在草原的时候被嘉力刺了一刀，现在失忆了。"

杨倾城说："不可能，不可能，就算如花失忆了，那她也不会忘了我。皇上自从我回来以后就没有见到云儿，待会儿请来喜来臣妾的安诚宫一趟，我想问问云儿在哪里。"

皇上说："好。"

来喜来到了安诚宫，跪下磕头说："奴才给娘娘请安，娘娘千岁千岁千千岁！"

杨倾城说："起来吧。"

来喜说："谢谢娘娘。"

杨倾城说："当年我把云儿许给你，你说会好好待云儿，可是如今你把本宫的云儿带到哪里去了？"

来喜说："娘娘，云儿听说您难产，非常伤心，上吊自尽了。"

杨倾城说 "是真的吗？"

来喜说："奴才说的句句属实。"

杨倾城说："如果本宫没猜错的话，应该是皇后姐姐以为我死了以后想杀人灭口，就把云儿给杀了，尸体早已烧了吧。"

来喜说："娘娘，其实奴才也很悲伤，云儿多好的一个姑娘就这么死了。"

杨倾城说："你以为你说这些本宫就会相信你吗？你敢骗本宫？

来喜跪下说："奴才该死，奴才该死。"

杨倾城说："那你说本宫说的是真的吗？"

来喜说："是真的，是真的，可那些都是皇后娘娘逼我做的，娘娘饶命，娘娘饶命。"

杨倾城说："想让本宫饶你的命可以呀，本宫给你一个将功补过的机会可好？"

来喜说："娘娘请吩咐，只要奴才做得到的，一定尽全力而为。"

杨倾城说："本宫要让皇后死，你办得到吗？"

来喜吓了一大跳："这个奴才办不到。"

杨倾城说："皇后姐姐不死，你就得死，其实你以为我愿意让皇后姐姐死呀，是皇后姐姐逼我的。当初，要不是她用花言巧语把我骗进皇宫，现在我也不会成佳妃娘娘，也不会跟她斗。不跟你多说了，生与死，你自己选一个吧。"

来喜结结巴巴起来："奴才……奴才……同意。"

杨倾城说："好，今晚你去杀了月霞。"

来喜说："杀皇后娘娘，这跟月霞有什么关系呀？"

杨倾城说："这个你不用管，完成今晚的任务就可以了，你编一个理由杀了月霞。"

说完，杨倾城从袖子里掏出一张纸说："今晚杀死月霞时，把这个塞到她兜里，事成后本宫不会亏待你的。"

来喜接过纸："是，奴才告退。"

来喜出去了，杨倾城站起来自言自语："皇后姐姐，你以为现在的杨倾城还是以前的杨倾城吗？你以为我还会输给你？走着瞧吧，看谁笑到最后。从我离开皇宫第一天开始，我就要让自己强大起来，回来报仇。现在机会终于来了。"

80

晚上，月霞说："皇后娘娘真是有病，她这座山是座冰山，终究是靠不住的，我何必要为她这么卖命呢？不如去巴结巴结佳妃娘娘，她也许能给我点儿好处。但还是算了吧，佳妃娘娘看我是皇后娘娘的侍女，肯定不会善待我的。难道我月霞就没有立足之地了吗？"

突然有人捂住她的嘴。月霞说："嗯嗯，放开我。"

来喜说："月霞，你小点声，干嘛呀？"

月霞说："来喜，是你呀，吓我一跳。"

来喜说："你这是去哪儿呀？"

月霞说："别提了，皇后娘娘也不知道犯了什么病，非让我去外面买什么胭脂，我看她是想勾住皇上的心。好了，不跟你多说了，我该走了。"

来喜说："月霞，你得救救我，现在只有你能救我了。"

月霞说："怎么了？发生什么事了？"

来喜说："咱们把云儿杀死的事情被佳妃娘娘知道了，佳妃娘娘气得要杀我，还说我不死就要拿你去抵命。"

月霞说："那怎么办呀？"

来喜说："所以呀，你总不能眼睁睁地看着我死吧。"

月霞说："那你也不能让我死吧？要死咱俩一起死。"

来喜说："我还有重要的事情要做，而你不一样，你要的只不过是权力。"

月霞说："你有什么事情要做呀？"

来喜说："当然是杀你呀。"

月霞说："不，来喜，你不可以这样做。"

来喜说："你别无选择！"

说完，来喜拿出一把刀往月霞的肚子上刺去，又拔了出来。月霞倒在了地上。

来喜蹲下说："对不起了，月霞，虽然我们在一起很多年了，不过为了保住我的命只能牺牲你了，你死后你的鬼魂不要来找我，我会为你烧香拜佛，让你在天堂安息的。"

来喜把刀放到月霞手里，然后把杨倾城给他的那张纸塞到月霞口袋里，脱下她的衣服，把她扔到荷花池里去了……

花青馆里，如花正在抄经。如玉说："姐姐，我忽然觉得皇宫好可怕呀！"

如花说："皇宫就是可怕，所以我才不愿意在皇宫里待着。四面围墙围着，我怎么逃也逃不出去。"

如玉说："对对对，你说得太对了，要不是上次你告诉父皇，林永生和奇霞早就把我害死了。"

如花说："奇霞是谁，林永生是谁？我都不认识，怎么知道他们要害你？"

如玉想："我怎么忘记姐姐失忆了？"

皇后进来说："这么用功呢，花儿怎么样了，累不累？"

如花说："我说过我在皇宫就抄经，所以抄经才能让我待在皇宫。"

皇后说："那你得歇会儿，来，我做了点心，你和如玉尝尝吧。"

如花说："我不饿。"

突然，一个宫女过来说："皇后娘娘，不好了，不好了，月霞死了，现在正在验尸呢。"

皇后说："什么？"

如花说："怎么回事？"

如玉说："去看看吧。"

如花、如玉和皇后都出去了。祈福宫里，皇上看见躺在地上的月霞，说："怎么还光着身子？皇后，这可是你的人。"

皇后说："是，可是跟臣妾没关系。"

如花说："瞧瞧皇宫里的人，就会杀人。今天死这个，明天死那个，也不知道是谁杀的。"

如玉说："真是一波未平一波又起。"

皇后说："我听出来你们俩的意思了，你们的意思就是我杀了月霞。"

来喜拿着月霞的衣服说："皇上，月霞的衣服里有一张纸。"

来喜掏出来递给皇上，皇上接过纸读出声来："请皇上为奴才做主，皇后娘娘当年害死了佳妃娘娘，如今皇后娘娘想起来是我干的，竟要杀我灭口，奴才没办法，只能自杀，奴才害佳妃娘娘是迫不得已，都是皇后娘娘逼我做的。"

来喜说："事到如今，奴才也不瞒皇上了，今晚上皇后娘娘让我杀了月霞，皇后娘娘怕被查出来竟然要毁尸灭迹，让奴才把月霞的尸体扔到荷花池里去，没想到竟被皇上查出来了。皇上，都是皇后娘娘逼我做的，还说如果奴才不做的话就是死路一条。奴才真是怕死呀！皇上饶命，皇上饶命！"

杨倾城说："来喜，你胡说什么呢，皇后姐姐当初怎么会害我呀？"

皇后说："来喜，我什么时候让你去杀月霞了？"

皇上说："皇后，人证、物证俱在，你还有什么可说的？"

皇后跪下："皇上，真的不是臣妾做的，臣妾就让月霞出去买一个胭脂，谁知道她就死了。"

皇上说："你还敢狡辩，像你这样的女人不配做朕的皇后，待会儿你就会被打入冷宫的。"

皇后说："不不不，皇上，臣妾冤枉呀，月霞真的不是臣妾杀的。"说完，皇后又跪到杨倾城旁边说，"佳妃妹妹，你是我的好姐妹，你相信我不会做那种事的，对不对？我不会害你的，你最了解我了，我求你跟皇上求求情，好不好？"

皇上说："如花所言没错，你到现在还不肯承认，真是禽兽不如。"皇上踢了皇后一脚说，"朕要打死你，朕要打死你！"

杨倾城抱住皇上说："皇上请息怒，皇上请息怒，请不要打皇后姐姐，请不要打皇后姐姐，皇后姐姐快跑呀。"

皇上把杨倾城推到一边说："倾城，你现在还护着她，她是要害你的人，来人，把皇后打入冷宫。"说完，就有两个侍卫拖着皇后走。

皇后说："皇上饶命呀，佳妃妹妹救我！佳妃妹妹救我！"

杨倾城微微一笑，侍卫便把皇后拖到一个破房间里。

皇后说："你们这些狗奴才，怎么让本宫住这么破的房子，本宫可是皇后。"

侍卫说："得了吧，你认为现在你还是皇后吗？知足吧。"说完侍卫就走了。

皇后拍着门说："放我出去，放我出去，我要见皇上，放我出去。"皇后放声痛哭，浑身乏力，慢慢蹲下来，"放我出去，我要见皇上，放我出去……皇上，为什么不相信我？为什么？为什么？为什么？"

皇后喃喃自语："皇上，您就这么恨我吗？还是你布局要除掉我，到底为了什么？"但她又转念一想，"佳妃，是佳妃要害我，我还傻傻地向她求情。皇上，皇上，我恨不得把心都掏给您，为什么要这么对我？为什么？"

81

不知过了多久，皇后看见桌子上有一壶酒，就坐到椅子上，把酒倒出来喝了一杯说："好酒。"

安诚宫里，杨倾城说："来喜，你做得很好。"

来喜说："娘娘，现在可以放过奴才了吧？"

杨倾城说："不。"

来喜说："还不放过？您还要奴才怎么样呀？"

杨倾城说："你觉得为云儿报仇，本宫会放过皇后姐姐吗？会让皇后姐姐活着吗？"

来喜说："您是要让奴才去杀皇后娘娘？"

杨倾城说："怎么会呢，那太冒险了，皇后姐姐现在应该借酒消愁，那酒可是孕酒呀。"

来喜说："娘娘，您是说那酒里面……"

杨倾城说："没错，那酒里面放的是春药，现在你就去探望探望她吧。"

冷宫里，皇后娘娘趴在地上，拿着酒杯想站起来，却起不来，就往嘴里灌酒。

杨倾城进来了，说："皇后姐姐，你怎么醉成这样了，来，起来，别喝了。"

皇后说："杨倾城，你不用假惺惺地来看我，就是你害的我。"

杨倾城起身说："你到现在才识破？真不知道，你当年是怎么害我的，是我太笨了，还是你太聪明了？"

皇后说："谁说我识不破你的诡计？"

杨倾城说："如果你当时就识破了，为什么让我跟皇上求情？"

皇后说："你怎么这么恶毒？！"

杨倾城说："我恶毒？那你呢？你就更恶毒，这也是你欠我的，当初你是怎么害我的，心里应该清楚。我现在就是要变本加厉地还给你。不过，说起来我还要谢谢你呢。当初你要不是用花言巧语把我给骗进宫，我也不会生下如玉。如果不跟如玉相认的话，你是不是打算骗如玉一辈子，让如玉永远误认为是你的女儿？现在我成为佳妃，这一切都是因你而起的，可不得谢谢你吗？"

皇后说："我要把你的阴谋告诉皇上，让皇上废了你。"

杨倾城说："好啊，喝了我给你制作的好酒，你起得来吗？"

皇后说：“我怎么一点儿力气也没有，你往酒里面放了什么？”

杨倾城哈哈大笑：“没什么，只是春药而已。”

皇后说：“佳妃妹妹，你以前不是这么铁石心肠的。我知道是我不对，我求你扶我起来去见皇上，让皇上留下我。”

杨倾城松开皇后的手：“对，我以前不是铁石心肠，不过从逃出皇宫第一天开始我就决定不能心软，尤其是对待你这种女人。皇后姐姐，我怎么会让你再登上皇后宝座呢？”

皇后说：“来，来人，快扶我起来。”

杨倾城说：“来人？皇后姐姐，你知不知道以前你是皇后的时候有多少人上赶着巴结你呀，可是现在谁敢接近你，你就在地上待着吧。”皇后晕倒了。

杨倾城说：“来喜，进来吧。”

来喜进来了，杨倾城说：“做好你该做的事。”

来喜说：“是……”

第二天，皇上正在祈福宫站着发呆。杨倾城说：“皇上，您还在生皇后姐姐的气？”

皇上说：“朕不是生气，而是伤心。”

杨倾城说：“皇上，臣妾有一件事要说，虽然在这种情况下不适合对您说，但是不得不告诉您了，皇后姐姐已经跟来喜……”

杨倾城上前一步抱住皇上说：“皇上，您一定要挺住，您已经知道是怎么回事了，对不对？”

皇上说：“倾城，皇后跟来喜已经……朕不想再说下去了，

朕要去找皇后。"

杨倾城说："不，皇上，您冷静一点。"

皇上说："倾城，你太善良了，朕要去找皇后算账，也算是为你报仇。"皇上把杨倾城推到一边。

皇上走了以后杨倾城笑了一下说："皇后姐姐，你就等着去砍头台吧！"

冷宫里，皇后醒了，却发现自己光着身子，看见身边躺着来喜说："来喜，你给我起来，给我起来。"

来喜醒来了，说："我这是在哪儿呀，呃，娘娘，这是怎么回事？"

皇后说："我还要问你呢。"

来喜说："奴才不知道怎么会在这儿，娘娘饶命，娘娘饶命。"

皇后说："现在还说这些干嘛呀，干出这种事，让我哪能见皇上呀？"

突然，皇上跟杨倾城进来了，皇上说："皇后，你怎么会干这种苟且之事，还是跟一个太监，朕真的看错你了！"

杨倾城说："皇后姐姐，你居然干出这种不要脸的事。我真没想到，我最信任的姐妹居然是这样的人。"

皇后说："佳妃妹妹，你听我说，我真的什么都不知道。昨天晚上发生了什么，我都忘了。来喜，你快跟大家解释，到底是怎么回事，你说呀，你说呀！"

来喜说："皇后娘娘，这不是您让奴才这样做的吗？给您解闷，昨天晚上有可能是咱俩都喝醉了，就睡到一起了。"

皇上说："真是气死朕了，气死朕了，朕本来还考虑把你从冷宫带出去，可是你做出这样的丑事，就在冷宫待一辈子吧。"说完皇上和杨倾城就走了。

82

皇后急忙说："皇上，您别走，听我说，别走，皇上听我说，别走。"

来喜过来搂住皇后说："娘娘，奴才早就喜欢上您了，您相信奴才，奴才一定会比皇上更爱您的。"

皇后说："放开我，放开我。"皇后把来喜推开说，"来喜，你给我听着，我这辈子是不会喜欢你的，我只爱一个人，那就是皇上，我不会喜欢一个太监的。"

来喜说："娘娘，您怎么那么傻呀，皇上已经不爱您了。您还想让皇上把您从冷宫领出去呀？我知道，您要的不是皇上，只是权力。您放心，我以后一定会好好照顾您的。"

皇后冷笑了两声："照顾我？那我问你，是不是佳妃让你杀了月霞嫁祸于我？"

来喜说："不是！而是您让我杀的嘛！"

皇后说："你说你爱我，哼，鬼才信呢。"

来喜说："娘娘，奴才是真的喜欢您呀，若有一句是假的，天打雷劈！"

皇后说："那我让你去干什么你就得干什么？"

来喜说："是。"

皇后说："去杀了佳妃，你敢吗？你不敢，你现在就是在害我，你在为佳妃办事。昨天晚上都是你搞的鬼，我为什么会跟你睡在一起，因为我吃了春药。"

　　来喜说："要瞒您还真难。没错，我是在为佳妃娘娘办事，那是因为佳妃娘娘能给我好处。您呢，您有本事也给我个好处看一看。您都不受宠了，我干嘛要为您办事呀？"

　　皇后说："你个忘恩负义的东西，别忘了当初我可是帮你娶到云儿的。"

　　来喜说："对，是您帮我娶到云儿了，但最后还不是把云儿给杀了？而且，我也帮您办了一件大事，要不是我知道佳妃娘娘的住处，您能把佳妃娘娘骗进宫吗？"

　　皇后说："你无耻！"

　　来喜说："我无耻？您也不贞洁呀，要不然您能跟我睡在一起吗？"

　　皇后说："那些都是你害我。我要告诉皇上，我要告诉皇上。"

　　来喜说："不可能！"

　　杨倾城突然进来了，说道："皇后姐姐，我来看你了。"

　　皇后说："你走，我不要看见你，你走呀。"

　　杨倾城说："怎么？生气了？皇上已经被你给气晕了。"

　　皇后说："我要去找皇上，我要去找皇上。"

　　皇后起来了，杨倾城说："抓住她！"来喜抓住了皇后。

　　皇后说："杨倾城，你抢走我的皇上，现在你还想抢走我的什么？"

杨倾城拍了拍手，只见两个太监进来说："皇后娘娘吉祥，什么时候搬进凌云宫？"

杨倾城说："待会儿再搬吧，我要跟皇后姐姐说会儿话，你们先退下吧。"

太监说："是。"

太监走了。杨倾城说："看见没有，皇上已经封我为皇后了。凌云宫也归我了，我现在还要抢走你的皇后宝座。"

皇后说："不可能，不可能，这是绝对不可能的事。"

杨倾城摸着皇后的手说："接受事实吧。"

皇后抽出手来："你根本就不爱皇上，你是在利用皇上对你的感情来抢权力，你根本就不爱皇上，你是在欺骗皇上。"

杨倾城说："这句话应该是我原封不动地送给你吧，你不也是吗？如花说得没错，你就是一只披着羊皮的狼，我们都是羊，任你宰割，就连皇上这只老谋深算的羊也被你耍得团团转。现在，你当羊，我当狼，也让你尝尝被人欺负的滋味。"

皇后说："你给我出去，出去。"

杨倾城说："皇后姐姐，你一定以为你的世界末日到了吧？不，没有到，我会让你活着的。"

皇后说："那你想怎么样？"

杨倾城说："我要慢慢把你给整死，也不枉咱们这么多年来的姐妹情谊。"

皇后说："咱们现在还是姐妹吗？你还有脸管我叫姐姐？你从来都没有把我当作姐妹。"

杨倾城说："谁说我没有拿你当过姐妹的？最起码，在多

年前我太傻的时候拿你当过姐妹。而你呢，从来没有把我当过姐妹。"来喜和佳妃转身走了。

皇后倒在地上说："为什么会这样？从小到大我就是个没人关爱的孩子，我说要让自己坚强起来。好不容易进了皇宫却落得如此下场，难道我这辈子都是要以悲剧收场吗？不，我不甘心，我不甘心。我好不容易爬到皇后这个位置，不能让别人抢走，绝对不能，我要去找皇上说清楚……"

皇后穿好衣服，瞒天过海去了祈福宫，有两个侍卫拦住皇后说："你不能进去。"

皇后说："大胆，竟敢拦本宫的路，本宫是皇后，给本宫让开。"

侍卫说："你哪是皇后，皇后娘娘在里面呢。"

杨倾城出来说："谁呀，还让不让皇上休息了？"

侍卫说："皇后娘娘，这个女人吵着要进去。"

皇后说："妹妹，我求你让我见皇上一面，我听说皇上晕倒了，把我给吓坏了，你就让我看皇上一眼好不好？就一眼！"

杨倾城说："你知不知道是谁把皇上气成这样的？是你。御医说皇上的身体已经伤得很深了，什么时候醒来都不知道，你进去只能让皇上的病雪上加霜。"

皇后说："我知道，可是我们好歹姐妹一场，就让我见皇上一下好不好？"

杨倾城说："不可能，给我拦住她。"之后，杨倾城就进去了。

皇后说："妹妹，求你了，让我见皇上一下，求你了，二位大哥，求求你们放我进去。"

侍卫说："你别自作多情了，皇上不可能喜欢你了，你还是走吧。"皇后只能走了。

晚上，杨倾城给皇上盖好被子，心里说："皇上，对不起，我知道我不该这么做，可是我不这么做，皇后姐姐就要害我，您就躺两天吧。"

83

晚上，皇后梦到皇上突然出现在自己面前。

皇后说："皇上，是您吗？带臣妾走吧。"

皇上伸出手来说："皇后，朕带你出去。"

皇后正要抓住皇上的手，杨倾城进来说："皇上，您要是把皇后姐姐带出去的话，您就再也别想见到我。"

皇上说："倾城，你别乱来。"

杨倾城也伸出手来说："那皇上拉着臣妾的手走出去。"

皇后说："佳妃妹妹，来不及了，皇上已经要把我给带出去了。"

杨倾城说："噢，是吗？那也好，我倒要看看皇上是听你的还是听我的。"

皇上说："皇后，对不起，朕更爱杨倾城，所以不能够没有她，更不能伤害她。"皇上拉着杨倾城的手，消失了。

突然，如花出现了。皇后说："花儿，花儿。"

皇后跪到如花面前："花儿，现在只有你能救我了，你帮我求求你父皇，让他放我出去。"

如花说："我说得没错吧，你的皇后宝座总有一天会不见的。"如花也消失了，如玉在后面叫道："母后。"

皇后说："如玉，你救救我。"

如玉说："这就是你的报应吧，谁让你当初做了那么多坏事呢！"

皇后说："为什么你们一个个对我都是冷嘲热讽的？"

如玉说："这是你自找的，不能怪我们。"之后如玉也消失了……

皇后被惊醒了，连声说："别走，都别走！这一切都是假的，不是真的，我不能这么认输。我以前杀过无数人，现在还对付不了一个杨倾城吗？不，我要振作起来，我要让杨倾城知道我是唯一的皇后。我的皇后宝座，不能被任何人抢走！……"

第二天，皇后正在用膳。

杨倾城坐下说："黑米饭，馊窝头，还有这个茶，也不是什么好茶，这种饭你吃得下去？真没见过你这样的人，被打入冷宫了，胃口还这么好。"

皇后说："吃饱了有体力才能继续作战。"

杨倾城说："怎么还不死心呀，都被打入冷宫了，还想得到你的皇后宝座呀！"

皇后说："是，我是被打入冷宫，可是这并代表我没有翻身的机会呀。我虽然被打入冷宫了，但我的心机还是跟以前一样深沉，我的头脑还是跟以前一样的聪明。"

杨倾城说："对，可是你有没有想过以前你能打败那些人，都是有人给你办事。可是现在谁会给你办事，你指使得了他们吗？"

皇后说："谁说我指使不了？"

杨倾城说："好，那你给我说说，你能用什么方法收他们，你现在没有首饰收买他们，旁边又没有一个忠心的奴才！"

皇后说："不管怎么说，我一定能收伏，我不想跟你说了，现在你是皇后娘娘，那只是暂时的，我让你享受几天这样的生活，不过总有一天，你得把这个皇后宝座还给我。"

杨倾城一边说话，一边拿了一块窝头吃了。

皇后说："你也吃得下这饭？"

杨倾城说："我逃出皇宫那几年，天天吃的都是这种饭。进了皇宫，吃那些山珍海味倒有点儿不太习惯。"

皇后说："你今天来了，我把话说清楚，咱们的姐妹情谊从此一刀两断，除非你变成以前的杨倾城。你可以走了，我不想再见到你了。"

杨倾城说："杨倾城？以前的杨倾城已经死了，是皇后杀了她！现在的杨倾城不是杨倾城，而是皇后！"

晚上。祈福宫。杨倾城走过来坐在床边说："皇上，今天表现得很好，没有醒来。您最好再多晕倒几天，您晕倒得越深，就说明皇后姐姐气您气得越深。我跟您说实话吧，其实我现在根本就不爱您了，我之所以进宫就是为了如花、如玉，还有我该拥有的权力。年轻的时候我们那么相爱，只不过是一场梦。现在梦醒了，我现在只不过是在利用您罢了。"

花青馆里，如花打开百宝箱。

如玉进来说："如花，你干嘛呢？"

如花说："如玉，我以前来过这儿吗？"

如玉说："没有啊，怎么了？"

如花说："可是我看这里的一切都好眼熟啊，而且我总觉得有一种声音在我耳边，难道还有另一个我吗？我想起来了，你是如玉，我是如花，咱们俩是姐妹。还有父皇，他就是我的父皇，我是被嘉力刺了一刀才失去记忆的。"

如玉说："如花，你想起来了？"

如花说："我想起来了，我全部想起来了。"

如玉说："太好了，你恢复记忆了，我们赶紧把这个好消息告诉父皇去吧。"

如花、如玉到了祈福宫。

杨倾城说："如花、如玉，你俩怎么来了？快回去吧，别影响你父皇休息。"

如玉说："母亲，姐姐恢复记忆了，把这个好消息告诉父皇，父皇一定能醒过来的。"

如玉坐到旁边说："父皇，父皇您醒醒啊，姐姐恢复记忆了，你醒醒啊！"

奇迹果然出现了，皇上慢慢睁开了眼。

皇上醒来了："如花，我都听见了，你恢复记忆了，可是皇后却干出了不知廉耻的事。"

如花说："好了，父皇，女儿觉得皇后不值得你为她伤心，最重要的是我恢复记忆了。"

皇上说："对，朕应该高兴。"

杨倾城想："如花呀如花，你早不恢复记忆，晚不恢复记忆，偏偏在这时候恢复记忆，你把我的精心策划全部给毁了。"

如花、如玉回到了花青馆。

如玉说："姐姐，你恢复了记忆可真好，晚上咱们可要好好庆祝庆祝。"

如花说："不，我有一件事情要办。"

如玉说："什么事情呀？"

如花说："如玉，你不觉得月霞这件事情有些奇怪吗？你看月霞死的时候只有来喜在场。如果月霞要自杀的话，为什么还要毁尸灭迹，被扔到荷花池里，多明显，很快就会被人发现，单凭这一点就能看出有人要陷害皇后。"

如玉说："会是谁呢？"

如花说："会不会是母亲？"

如玉说："怎么可能？母亲不是很善良吗？"

如花说："现在她整个人都变了，再也不是以前的杨倾城了。而且我感觉她根本就不爱父皇了，今天晚上我要去冷宫问一问皇后。"

如玉说："好，你去吧，我在花青馆等你消息，现在呀，如花又变成以前的如花了。"

杨倾城在门外听完想："如花，你不愧是我的女儿，果然聪明。不过为了你和如玉，我不会让你得逞的。"

夜里，如花从花青馆出去，突然被一闷棍打中，晕倒了。

如花醒来的时候，发现自己躺在凌云宫里，问："母亲，我怎么会在这儿？"

杨倾城说："不把你抓过来，难道还等着你揭穿我吗？"

如花说："果然是你，你为什么要这样做？"

杨倾城说："我是为了你和如玉。说实话，其实这些都是我设好的一个局。我把你抓到那边之后，就装作肚子疼，让你把我带进皇宫；如果不这样，你是不会把我带进皇宫的。你失忆也是能帮助我的：你每日抄经念佛，是无暇顾及我害皇后的。皇后把皇上气晕了，可是偏偏这时候你恢复记忆，我为你们做的这一切全都白费了。"

如花说："真没想到是你，我做梦也没有想到你会变成这样！"

如花跪下说："母亲，在皇宫里就真得争斗吗？我求你不要这样，不要这样！"

杨倾城打了如花一个耳光："你，你怎么可以这么无能，这不是我杨倾城的女儿。你不是很讨厌皇后吗？你不是很想让皇后死吗？我这是在帮你！"

如花说："我是很讨厌皇后，可是如果你要是为了害皇后变成这样的话，我宁可让皇后活在这个世上。女儿想要的母亲，是以前的你，纯洁善良的你！"

杨倾城说："你走，我再也不要见到你。要我恢复成以前的杨倾城？说得倒轻巧，云儿的仇我不报了吗？"

如花说："母亲，放下仇恨吧！"

杨倾城说："就算我放下仇恨，皇后也会害我的。如今，我已经成了皇后，木已成舟，想改也改不了。"

如花说："可以改的，只要你跟父皇如实相告，这一切都会改变的。"

杨倾城说："呸，你知不知道我跟皇上说，这意味着什么。皇上要是知道了，会杀了我的。你就这么希望自己的母亲死吗？"

如花说："你要是我母亲的话，就不会对我和如玉不闻不问了。你已经不是一位合格的母亲了。"

杨倾城说："你走，你给我走！走！！快走！！！"

如花说："好，我等你冷静下来再找你谈。"说完，如花就走了。

杨倾城想："天哪，这是怎么回事？如花怎么会变成这样？老天爷，你为什么对我这么不公平？在宫外受了十几年的苦，难道还不够吗？为什么连我的女儿都不站在我这边，而站在皇后那一边。一定是皇后带坏的，我不会放过她！"

如花回到花青馆，坐下来了。如玉说："姐姐，怎么样？"

如花哭着说："在宫中不争不斗、和睦相处就这么难吗？非得逼我不仁不义吗？"

如玉说："姐姐，真的是母亲吗？那怎么办呀？"

如花说："我还没到冷宫呢，就被她抓到凌云宫去了。她把前前后后一手操办的秘密都告诉我了，我不知道该不该告诉父皇。她是我的母亲，我不能对她不孝，可是我又不想让她变成这样。我要是继续失忆下去该有多好呀，那么每天都不用知道这些你争我斗的事。为什么嘉力不一刀把我刺死，死了就不用有这么多的痛苦了！"

如玉说："到底怎么回事，你没事吧？"

如花说："我该怎么办？我为什么是公主，什么时候才能

逃出这个鬼气阴森的皇宫，争斗什么时候才能结束？"

如玉说："不会的，这是咱们该有的宿命，无法逃脱。"

如花说："如玉，你有没有想过与原喜逃出这皇宫？"

如玉说："你在说什么？我跟原喜是不可能的。"

如花说："你跟原喜好不一定就是幻想。如果能逃出去，这一切就会是真的。如果逃不出去，这一切就是楼台空月。"

如玉说："不早了，休息吧。"

84

第二天，原喜来到了花青馆说："如花公主吉祥，如花公主吉祥。"

如花说："原喜，你怎么来了？"

原喜说："臣听说如花公主受伤了，来看望一下。"

如花说："已经好了，多谢。"

如玉说："又在巴结人。"

原喜说："如玉公主，臣只是来看一看如花公主，难道这也碍着你的事了？"

如玉说："那为什么其他的大臣没来，偏偏就你来了呢？你还说你不是想巴结人，那你想干什么？我看呀，你是看巴结我不成，所以你就转移到姐姐身上来了。"

如花说："如玉，你不可能这样说。原喜，实在抱歉，如玉说话没有分寸，你千万别在意啊！"

如玉说："如花，我早就跟你说过了，这种人咱们不能相信。"

原喜说："如果如玉公主不想见到臣，臣走就是了，臣告退。"之后，原喜就走了。

如花说："你怎么这样啊，一次又一次地伤原喜的心，对你有什么好处呀？"

如玉说："长痛不如短痛，与其在皇宫纠缠，不如来个了断。皇宫里没有什么爱情，只有门当户对。"

这时，皇上进来了，说："如花、如玉，朕要跟你们说一件事，嘉力明日就要来了。"

如花说："他来干什么？他还没闹够吗？"

皇上说："所以呀，你们两个要小心一点儿。尤其是你，如花。你上次就被嘉力刺了一刀，这次一定躲开他。"

如花说："我会的，父皇放心吧。"

皇上走后，如花说："这嘉力到底想干什么？我总觉得他有的时候不是那么简单，还感觉很危险。"

如玉说："不管怎么样，小心就是了。"

第二天，嘉力下了马说："敬爱的皇上，嘉力这次来京城看到景象非常的雄伟壮观。"他指着旁边一个女孩说，"皇上，这就是小女林子珊。"

林子珊上前一步跪下说："参见皇上。"

皇上一看见林子珊，被其美貌惊呆了好长时间。

嘉力说："皇上、皇上。"

皇上说："噢，请到里边说话。"

到了祈福宫，嘉力看见杨倾城说："请问皇上，这位是……"

皇上说："噢，这是倾城，是朕新立的皇后。"

嘉力说："那上次那位……"

皇上说："病死了。"

嘉力说："是这样啊。"

皇上说："坐吧。"

嘉力、林子珊坐下，嘉力说："皇上，对于上次无意刺中如花公主的事，我深感抱歉！"

皇上说："那件事朕早忘了，现在如花已经恢复记忆了，你看再见如花不是好好的了吗？"

嘉力说："如花公主，对不起了！"

如花说："嘉力尽可放心，那些吃饱了没事干只会杀人的人我见多了，我是绝对不会放在心上的。"

皇上怒喝："如花！"

如花说："我说错了吗？"

嘉力说："没有关系，皇上，我这次来带了一件礼物给您。"

皇上说："还带礼物了？什么礼物呀，朕倒要看看。"

嘉力说："我也没什么可送的，就把小女林子珊送给皇上做妃子吧。"

皇上一听又惊又喜："你说的这话可当真？"

嘉力说："难道还有假的吗？而且珊珊跟如花公主、如玉公主年龄相当，日后珊珊也有几个伴。来，珊珊，去跟如花公主、如玉公主认识一下。"

林子珊说："好的，父汗。"

林子珊走到如花、如玉面前："如花姐姐、如玉姐姐，我叫林子珊，你们叫我珊珊就行，日后请多关照。"

如花说："不知道你要来，所以也没什么东西送给你。"
她从头上拔下来一个步摇说，"这个就当见面礼吧。"

林子珊接过来："呀，真漂亮。我从没有见过这么好看的东西。
如花姐姐，你能给我戴上吗？"

如花说："好啊。"

如花给林子珊带上了。林子珊说："父汗，您看好看吗？"

嘉力说："好看，皇上，我还要把那一片草地也送给您。"

皇上说："你给朕这么多礼物，仅珊珊公主就是无价之宝，
又给朕这片草地，你想要什么？"

嘉力说："这个过几天再说吧。"

皇上说："好，朕封公主为炫妃，把月冰楼赐给她，侍女
也会另配。"

林子珊说："谢皇恩！但我自己有侍女。"

皇上说："好，那就去看看月冰楼。"

到了月冰楼，嘉力说："皇上可真是用心良苦呀！"

皇上说："这不算什么，以后要为珊珊办的事还多着呢，
你们聊吧，朕先走了。"

皇上走了。嘉力说："皇上已经被你迷住了，我就知道草
原最美丽的女子能迷住皇上。"

林子珊说："可我觉得做得还是不够，我要对皇上冷漠，
越冷漠，他对我的爱就会越深。"

嘉力说："对，你这次要彻底毁了皇宫。"

林子珊说："那个皇后可是一个棘手的问题。"

嘉力说："这个你不用担心，只要皇上被你迷住了，以后就没人敢害你了。"

　　林子珊说："父汗，您准备给皇上提什么要求？我没猜错的话，应该是让如花姐姐嫁给您吧。父汗对如花姐姐真是痴情呀。"

　　嘉力说："你以为我是真喜欢上她了？我是要拿她当人质的。如果我们被他们打败，就可以拿如花公主的命来要挟皇上。"

　　林子珊说："那如花姐姐可就可怜了。"

　　嘉力说："你真把她当成你姐姐了，一口一个'姐姐'，一口一个'姐姐'的，这时候你就心软了，将来我看你早晚会爱上皇上。"

　　林子珊说："父汗请放心，皇上长得那么难看，我是不会喜欢他的。"

　　嘉力说："你能这么想就好了，每过一段时间我会派人扮成太监进宫跟你联络的。"

　　林子珊对身边带来的两个侍女说："行动，就从今晚开始！风铃、云铃，我一直把你们俩当成姐妹，这个任务得让咱们三个人一起完成，你们不会让我失望吧？"

　　风铃说："不会，公主，我们三个是有福同享、有难同当，一定会帮您的。"

　　林子珊说："好，今晚咱们就在御花园等皇上。"

　　晚上，风铃拿着琵琶、云铃拿着古筝来到了御花园，开始弹了。林子珊也开始跳舞了。

　　皇上从这里经过，听见音乐，张继云说："皇上，您听，有声音。"

皇上慢慢地走过去，看见林子珊在跳舞，就立刻呆住了。

张继云说："大胆，还不快停下。"

皇上说："张公公，让她跳吧。"

跳完了。张继云说："大胆，见了皇上为什么不行礼？"

林子珊说："我为什么要行礼？我只是在这跳舞，皇上只是路过，我没有必要行这个礼。"

皇上说："不行礼也行，你跳起舞来像仙女下凡，能不能再跳一次呀？"

林子珊说："风铃、云铃，不早了，回去吧。"

林子珊正要走的时候皇上说："珊珊，你跳这支舞不是为朕跳的吗？再跳一次不行吗？"

林子珊说："皇上未免也太高估自己了，珊珊什么时候跳舞是按着自己的心情来决定的，珊珊不是为了皇上跳舞，而是为了自己跳舞。"

皇上说："你早晚都是朕的，劝你对朕别这么冷漠。你就不怕你这个炫妃的位置让朕给废了吗？"

林子珊说："废了？那我就可以回草原做公主。皇上，不是每个女人都是您想的那么肤浅，很多东西不是钱和地位能代替的，是真情。我对皇上没有感情，如果您要占有我，我无权反抗；您杀了我，我也毫无怨言。我这次来抱的就是必死的决心。我早已把生死置之度外，还在乎您怎么样对我？其实我的灵魂早已飞上蓝天了，现在只剩下躯体，我的心没有来到皇宫，还在广阔的草原上呢。"

皇上说："你不仅长得漂亮，而且伶牙俐齿。不过这难不倒朕，在朕的世界里还没有不能征服的女人，朕一定会让你乖乖听话，服侍朕。"

林子珊说："那皇上就试一试吧。不过我告诉您，我可是野草性格，您越想征服我，我就越不让你征服。"

林子珊回到了月冰楼，如花、如玉进来了。

如花说："炫妃娘娘，上次您不是说要试一下汉服吗？我把汉服给带过来了，您试试吧。"

林子珊说："别叫我炫妃娘娘，我做你们的妹妹就好。这个汉服可真好看。"

如玉说："那就让我们给您好好装扮一番吧。"

林子珊穿上汉服，如花说："珊珊，没想到你穿汉服这么好看。"

珊珊转了一圈，突然皇上进来了，鼓掌叫道："好！"

如花说："父皇，你怎么来了？"

皇上说："怎么？你们玩得这么开心不欢迎朕呀？朕来参观参观。"

如花说："那您好好参观吧，我和如玉还有事先走了。"

皇上对林子珊说："你穿汉服像汉人女子更像朕的女子。"他搂住林子珊的腰说，"还真是一个野草性格的女子，不过没关系，朕会好好地爱你。人的心是肉长的，朕就不相信，深沉的爱感动不了你这么软的心。"

林子珊说："皇上，您放开我。"

皇上说："不，朕不放，让朕多抱你一会儿。"

如花似玉

林子珊掏出匕首横在自己的脖子上："我宁可死也不会让您玷污。"

皇上说："朕就那么令你讨厌吗？你现在已经是朕的女人了。"

皇上正要上前，林子珊说："别过来，皇上，您要是再敢过来一步，我就立刻自尽于此。"

皇上说："好，朕不过来。把匕首给朕，朕给你保管。"

林子珊说："这是我自己的，我自己保管。"

皇上想："炫妃为何那么不喜欢朕，难道她在外面有自己心爱的人？问问风铃、云铃，她们也许知道些什么。"于是说，"好，朕走了，云铃和风铃跟朕来一趟。"

到了牢笼里，皇上说："给朕跪下。"

风铃说："皇上，我们何罪之有？"

皇上说："因为朕是皇上。"

云铃说："我们是草原人，可汗让我们跪下我们才能跪下。"

皇上说："朕就不相信你们不跪。"他命人用鞭子抽风铃和云铃的腿，两人只好跪下了。

皇上说："拿刑具上来。"张继云拿来好多针。

皇上说："朕问一件事，你们一定要如实回答，炫妃在进宫之前有没有心上人？"

风铃笑了一下："皇上不相信公主吗？公主没有心上人。"

皇上说："朕不信，快说实话，不然的话就要用刑了。你们俩这细皮嫩肉的，可经不起这几百个小孔吧。来人，动刑！"

两个侍卫抓住风铃，另外两个侍卫抓住了云铃，拿针往风铃、云铃的身上扎，痛苦的喊声如同狼嚎。皇上喊道："停！"

皇上拿了一根针蹲到云铃旁边问："到底招不招？你们也尝到这个动刑的滋味了，如果再不招，后面还有好多刑具……"

云铃笑了，皇上说："你笑什么？"

云铃说："皇上，我笑您傻，我笑你笨。公主在外面没有心上人，就算有心上人，那又怎么样？也是进宫之前的，倒是皇上，您把公主的幸福给毁了。"

皇上说："跟你们公主一样伶牙俐齿，那我倒要看看你们俩能撑到什么时候。来人，夹她们的手指，多漂亮的手指啊。"

85

这时林子珊突然进来，说："住手，皇上，你有什么事问我，何必惩罚我的宫女。对，我是在外面有心上人，我是跟我的萨哈达很相爱，这就是我不爱您的原因。"

皇上说："好，接着用刑。"

林子珊说："不可以，你有什么冲我来，不要为难风铃、云铃。"

林子珊刚要跑过去，皇上拉住林子珊说："给朕过来。"

林子珊说："放手，放开呀。"

皇上把林子珊拉到月冰楼里，推倒在地上："你是朕的女人，居然敢红杏出墙？"

林子珊说："我哪有红杏出墙，那也是进宫前的事情。"

皇上说："你刚才说你是因为那个什么萨哈达才不爱朕，

那朕现在就去把他杀了。"

林子珊说："皇上，我真没想到您有这么傻，我的萨哈达在草原呢，您知道他是谁吗？而且就算没有我的萨哈达，我也不会爱上您的。"

皇上说："为什么？你为什么不爱朕？"

林子珊说："因为我从小知道皇上是什么样的人，您是我最讨厌最讨厌的那种人，自以为是，见到漂亮姑娘就会无比贪婪和残忍。"

皇上说："好，说得太好了，那朕就让你看一看朕有多么厉害。"皇上正要扑到林子珊身上，林子珊起来跑了。皇上一边追一边说，"你别跑，你不是说你是不会喜欢朕的吗？朕告诉你，朕既然娶了你就要得到你的人、你的心。"

林子珊说："皇上，我说过，我宁可死也不会让您这样的人玷污的。既然您非要这么做，那我就死给你看。"

皇上跑过去抓住林子珊说："不可以，朕绝对不会让你死的。"

皇上把林子珊的手摁在墙上，林子珊一松手，匕首掉在了地上。皇上说："你不知道你一拿出匕首朕多着急。"

皇上从地上捡起匕首说："朕先给你保管着。"说完就走了。

林子珊说："唉，皇上可真是一个色鬼，我怎么觉得少了点儿什么东西，风铃、云铃还在皇上那儿呢。"

林子珊来到了牢笼里："风铃、云铃，你们在哪儿呀？我是公主，你们在哪儿呀？"

风铃、云铃说："公主，我们在这儿。"林子珊发现风铃、云铃被绑在两根柱子上。

林子珊说："快放了她们。"

一个侍卫说："皇上有令，没有皇上的命令，谁也不许放了她们。"

林子珊于是去了祈福宫，对皇上说："皇上，您怎么可以这样？您快放了风铃、云铃，她俩是好姑娘，您怎么能对她们下这么狠的手？"

皇上说："好，朕就是喜欢你这种泼辣性格。你来祈福宫，是不是想朕了？"

林子珊说："没时间跟您开玩笑，快把风铃、云铃她们放了。"

皇上说："现在知道急了？"

林子珊说："我都已经把真相告诉您了，你还想怎么样？"

皇上说："朕说过要得到你的人、你的心，不得到你的人、你的心朕是不会放过她俩的。"

林子珊说："皇上就这么爱我？就不怕我进皇宫有什么意图？"

皇上说："你要是有什么意图，就算你不爱朕，也会用甜言蜜语来迷惑朕了。"

林子珊说："好，就算您不放了她们，我也自有办法。"

皇上说："还真是荨麻草性格，怎么打也打不倒，不过朕喜欢。"

林子珊说："皇上，有些事情都，是您一厢情愿的，我不爱您就是不爱您，就算您抓走了风铃、云铃也改变不了什么。"

　　林子珊走在长廊里，突然有一个人拉住她的手，把她拉到假山后面，原来是嘉力。他对林子珊说："珊珊，任务进行得怎么样了？"

　　林子珊说："我对皇上冷冷淡淡的，皇上已经被我迷住了，不过我没有想到，皇上居然抓走了风铃、云铃。"

　　嘉力说："什么？现在绝对不能对皇上热情。"

　　林子珊说："那怎么办？风铃、云铃现在还在皇上手上呢？皇上说如果得不到我的人、我的心，他是不会放过风铃、云铃的。唉，真是的。"

　　嘉力说："我有办法。"

　　林子珊说："真的，父汗，有什么办法？"

　　嘉力说："这里不便说，跟我来……"

　　在牢笼里，风铃说："云铃，云铃，不要睡着了，睡了就再也醒不过来了。"

　　云铃说："我在，我没有睡着，我要等着公主来救我。"

　　风铃说："咱们这么下去也不是个办法，不如逃出去。"

　　过了一会儿，风铃突然说："来人呀，来人呀，云铃断气了！来人呀，云铃断气了！谁来帮帮我呀，云铃断气了，来人呀！"

　　两个侍卫进来："谁呀，吵什么？"

　　风铃说："云铃断气了，快帮她看一看吧。"

　　一个侍卫说："断气了？"便走上前拍着云铃的脸说，"喂，醒醒，快醒醒。"

　　风铃说："你们要不然给她松绑，来看一看吧。"

　　一个侍卫说："皇上吩咐过的，不能让她俩死。"就把绳

256

子给松开了。

云铃踢了两个侍卫一下，一个侍卫说："你骗我。"

风铃说："云铃，快快帮我解开。"

云铃正要给风铃解绳子，却被侍卫推倒在地上。云铃抢过绳子勒住侍卫的脖了，侍卫把云铃的手用力掰开了。

侍卫说："敢勒我，我让你尝尝我的厉害。"他拿绳子抽云铃。风铃说："别打了，别打了，你这样会把她打死的，别打了。"侍卫再次把云铃绑上："你们别耍花招了，没人会放了你们的。"

侍卫走了，风铃说："云铃你没事吧？"

云铃哭了："他们太过分了，我们是人呀，又不是畜生，他们怎么可以用鞭子抽我？"

风铃说："云铃别怕，君子报仇，十年不晚，咱们这次进皇宫的目的就是毁了皇宫。"

云铃说："没错，今天的仇我一定要报。"

月冰楼。皇上进来说："珊珊，朕来看你了。"

皇上看见林子珊在上吊，说："珊珊，珊珊，你醒醒，是朕啊。"

林子珊醒来说："皇上，放了风铃、云铃。"

皇上说："好，朕答应你。"

林子珊站起来整了整衣服说："带我去见风铃、云铃。"

皇上说："现在？"

林子珊说："现在就去。"

到了牢笼里，皇上让人放了风铃、云铃。风铃和云铃倒了下来，风铃说："公主我就知道您会来救我们的，他们简直不是人，用鞭子抽云铃。"

林子珊站起来走到皇上面前说："您太让我失望了，我现在告诉您，您永远得不到我的心。"

到了月冰楼，皇上说："改天我叫御药房拿点药来给风铃、云铃治伤。"

林子珊说："不用了，我不会要您的东西。再说了，我有草原的神药，比汉药好得多。"

皇上说："那跟朕出去走一走吧。"

林子珊说："我今天累了，不想出去。"

皇上说："那能不能给朕跳一支舞？"

林子珊说："拜托皇上，给我一点儿自由的空间好不好，我想干什么、我不想干什么，跟您一点儿关系也没有，所以请您不要管我。"

皇上说："朕已经对你百般容忍了，朕的忍耐可是有限度的，你信不信朕杀了你？"

林子珊说："你以为我会怕吗？您要是想杀了我，为什么我上吊自尽时，还要拦我？"

皇上说："你以为朕不敢杀了你吗？我之所以一直容忍你，就是因为看在你父汗的面子上，你以后最好给我乖一点儿。"

林子珊说："您要是想杀我的话，随时可以动手。"

皇上抓着林子珊的手说："给朕跳舞。"

林子珊说："皇上，我不跳，我就是不跳，难道所有人都要按着您的方式去生活吗？我不会跳的。"

皇上说："好，你不跳，那朕就强迫你跳。"皇上把林子珊推到门上说，"跳不跳？"

　　林子珊说："不跳。

　　皇上说："好。"

　　皇上抽了林子珊一耳光又问："跳不跳？"

　　林子珊说："与其在这儿受您的侮辱，不如去死。"

　　林子珊开门正要往下跳，皇上抱住林子珊说："不可以，不可以乱来。"皇上把林子珊推倒在地，"你闹够了没有，朕就不明白了，朕到底有哪里不好？朕就那么令你讨厌吗？"

　　林子珊说："皇上，我问您，我就那么讨你喜欢吗？"

　　而在花青馆里，也在上演一场好戏。

　　如玉说："炫妃妹妹长得可真漂亮，心地也善良。"

　　如花说："你呀，就是太傻了！"

　　如玉说："怎么了？你不觉得炫妃妹妹好吗？"

　　如花说："好是好，可是我总觉得有点儿怪怪的。你难道就没有感觉到不对劲吗？"

　　如玉说："有什么不对劲的？"

　　如花说："你别忘了，炫妃妹妹是嘉力献给皇上的。你想想嘉力那种争强好胜的人，他抢别人的东西还来不及呢，怎么可能忍心让自己的女儿嫁给皇上？而且你有没有发现炫妃妹妹对父皇一直很冷淡，这是嘉力在皇上面前安插的眼线，让炫妃妹妹勾住皇上。可是炫妃妹妹她又不傻，她也会用冷淡来勾住父皇的心，然后再获取情报。"

　　如玉说："听你这么一说，好像也不无道理。"

　　如花说："所以，咱们对炫妃妹妹小心一点儿，尽量少见面。

她不来找我们的时候，不要见她。"

　　一天，皇上跟嘉力走在长廊里。皇上说："嘉力可汗，你上次跟朕说的那个条件，现在可以提了吧。"

　　嘉力说："只怕我说出来，皇上不肯答应呀。"

　　皇上说："请放心，只要能做到的我一定会尽力。"

　　嘉力说："我对如花公主的美貌气质青睐有加，能娶到如花公主……"

　　皇上说："嘉力可汗太高估如花了，如花哪有福气做你的妃子呢？"

　　嘉力说："希望您能答应，如果不答应的话，那大片的草地我也只能收回了，还有小女林子珊，我也会把她带回草原。"

　　皇上说："你居然敢威胁朕！"

　　嘉力说："我不是在威胁您，我说的是真的。实话告诉您吧，其实珊珊根本就不愿意来京城，这次是我好说歹说才把她给劝过来的，希望皇上能好好珍惜珊珊。"

　　皇上说："可是我看珊珊很愿意嫁给朕，而且每天都会跳舞给朕看。"

　　嘉力说："皇上，别装了，珊珊都告诉我了，如果不跳的话您就会侮辱她。"

　　皇上说："嘉力可汗说了这么一大堆，如果朕再不答应把如花嫁给你的话，那岂不是不仁不义了？"

　　嘉力说："那皇上是答应了？"

　　皇上说："答应了。"

　　晚上，花青馆里。如花说："什么？让我嫁给嘉力，有没

有搞错？父皇，我看您是批奏折批累了吧，回去好好休息一下。"

皇上说："朕没累，朕很清醒。"

如花说："您是真累了，回去睡一觉，保证明天您绝对不会说出这种话了。"

如玉说："让如花嫁给嘉力，姐姐都可以做他的女儿了，父皇，您可要想清楚呀！"

如花说："父皇，那嘉力他没安什么好心，他娶我无非就是想在关键时刻拿我的命来要挟您。您是一代圣君，连这个都看不出来吗？"

皇上说："花儿，不许再瞎说了。"

如花说："您就真的没有怀疑过嘉力和炫妃娘娘不对劲吗？如果您非要让我嫁的话，我就死。"

皇上说："您少拿死来威胁朕，朕不吃你这一套，这事就这么定了。"

如花说："好个仁慈的父皇，居然为了那大半片草地，为了炫妃，牺牲我的幸福。父皇，您还记得我失忆时说过的话吗？我喜欢原贵情深似海！好啊，您让我嫁给嘉力，我可以找原贵私奔，这事就这么定了。我也告诉您，我不会嫁给嘉力的，谁也拦不了我。"

如花正要往外走，皇上说："你去哪儿？"

如花说："我自己想办法，不嫁给嘉力。我要向您证明，我如花可以逃出这皇宫，我如花不是您的木偶，任您掌控的。"

皇上长叹一口气："不孝女，气死朕了！"

如玉说："父皇，您先别生气了，改天我来劝一劝如花。"

皇上说："朕不怪如花，要怪就怪原贵，都是原贵把如花给带坏的。如花真是太单纯了，原贵对她图谋不轨，她都不知道。有时候，朕甚至怀疑如花跟原贵不是君臣关系。"

如玉说："父皇，如花跟原贵是清白的，您千万别怀疑如花呀。"

皇上说："不怀疑？不怀疑才怪呢，朕倒想不怀疑呢，可是朕不得不怀疑。"

如玉说："父皇，别生气了。现在生气也没用，还是先去找一找如花去哪儿了吧。"

皇上说："是啊，有可能现在如花去找原贵了，如果她想私奔，原贵肯定求之不得。不行，得去原府看一看。"

如花到了原府，抱着原贵就哭起来。

原贵说："如花公主，您怎么了？有什么话好好说。"

过了一会儿，如花说："父皇要让我嫁给嘉力，可是我不想嫁，你带我走吧。"

原贵说："去哪儿呀？"

如花说："不管去哪儿，带我走就行，咱们可以去一个很远很远的地方，让人找不到咱们，你耕我织，再苦再累我都不怕，走了以后，皇宫的一切都跟我没关系了。春天，我们可以与诗作伴，夏天我们可以泛舟湖上，秋天我们可以去郊外采摘果实，冬天我们可以策马奔腾。"

原贵说："那公主殿下为什么要找臣私奔呢？臣何德何能带公主殿下走？"

如花说："是你先打动我的。如果没有你，我也照样可以

逃出这皇宫。可是你吸引了我的心，要不然我堂堂一个公主能喜欢你？所以你要负责，你还记得你教我弹的那首《忆江南》吗？其实我会弹，我一直都是在骗你的。因为如果我不说我学不会，我就没有理由来找你了。也许那首《忆江南》就是一个前奏吧，你不带我走，这账我会给你记着的，你别想就这么算了。总有一天我会来找你算账的，你永远别想逃。"

原贵说："好，我带你走。"

如花说："怎么？想到我会来找你算账，你就害怕了？"

原贵说："不是这样的，我喜欢你，我要面对自己的真实情感，也要面对自己的良心。"

如花说："好，明天晚上咱们就在原府集合。"

皇上在外面听着想："不会的，朕是绝对不会让如花跟原贵走的，花儿呀，你一定忘了朕是皇上，你走，朕可以锁住你。"

86

第二天晚上，如花拿了行李正要往外走，皇上进来了："如花，这么晚了，你要去哪儿呀？"

如花说："我只是出去散散步。"

皇上说："散散步？拿行李干什么？该不会是要去找原贵私奔吧？"

如花说："我是要嫁给嘉力的，改变不了的事情，我干嘛要去反抗呢？"

皇上说："依你的性格，只要你不愿意做的事，你会想尽

一切办法不去做。"

如花说："可是现在没有办法了，我为什么要去做呢？"

皇上让人把如花锁进屋里。如花拍打着："开门呀，放我出去！"

皇上说："你以为朕不知道你跟原贵的约定吗？你们约好了今晚私奔。"

如花说："对，您锁得住我的人，锁不住我的心，我的心早已飞到原贵那里去了。"

皇上说："不管锁没锁住你的心，只要锁住你的人，你就逃不出去了。"

在原府门口，原贵说："如花怎么还没来？该不会对我没有信心了吧？该不会屈服皇上了吧？不，不可能，还是再等等吧。"

皇上来了，原贵转过身来叫道："如花。"

皇上说："没想到是朕吧，居然还敢跟如花私奔，上次朕跟你说的话全当耳旁风吗？如花能被你蒙住，朕可不会被你蒙住，朕最恨的就是你利用如花的单纯来让自己得到权力。如花本是一个很单纯的女孩子，她以前认为朕为她选的驸马一定不会错！可是自从遇见你以后，她整个人都变了，变得多疑了。她不再是以前的如花了。如花她不会来了。她跟朕说了她觉得你配不上她，她也想通了，嫁给嘉力未必不是好事，她相信嘉力会待她很好的。"

原贵说："不可能，怎么可能呢？我已经感觉到了如花的心。皇上，我是真心喜欢如花公主的，求您了，不要让如花公主嫁给嘉力，她是绝对不会幸福的！"

皇上说："嫁给嘉力不会幸福，嫁给你就会幸福了吗？你到现在还是不肯罢休吗？如花很脆弱，经不起这么折腾，如花一开始就走错了路，朕不能让她一错再错下去了。你就此放手，朕会给你权力的！"

　　原贵说："权力？臣不稀罕——好，臣答应您。"

　　皇上说："你跟如花说：你不喜欢她，让她死了这条心。"

　　原贵说："好，臣答应您！"

　　在花青馆里，皇上进来放了如花，如花说："怎么又放了我？不怕我跟原贵私奔了？"

　　皇上说："你现在就可以去找原贵，看他还要不要你。"

　　如花来到了原府："原贵，咱们走吧，父皇放了我，趁现在赶快走。"

　　原贵说："如花，我……"

　　如花说："怎么了？快走啊。"

　　原贵说："我不想走了。"

　　如花说："怎么不想走了呢？快走吧。"

　　原贵想："皇上，对不起了，我还是爱如花，实在说不出你教给我的那些话。"

　　原贵说："走吧。"

　　如花说："这就对了，快走吧。"

　　原贵说："不，如花，咱们这么一走，你真的放得下皇上吗？"

　　如花说："他都放得下我，我为什么放不下他？好了，不要再耽误时间了，快走吧。"

原贵说："如花，我不喜欢你，所以不能跟你走。"

如花说："我当初没有逼你。"

原贵说："是你说要来找我算账，我有点儿害怕。"

如花说："你不是说你是真心喜欢我吗？"

原贵说："你是公主，您让我说什么，我不敢不说。"

如花哭着说："你这个骗子骗子，大骗子，你玩弄了我的感情，你要负责的！"

原贵说："对不起！"

如花说："不要说对不起，我不要听对不起，我要你说你爱我，你说呀！"

原贵说："对不起，实在对不起。"

如花说："够了，不要再说了，我们结束了。"

如花一边在街上跑一边想："为什么？为什么老天爷，我到底做错了什么？为什么要对我这么残忍？"如花不小心摔倒了。

第二天，如花想："不，我不能为了区区一个原贵被打垮，我要开始新的生活，把时间排得满满的，忘掉原贵。"

如花来到了御膳房，看见有人在洗碗，就喊道："张妈。"张妈起来说："公主殿下，您怎么来了？"

如花说："父皇说今天放你们一天假，歇着去吧。"

张妈说："是，走吧走吧，都走吧。"

等她们都走了以后，如花便拿桶接水就开始洗碗了，过了一会儿，雪花进来叫道："张妈。"

如花起来说："你找张妈干什么？"

雪花说："公主殿下，您怎么在这儿呀？"

如花说："怎么了，我在这儿很奇怪吗？"

雪花看见灶台上一大堆碗说："天哪，公主殿下，您怎么在洗碗呀，这种活哪是您干的呀，您去歇着去，让奴才来干。"

如花说："好了，我闲着也是闲着，与其这样闲着，不如做一点儿有意义的事情呢。"

雪花说："那您闲着也不能没事找事干呀，让奴婢来洗吧。"

如花说："哎呀，没事，我就差一点儿洗完了，你玩去吧。"

雪花走了，如花开始擦灶台。

如花到了花青馆，看见雪花正在擦地，就说："雪花，我来擦吧。"

雪花说："公主殿下，您刚洗完碗，肯定累了，先去休息一会儿吧。"

如花说："不，我不累。"如花开始擦地，擦得一尘不染……

花青宫内，如花正在画荷花，如玉说："如花，你画的荷花真是栩栩如生呀。"

如花说："你的嘴上抹蜜了吗？"

雪花进来说："公主饿了吧？我拿了芙蓉糕，过来吃一点儿吧。"

如玉说："雪花，你这地擦得像镜子一样，不错嘛。"

雪花说："哪是我呀，是如花公主擦的。"

如玉说："什么？如花擦的？"

雪花说："对呀，公主殿下洗完碗回来就擦地，我拦也拦不住。"

　　如玉说："什么？她还洗碗了？"

　　雪花说："嗯，奴才还有很多活要干，先走了。"

　　雪花走后，如玉说："你干嘛要这么作践自己呀？"

　　如花说："我没有呀，我只不过是去洗了洗碗，你们就跟丢了魂似的。要是我死了，你们是不是也得死呀！"

　　如玉说："你活得好好的，你死个什么劲儿呀！你以为我不知道你的心事，让原贵给伤了吧。"

　　如花说："算了，以后别再提他了，我如花是谁呀，是公主。能被他给伤了吗？与其你在这关心我，还不如关心关心你自己，你跟原喜也得终止往来了。"

　　如玉说："现在说的是你的问题，你怎么又扯上我了？"

　　如花说："如玉，你不懂，我对原贵已经有点儿感觉了，我必须马上终止联系。如果真的爱上他，再想分开就不行了，更何况原贵根本就不喜欢我。我不能为了一个原贵就不活了，而且我是注定要嫁给嘉力的，这些都是命运，不能改变的。"

　　如玉说："可是你跟原贵就这么完了，也太可惜了！"

　　如花说："以后我不想再跟原府有任何关系，从今以后我不认识原贵这个人。"

　　晚上，如花、如玉还有太子、杨倾城、皇上正在用膳。皇上说："如花。"

　　如花说："父皇，怎么了？"

　　皇上说："用膳呀，发什么呆呀？"

　　杨倾城说："如花，你再不动筷子，这珍珠排骨就吃完了……"

如玉说："太子哥哥，你这吃相也太难看了吧。这样的吃相，将来怎么能当皇上呢？"

　　太子说："我认为你这个说法不对，吃饱肚子了才能有力气处理好事情，父皇您以后可一定要多吃点儿。"

　　如玉说："你这不过为吃找一个借口罢了。"

　　太子说："你胡说，我这不是在找借口。"

　　如花说："父皇，母后，我吃饱了，先走了。"

　　看着如花的背影，皇上叹口气说："唉，如花的情绪总是这样变化无常。"

　　杨倾城说："也难怪呀，让她嫁给嘉力，她一时半会儿还是不能接受。如花从小到大就是命苦呀，皇上，我知道那大半片草地对您来说非常重要，可是事情就没有回旋的余地了吗？您真的要把如花送出去吗？"

　　皇上说："你不懂，你知道吗？嘉力还有很精锐的军队，如果不制止他的话，咱们的江山就受到威胁了。对了，太子，你觉得原贵这个人怎么样？"

　　太子说："挺好的呀，学识渊博，武功高强，是一个很了不起的人。"

　　如花回到了花青馆，杨倾城说："如花，你回来了。"

　　如花说："母后怎么来了？"

　　杨倾城说："怎么？我就不能来了？我看看你呀，晚饭也没怎么吃，我特地给你做了一碗燕窝粥。来，尝尝。"

　　如花喝了一口说："真好喝，这是您特意做的呀。以后别再做了，我也用不着。"

杨倾城说："唉，我也给你做不了多少次了，你马上就要出嫁了。"

如花说："出嫁还不好呀，我出嫁您也少费点儿心了，就是如玉那个调皮鬼，您可要多多费心呀！再说了，我出嫁您应该高兴呀，终于把我这个拖油瓶给甩了。都说'嫁出去的女儿泼出去的水'，您再也不用担心我了，我还是以前的如花，永远打不倒的如花！"

杨倾城说："花儿呀，你跟原贵是有缘无分，你们俩不可能走到一起。你呀，就认命吧！"

如花说："放心，我不会再给父皇惹是生非了，在嘉力大草原上可以骑马，可以采花，可以无边无际地奔跑，不用再在皇宫里步步为营，这是好事。您应该替我高兴呀。"

杨倾城掏出一个玉镯说："这是你母后进宫时父皇赏的，上面刻着一个'杨'字，让它替母后保佑你吧。"

如花接过玉镯："谢谢母后！"

杨倾城说："对了，明天嘉力就要回草原了，让你下个月十五下嫁。"

如花说："真快呀，采花，骑马，都是我所向往的生活。"

87

第二天，如花穿上喜服，打扮好了。太子进来说："如花，你好漂亮呀。"

如花说："谢谢太子哥哥。"

林子珊进来说："哎呀，如花姐姐，你穿这身礼服就像仙女一样，我父亲娶了你他也配。"

如花平淡地说："谢谢炫妃娘娘夸奖。"

林子珊说："就凭咱们这交情还用说谢呀，等你出嫁那天呀，就穿这身喜服，我父亲看见了一定会被你给迷住的。我还有一样礼物要送给你。风铃、云铃，去把我做的衣服拿上来。"

风铃、云铃说："是。"

风铃、云铃拿来了衣服以后，林子珊说："如花姐姐呀，你要出嫁了，我也没什么可送的，我记得你送过我一件汉服，我就和风铃、云铃连夜赶做了蒙古服。"

如花说："谢谢，我很喜欢，很漂亮。"

这时，林子珊突然看见了太子。

林子珊回到了月冰楼以后，说："风铃、云铃，现在情况紧急，不能单靠皇上，太子才是关键。风铃，你先去勾引太子，让太子被你迷住，每天不务正业，之后你再把我推向太子，儿子抢父亲的女人，只要这个丑闻传出去，皇宫还保得住吗？风铃，你现在就去。"

风铃说："是，公主。风铃明白了。"

这天，太子正在散步，忽然看见风铃采着花过来。

太子说："大胆，见了太子为什么不行礼！"

风铃说："我为什么要行礼，在草原没有尊卑之分，谁见谁都不用行礼。你算老几，凭什么要跟你行礼？"

太子说："你真是个疯丫头，还敢跟太子这么说话。这花是哪儿来的？"

风铃说："采的呀。"

太子说："皇宫里的花不能随便采，你知不知道，你算哪根葱哪根蒜，竟也敢如此？！"

风铃说："哎，打住，打住，打住，别给我讲皇宫里的规矩。我想听也听不懂，再见，我要去骑马了。"

太子说："什么？骑马？"太子抱住风铃说，"不可以，不可以。"

风铃和太子一起摔倒了，风铃起身打了太子一拳说："你们都有神经病，不理你们了，我骑马你也要管。"风铃说完就走了。

太子想："好漂亮的小美人，找时间一定要好好玩一玩。"

风铃在池边坐着，突然有一块石子扔进了水里。风铃吓了一跳，站起来说："谁？"

云来说："是我，风铃姑娘，就是上午碰到的太子殿下的亲信。"

风铃说："原来是你呀，你想干什么？"

云来说："哎呀，干什么？遇到了这么一个小美人，你说我想干什么呀。哎呀，这天可真热呀，不如咱俩也凉快凉快？"

云来过来就要去解风铃的衣襟，风铃推开云来的手说："别碰我，离我远一点儿。我可告诉你，本姑娘清清白白，不会做别人的玩物的。"

云来说："哎，到时候我娶你做我的老婆。"

风铃说："你，你浑蛋，你是多么的花心你知不知道。"

风铃正要走，云来抓住她的手："别走，你得让我亲一下。"

云来正要亲风铃,风铃边躲边说:"你流氓,放开我! 流氓,放开我!"

这时,太子过来厉声说:"云来,你怎么可以欺负一个女孩子,回去领罪,打二十大板!"

云来说:"是。"

太子说:"风铃姑娘,你没事吧?"

风铃说:"你走,我不想再看见你,你走啊。"

太子说:"风铃姑娘,你别激动,我知道你受到了惊吓。这件事情是云来不对,我回去一定会好好管教他。"

风铃说:"我不听,从小到大我从来都没有受过这种耻辱。我虽然是个草原侍女,可我也有自尊呀。我不像公主殿下的身份那么尊贵,可我不是一个随便的人。请你管好下人,本来我还想跟你做朋友的,可是现在看来连朋友也做不成了。色鬼!"

太子说:"不要,我想跟风铃姑娘做朋友。"

风铃说:"做朋友可以,但是你得答应我一个条件。"

太子说:"莫说一件,就是百件千件万件我都答应。"

风铃说:"好,那你告诉我,皇上下一步准备干什么?"

太子说:"这,这我不能告诉你,风铃姑娘。"

风铃说:"不告诉是吗? 好啊,那你别想跟我做朋友了。"

太子说:"好,我告诉你,父皇准备攻打草原。"

风铃说:"攻打草原?"

晚上,风铃走在荷花池畔,被人突然抱住。风铃转过身来,又是云来。风铃说:"又是你,你这个无耻之徒,为什么总缠着我?"

云来说："因为你长得太好看了。"

风铃说："你走开。"

云来说："你不至于这么无情吧，我为了你还挨了二十大板。"

风铃说："你挨二十大板，活该，自作自受。"

云来说："我活该，骂得好，总有一天，你会成为我的女人。"

风铃说："你少自作多情，我告诉你，我宁死也不会嫁给你的。大不了还有三尺白绫呢。"

云来说："真的吗？"

风铃说："不信，你就试试看。"

云来说："好，现在咱们也该办一办喜事了。"

风铃说："别过来，你要再敢过来我就从这儿跳下去。"

云来说："好，太好了，有志气，那我就更喜欢了。"

风铃说："我真跳了！"

云来抱住风铃说："你这种小美人，我怎么会让你死呢？"

突然，几个太监过来了，厉声制止道："好你个云来，不值班，跑到这里偷情，还是跟一个草原女孩。"

风铃说："谁跟他偷情了？是他调戏我。"

云来说："哎，你这个臭丫头，可真会撒谎，我什么时候调戏你了，分明是你勾引我。"

风铃说："谁勾引你了，你胡说八道。"

太监："好了，好了，都不要吵了。现在什么也别说了，走，去见皇上。"

皇上、杨倾城、如花和如玉在皇宫里，风铃和云来跪在地上。

　　皇上说："去把炫妃叫来。"

　　张继云说："是。"

　　月冰楼里，林子珊说："你说什么？偷情？不可能。风铃绝不会干出这种事情。"

　　张继云说："娘娘，可云来说是风铃勾引的他。"

　　林子珊说："风铃刚来到皇宫，人生地不熟怎么偷情呀？"

　　张继云说："娘娘，我看您还是去看一看吧。"

　　林子珊说："好，我去。"

　　炫妃林子珊到了祈福宫，皇上说："你的宫女偷情，你知不知道？"

　　如花说："父皇，现在也不能断定是风铃勾引云来，要等查清楚才知道。"

　　风铃说："是啊，公主殿下，奴才是冤枉的。"

　　林子珊说："你冤不冤枉，事情查清就知道了。"

　　杨倾城说："这还查什么呀？把他俩杀了不就行了吗？"

　　如花说："母后，您怎么能这样，难道您有千里眼顺风耳，知道所有人的事情吗？"

　　如花又说："不是父皇在处理吗？又没有让您处理，难道风铃和云来活着对您有什么不利吗？"

　　杨倾城心想，如花怎么总跟我唱反调呢？于是说："好了，我吵不过你，我不跟你吵了。"

　　云来说："皇上，真的是风铃勾引我的。"

风铃说："你胡说，就是你调戏我的。"

云来说："我可是有证据的。"他从袖子掏出一张纸说，"皇上，这是风铃给我写的情书。"

皇上拿上来看了看说："风铃，你还有什么话可说？"

风铃说："皇上，我没写。"

林子珊说："风铃，给我去月冰楼跪着。"

风铃说："公主，我是冤枉的。"

林子珊说："别废话，赶紧去跪着。"

风铃走了，云来也走了。

皇上说："炫妃，管好你的宫女，朕决不允许偷情的事情在皇宫发生。"

皇上走了以后，如花说："炫妃娘娘，我是真心想跟你做姐妹，可是没想到你的宫女发生如此龌龊之事，我想跟你做姐妹也是一种耻辱了。"

如花走远了，炫妃"呸"地吐了一口吐沫："谁愿意跟你做姐妹，要不是为了毁了皇宫，你们求我，我也不跟你们做姐妹，我才懒得理你们呢。"

风铃在月冰楼跪着。

林子珊回到了月冰楼了。云铃说："风铃，你快起来吧。"

林子珊说："让她跪着。我让你勾引的是太子，又没有让你勾引太监。这下好了，之前的努力全白费了，好不容易跟如花、如玉搞好关系，可是刚才她们都侮辱了我一番，我真不知道把脸往哪里放。"

风铃说："公主，你不相信我吗？我说了我没有，是云来调戏我的。"

林子珊说："可是你让我怎么相信你，证据都在。风铃，你说一个女孩子怎么就不知道洁身自爱呢？"

风铃说："我跟云来什么也没有发生呀，而是公主殿下您，您洁身自爱了吗？你为了可汗的天下，您不爱皇上，居然把自己的身子献给皇上，你真是随便呀。"

林子珊抽了风铃一个耳光："你怎么可以这么说话？你以为我愿意吗？我这样做不仅是为了父汗，也是为了你们。如果我不阻止皇上，一场血战势在必行。万一咱们战败了，皇上肯定会杀人无数，你以为你躲得过吗？"

风铃说："可是我什么也没有做呀。"

林子珊说："你真的什么都没做？"

风铃说："真的。"

林子珊说："那，那我就信你一回，可是我还得跟如花公主、如玉公主重新搞好关系。"

第二天，如花正在长廊里走着，林子珊突然叫住她。

如花说："干吗？"

林子珊说："你今天有时间吗？我想跟你一起跳舞。"

如花说："你是闲着没事干吗？我有事，没时间。"

林子珊说："那你要干吗去呀？"

如花说："哎，我真没见过像你这样的人，人家干什么你也要问呀，我干什么你管得着吗？"

林子珊说："我知道你还在为上次的事生我的气，可那是有原因的。"

如花冷笑了一声："有原因，什么原因？干出那种不要脸的事还有原因呢！我还是头一次听说。"

林子珊说："好，可是咱们还可以像以前一样做姐妹的。"

如花说："做姐妹？你的宫女不要脸，你也一样不要脸。我不想跟不要脸的人做朋友。"如花气呼呼地走了。

晚上，林子珊回到月冰楼，想起如花说的话，越想越气，开始摔东西说："我怎么不要脸？我怎么不要脸？"

风铃、云铃说："公主殿下，你怎么了？"

林子珊忽然看见一个荷包，拿起剪刀来就要剪。云铃说："公主殿下不要剪啊，这是您和萨哈达的定情之物。"

林子珊说："萨哈达，萨哈达，我该怎么办？我好想你。"

如花来到了祈福宫说："父皇这么急着找我，有什么事呀？"

皇上说："如花，你嫁给嘉力的事取消了，你不用嫁给他了。"

如花说："之前不是说得好好的吗？怎么又不嫁了，是他悔婚了吗？"

皇上说："不是他悔婚，这个背信弃义的家伙说，要跟朕来一场血战。"

如花说："怎么会这样？"

皇上说："这件事情朕必须处理，朕要让原贵、原喜去出征。怎么？你怕原贵死吗？你已经被原贵伤了一次了，你还没有吸取上次的教训吗？他如果这场仗战死了，你也不要伤心，正好平静一下心情，把他给忘了，省得你为了他再跟朕吵架。朕已经派人去通知原贵、原喜了。"

如花说："我知道了，父皇，我不会再给您丢人了。"

88

潘圆突然进来了："皇上吉祥。"

皇上说："爱卿平身。"

潘圆说："谢皇上。"

皇上说："如花，你先退下。"

如花说："是。"说完就出去了，躲在门外偷听。

皇上说："潘圆，你知道朕为什么叫你来吗？"

潘圆说："臣知道因为嘉力叛乱，皇上已经叫原贵兄弟出征了不是吗？"

皇上："朕交给你一个任务。"

潘圆说："皇上请讲。"

皇上说："这次你扮成一个武士，毒死原贵。"

如花听得心惊肉跳，天哪，皇上这次让原贵出征是要利用潘圆杀了原贵。

潘圆说："微臣是很忠诚于您的，甚至不惜把命都交给您，可是您要臣去杀了原贵兄，比要臣的命还难受。"

皇上说："你跟原贵的关系就这么好？"

潘圆说："原贵兄为人忠厚，为何皇上那么讨厌他？"

皇上说："你别看原贵表面忠厚，他把如花骗得天花乱坠的，他要跟你抢如花呀。"

潘圆说："不可能，原贵兄不是那样的人。"

皇上说："他跟你抢如花，你愿意看见你心爱的人被抢走吗？"

潘圆说："如花公主喜欢他，那臣就更没有资格去跟他竞争了。是臣的东西注定是臣的，不是臣的东西，臣再怎么争也没用。"

皇上说："可是，你要把握住你的爱情，如花不爱你，你可以使用手段来得到她。"

潘圆说："如果用手段得到的就不是爱情了。"

皇上说："那朕也是用皇权来得到的爱情，你是在说朕的爱情不是爱情？"

潘圆跪下说："臣不敢，臣只是不想害原贵兄。得到了如花公主的人，却没有得到如花公主的心，那也是白费力气。如果如花公主跟原贵兄走到了一起，那么臣会祝福他们的。"

皇上说："好，你不干，朕也不会强迫你。你父亲也一大把年纪了，朕现在就去把他的性命了结了。"

潘圆说："臣做！"

皇上说："好，等你做完，朕会好好地赏赐你。"

潘圆重重地磕了一个头说："谢主隆恩。"

如花心想不可以，不可以，我绝对不可以让这种事情发生。突然有人在她后面叫了一声说："如花姐姐想什么呢？"

如花回头一看，原来是铃儿，便说："铃儿妹妹是你呀。"
铃儿说："父皇呢？"

如花说："父皇在里面呢，你去找他吧。"如花急匆匆地走了。

铃儿说："怎么了？神神秘秘的。"

铃儿进了祈福宫，看见潘圆在地上跪着便说："潘圆，你跪着干嘛呀。父皇呢？"

　　潘圆说："皇上在里面呢。"潘圆说完，也走了。

　　铃儿说："怎么都躲着我呀，我有那么可怕吗？"

　　如花回到花青馆说："如玉，我有一个大计划，需要你的配合。

　　如玉说："什么事呀？"

　　如花说："听我跟你慢慢说……"

　　铃儿正在祈福宫走来走去，皇上出来说："铃儿，你怎么来了？"

　　铃儿说："父皇，太后的人参养荣丸吃完了，让我管您要一点儿。"

　　皇上说："行，张继云去御药房拿点儿人参养荣丸。"

　　张继云说："是！"

　　铃儿说："父皇，刚才我看如花姐姐不大对劲儿呀，如花姐姐怎么了？"

　　皇上说："这个如花呀，被这原贵给闹的呀……"

　　铃儿说："啊，父皇什么时候请我喝喜酒呀？"

　　皇上说："喝谁的喜酒呀？"

　　铃儿说："父皇您就别装了，喝原贵和如花姐姐的喜酒呀。"

　　皇上说："别瞎说，朕是不会同意的。"

　　铃儿说："原贵人挺好的，为什么不让如花姐姐嫁给他呢？"

　　皇上说："你好好过日子就是了，不要瞎想。你可不能被他们带坏，如花都被带他们到沟里去了。"

铃儿想："唉，真是的，在这皇宫命运就得受别人来掌控。"

张继云回来了，说："铃儿公主，人参养荣丸拿来了。"

铃儿说："父皇，那我先走了。"

皇上说："你走吧。"

铃儿走了以后，皇上心想等这个消息传出去以后，不仅可以让潘府身败名裂，还可以处死原贵，真是一举两得的好办法。

在花青馆里，如玉说："原来是这样，那父皇会不会杀了原喜？"

如花说："现在暂时不会杀，可是如果不施救，原喜迟早会被杀掉的。"

如玉说："我跟你一起去，再带上铃儿吧。她五岁就进宫了，在皇宫困了一年，她很想出去。只不过她现在还没醒悟，咱们要让她彻底醒悟。"

如玉说："好。"

下午时分，如花看见铃儿在长廊上发呆，便走过去问："铃儿，铃儿。"

铃儿回过头："如花姐姐。"

如花说："你发什么呆呢？"

铃儿说："我心情不好。"

如花说："怎么了？"

铃儿说："我在皇宫里待了十一年了，真的好想逃出去。"

如花说："那你赶紧逃吧，我和如花一定会帮你。"

铃儿说："可是我实在不敢，我没有你们那样的胆量，还敢跟父皇玩失踪。我怕我逃走了，也会被抓回来。"

如花说："铃儿，任何事情都要你去尝试，你一定会成功的。"

铃儿说："万一不成功呢？"

如花说："你不试，怎么会知道呢？"

铃儿说："真的？那什么时候走呀？"

如花说："明天晚上吧，明天晚上我和如玉要去嘉力大草原，不如你也一块去吧。"

铃儿说："嘉力大草原不是要打仗吗？"

如花说："我是要去救一个人。"

铃儿说："谁呀？"

如花说："保密。"

89

第二天，铃儿正给太后捏肩膀。太后说："还是铃儿按得舒服，那些宫女给按的呀，不是重就是轻，一点儿也不舒服。"

铃儿说："那，有一天我不在了，您该怎么办呀？"

太后说："你怎么会不在呢？"

铃儿说："我说的是假设。"

太后说："如果你不在呀，我会活不下去的。"

铃儿蹲在太后身边说："太后您得答应铃儿，我不在了，您一定要好好地活。铃儿不走，但是您得答应铃儿，就算有一天铃儿不在了，您也要活下去。您要是不答应，铃儿就真走了。"

太后呵呵地笑了："我答应，我答应。"

晚上，太后正在看书，铃儿看了看天上的月亮，想还有半个时辰月亮就要上中天，集合时间也到了。

铃儿说："太后歇息吧。"

太后说："也不早了，睡吧。"

铃儿说："太后，这是我服侍您的最后一天了，铃儿该走了，永远不能再见到您了。"

太后说："你要去哪儿呀？"

铃儿说："铃儿要走，铃儿要离开皇宫，太后您多保重！"

铃儿说完就跑了出去，只听见身后太后带着哭腔说："铃儿你不要走，不要丢下我一个人，不要走……"

铃儿看见一个宫女正在煮药，便叫道："彩云。"

彩云过来说："铃公主。"

铃儿说："以后太后就交给你们照顾了，煮药不要煮太长时间，还有太后肩膀不好，要多按一按。太后爱吃甜食，你们以后要多做甜点给太后吃。"

彩云说："一切不都有铃公主照顾吗？"

铃儿说："我该走了。"

彩云说："不，你不能走，我一直把你当亲姐姐一样看待，你走了，我靠谁呀？要不是有你，我恐怕都活不到今天。每次要不是你替我求情，我都不知道要挨多少打呢。"

铃儿说："傻丫头，天下没有不散的筵席，终有一天会分开的，你要真把我当姐姐，就照顾好太后。"

彩云说："我知道了，我一定会照顾好太后的。"

铃儿说："那我就放心了。"

彩云抱住铃儿说："铃公主不要走，好不好，我们永远在一起好不好。"

铃儿说声"再见"就跑出去了，彩云在后面一直叫着："铃公主不要走，不要走。"

如花、如玉在外面等着。如玉说："怎么还没来，她不会改变主意了吧？"

如花说："应该不会吧。再等等。"

这时，铃儿过来了："如花姐姐，如玉姐姐，我来了。"

如花说："你怎么才来呀？"说完掏出一个套甲，"快把这个穿上，马车已经在外面备好了，现在就出发。"

如花、如玉和铃儿上了马车。铃儿说："真没想到，我还能逃出这里。"

如玉说："以前我们干的这种事可多了，虽然每次都很惊险，但也很好玩。"

铃儿说："真羡慕你们！"

如花说："以后你也可以多尝试几次。"

铃儿说："还回去呀，好不容易逃出来了，我可不想再回去了。"

如花说："我也不打算回去了。这次我一定要把原贵牢牢地套住，让他跟我走。"

铃儿说："你该不会对原贵有感情了吧？"

如花说："你别瞎想，呃，我和原贵什么事也没有。"

如玉说："有！"

如花说："有又怎么样？那也是伟大的爱情，不像你和原喜一点儿志气也没有！"

90

他们一路狂奔，终于到了嘉力大草原。几个女孩女扮男装。如花看见武士进来，就赶紧躲起来。不久，如花看见潘圆拿着茶杯，正要去原贵的行帐。如花赶紧跑过去说："大人，我去送吧。"

潘圆没有看出来，以为是普通士兵，就说："好吧。"

如花拿着茶杯到了原贵的行帐里："原将军请用茶。"

如花假装把茶弄洒了："奴才该死，奴才该死！"

原贵说："你怎么那么不小心，诚心的吧？"

如花说："我真是不小心！"

原贵踢了如花一脚说："还敢顶嘴，怎么不服气，谁让你的命贱，只能做个小军士。"

原喜说："还不快滚！"

如花回答："我虽然穷，可我的心却是富有的。而你呢，表面上富有，内心却是肮脏的，你才贱！"如花的声音让原贵立即恍惚起来，仿若梦中。

原贵说："他说谁贱呢，以为我好欺负是不是？他要是把我给惹急了，我会杀了他的。"

原喜说："好了，何必跟一个军士一般见识呢。"

行帐外，如玉问情况如何。如花说："救了是救了，可是他居然说我命贱，没良心，早知道当初就不应该救他了。"

如玉说："的确是你要救的原贵。"

如花说："我真是倒霉呀。"

如花继续说："你们要是怕了，咱们可以回去。"

如玉说："我才不会回去呢。"

铃儿说："我也不会。"

如花说："不行，我实在咽不下这口气，我要去找他算账。"

如玉说："你忘了咱们的计划了吗，按计划行事。"

如花说："我管不了那么多了，先把这笔账算完再说。"如花就到原贵的行帐里去了。

如玉追上前："我跟你一起去。"

铃儿说："我在这儿等你们。"

天气炎热，铃儿把盔甲脱了下来，恢复了女儿身。突然，一群士兵过来，其中一个士兵问："铃公主在哪儿？"士兵过来说："公主快跟我们回去吧。"

铃儿说："你们是谁呀，你们为什么要抓我？"

一个士兵说："铃公主，不是抓，是请，我们是太后的卫队，是太后让我们来请您回去的。"

铃儿说："我不！"

士兵说："那就只能带您回去了。"说完，两个士兵押着铃儿就走。

铃儿说："放开我，放开我！如花姐姐，如玉姐姐，快来救我呀！"

如花到了原贵的行帐，拿起弓箭就向原贵射去。

原贵说："你想干什么？"

如花说："你看清楚我是谁。"她把头盔取下来，盔甲也脱了。

原贵说："如花，怎么是你！"

如花说："父皇要害你，我救了你一命，你还恩将仇报，踢了我一脚……"

原贵说："你说什么？皇上要害我？"

如花说："刚才那水是有毒的，我故意打翻的。"

原贵指着如玉说："她是谁？"

如花说："她是如玉。"

如玉说："没错，我是如玉。"

原喜说："如玉公主来干什么？这不是公主来的地方，请您快回吧。"

如玉说："我来不来不是你说了算，要看我的心情。"

如花说："好了，现在不要吵了，不是斗嘴的时候。原喜，我承认，如玉当时是对你说了一些难听的话，她是有苦衷的，更多的是对你的苦心。原贵，现在情况紧急，我必须护送你离开这里。"

原贵说："我还得领军打仗呢。"

如花说："让原喜统率。"

原贵说："万一打败了呢？"

如花说："就算打败了，那也得走，如今箭在弦上不得不发了。"

原喜说："哥，放心地去吧，这有我呢，不会有意外。"

原贵点头同意了。

如花突然听见铃儿的声音，说："不好了，铃儿被他们抓走了。"

如花迅速走出行帐，看见一个士兵抱着铃儿正在往前走。

如花刚要冲上去，原贵拉着如花说：“你现在冲上去，他们也会抓住你的。这样吧，我去看一看。”

　　原贵上前说：“你们是谁呀？”

　　铃儿说：“原贵快来救我，他们要抓我回去，快来救我呀！”

　　一个士兵说：“是太后要见铃儿公主。”

　　原贵说：“好，那你们走吧。”

　　士兵说：“是。”之后就走了。

　　铃儿说：“不要，不要，放我下来，我不要回去，我死也不要回去，放开我。”

　　如花说：“你为什么不救铃儿？”

　　原贵说：“现在还不是时机。我一定会救的。”

　　突然，嘉力出现，说：“你们已经没有机会了！”

　　原贵不禁感慨：“嘉力可汗来得可真快呀。”

　　嘉力说：“你们随我走一趟，我不会有恶意的。”

　　原喜和如玉出来了。原喜说：“我们四个人一起去。”

　　嘉力说：“也好，就一起随我走一趟吧。”

91

　　如花、如玉、原贵、原喜来到嘉力的行帐前。嘉力说：“不知如花公主跟原贵是什么关系？如花公主是要嫁给我的，怎么现在又跟别的男人在一起？”

　　如花说：“我现在还没有嫁给你呢，我想怎么样都行，而且那个婚约早已取消了，我才不嫁给你这种人，言而无信！”

突然，一个男子进来说："父汗，带来了吗？"原来是嘉力之子嘉蒙。他看着如玉说，"哎哟，这皇宫里的美人可真是多，我就喜欢这位如玉公主。到时候如花公主嫁给父汗，如玉公主嫁给我，我们的婚礼可以一起办。"说着便摸了摸如玉的肩膀。

原喜撩开嘉蒙的手说："你别碰她！"

嘉蒙一脚踢在原喜的肚子上，说："从小到大没有一个人敢跟我这么说话。"

如玉怒目而对嘉蒙，旋即转过脸来："原喜你没事吧？"

嘉蒙说："我告诉你，我想得到的女人，没有得不到的，如玉公主注定是我的人。"

如花说："每个人都要按照你的意志去活吗？顺你者昌，逆你者亡？这种烈性，将来怎能继承草原大业？"

嘉蒙说："当可汗一点儿也不快乐，我不想像父汗一样，我要做自己喜欢的事情。"

如花说："你喜欢什么事情？就是花天酒地，纨绔子弟的生活吗？我告诉你，草原不会需要你这样的人，可怜嘉力可汗一世英雄却生了你这么一个孬种，你简直就是一个笨蛋！"

嘉蒙说："你说谁是笨蛋？"

如花说："你，你就是一个举世无双的大笨蛋！"

嘉力说："如花公主说得没错，你就是一个大笨蛋，你连一个女人都说不过，怎么成才？你不是想得到这个女人吗，你要是想得到她，就得征服她！"

如花说："嘉力可汗，你不要小看一个女子。女子也是人，不是一个玩物，不可以当礼物送来送去。谁说女子不如男，有很多时候女人都要比男人强得多。"

嘉力说："对，说得好，我就是喜欢如花公主这种性格，走，进屋说吧。"大家全进行帐里面去了。

嘉力说："难道皇宫里没有人了吗？"

原贵说："怎么会没有人？我告诉您，人多得都放不下了，我们都是脚并着脚走路，胳膊一挥就能甩成一把汗，怎么能说没有人了呢？"

嘉力说："既然有那么多人，为什么偏偏叫你来？"

原贵说："是这样的，访问上等国得用上等人，访问狗国得用下等人，我这个不中用的下等人，就给派到这里来了。"

嘉力说："那原公子的意思可汗这里是狗国？"

原贵说："在皇上眼里是狗国，在臣眼里也是！"

嘉蒙说："谁说我们这里是狗国，等我们打败了你们，你们汉人一个也别想逃，通通杀光，只留两个活口——如花和如玉，留给我做阏氏。"

如花说："你们有那么大本事吗？就算打败了，我也不会跟你的，我也会自杀，国在我在，国亡我亡。"

嘉蒙说："你死不死跟我没关系，我要的也不是你，如玉公主一言不发，想必是怕了！"

如玉从袖子里掏出一把刀，横在脖子上，说着"我会杀了你的"，站起来就向嘉蒙刺去。

嘉蒙抓住如玉的手腕说："力气还不小，不过跟我比你还嫩了点儿。"他一发力，就把如玉推倒在地上。

嘉力说："你们忒过分了，别忘了，这里可是我的地盘！"

如花说："有本事就杀了我们，别装腔作势！"

嘉力说："来人，把他们几个关起来，对原贵用刑！"

侍卫说："是。"

如玉、如花和原喜被带到行帐里，他们听到士兵用鞭子狠狠地抽原贵。

如花说："不要打了！你们这些浑蛋，不许打他，不许打他，不许！"

行帐里，嘉力说："气死我了！嘉蒙你倒是想想办法呀。"

嘉蒙说："我有什么办法？"

嘉力说："烦死了，今天让我大失颜面。"

嘉蒙说："我对这些事情根本就不感兴趣，每天就想骑骑马，练练剑，跟女人玩一玩，这样无忧无虑地生活多好呀！"

嘉蒙继续说，"干嘛非逼着我学这学那呀，你为了争一片土地，打得你死我活有意思吗？"

嘉力说："你不喜欢也得学，你不是想得到女人吗？皇宫里的美人多的是，等杀进皇宫任你挑选。这样吧，你给我提出一个条件，我帮你完成，但你就得陪我作战！"

嘉蒙说："行，我要得到如玉公主。"

嘉力说："当然可以。"

92

晚上，嘉蒙来到行帐里说："如玉公主还不服输呀，嫁给我，我一定会好好待你的。如花公主，不如你劝劝如玉公主吧！"

如花说：“干嘛让我劝，有本事，你自己说服她呀。”

　　如玉说：“滚，我不想再见到你这副恶心的嘴脸，快滚！”

　　原喜说：“你没听到吗？她让你滚。”

　　嘉蒙说：“我说几句话，说完就走，父汗已经把你指给我了。”

　　如玉说：“什么？指给你，他是我什么人，凭什么给我指婚？”

　　嘉蒙说：“二十天之后就举行婚庆大典，你马上就是我的女人了，美丽的姑娘等着我吧！”说完，嘉蒙狂笑而去。

　　如玉说：“我不要嫁给嘉蒙，怎么办？我要逃，我要逃！”

　　如花说：“对，先逃出去再说。”

　　铃儿到了太后的宫里说：“太后，你为什么要把铃儿抓回来？铃儿不想回来。”

　　太后说：“不想回来？怪不得哀家那天看你怪怪的，跟哀家说了那么多奇怪的话。原来是你走了以后怕哀家再纠缠你，既然回来就不要再走了。”

　　铃儿说：“不可能，我好不容易被如花姐姐、如玉姐姐救出去，我是不会再回来了！”

　　太后说：“你说什么，如花、如玉也在嘉力大草原？”

　　铃儿说：“没有，我什么都不知道，什么都不知道。”

　　太后说：“铃儿，哀家最疼你，你是知道的。”

　　铃儿跪下说：“太后，你要是真疼铃儿的话，就放了铃儿吧！铃儿在宫里困了一年，不想再被困下去了，太后，铃儿求您了！”

太后说："不可能，无论你怎么求我，你这辈子都休想走出这宫门一步！"

太后走了，铃儿哭道："太后！太后！！太后！！！"

第二天，铃儿来到城楼上。她喃喃自语："如花姐姐、如玉姐姐，再见了！"铃儿准备跳下去。她站在城楼上想："我就这么跳下去了吗？不，我不甘心，我还没有看够宫外的生活，我的人生，才刚刚开始，我不能就这么死了。就是死，也要死到宫外。我不能死了，谁能救救我呀？"

突然，有一个人从背后抱住铃儿的腰，跳了下去。铃儿以为自己要死了，睁开眼睛一看，原来是潘圆。

潘圆说："铃公主一个人活得好好的，为何寻短见？"

铃儿说："我没有寻短见，只是一不小心掉了下来，多谢你相救，你是谁呀？"

潘圆说："铃公主忘了，咱们在祈福宫里见过一次。"

铃儿说："噢，我想起来了。我们真是有缘分呀！我先走了。"

而在大草原行帐里，突然有两个侍卫进来说："如玉姑娘，嘉蒙王子请您过去一下。"

如玉说："我不去。"

原喜上前说："放开她！"

侍卫把原喜打倒在地上："嘉蒙王子是请如玉姑娘看喜服，你瞎凑什么热闹！"

两个侍卫拉着如玉到嘉蒙的行帐里，如玉说："放开我，快放开我！"

嘉蒙说："你们都退下吧。"

侍卫说："是。"

嘉蒙说："如玉公主，你看这喜服好看吗？如有不好看的地方，随时都可以修改。"

如玉拿起一把剪刀，把喜服剪破说："不好看，不好看，我不要，我不要嫁给你！"

嘉蒙抽了如玉一耳光："我告诉你，这门亲事是定下来了，你嫁也得嫁，你不嫁也得嫁！"

原喜冲了进来："让她走，她不愿意嫁给你。"

嘉蒙说："小兄弟呀，你这是嫉妒，你越嫉妒我，我就越要让你看。我要让你看到我们幸福的模样。"

原喜猛击了嘉蒙一拳。嘉蒙身体巨大的冲击力，将行帐撞破一个洞。

如玉起身说："原喜，这件事情跟你没关系，你快走！"

原喜说："如玉，我已经把行帐给打破了，我们可以逃出去了。如花、原贵正在外面等着我们呢，快跑！"如玉就和原喜跑了出去。

嘉蒙说："回来，别走，给我回来。"

如花、如玉、原贵和原喜一起上了马，骑了一阵以后，如花说："现在去哪儿？"

原贵说："回宫吧。"

如玉说："这儿离皇宫还远着呢。"

如花说："先找一个客栈住下吧。"

他们来到了树林里，突然有一群追兵围了过来说："你们以为还跑得了吗？放箭。"

原贵说："咱们分头跑，你带如玉去那边，我带如花去这边。"有箭射中了马屁股，如花和原贵从马上摔了下来。有士兵趁机刺了原贵一刀："原公子，你就受死吧。"

如花上前说："原贵你怎么样，没事吧？"

原贵捂着胸口说："好疼呀。"

这边，原喜跟如玉说："我先把他们引开，你快跑！"

如玉说："不，我要跟你在一起。"

原喜说："你这样会更危险，你在前面等我，我到时候去找你。"

如玉说："那你一定要来找我。"

原喜说："我会的。"

如玉撒腿就跑。不一会儿，下起了倾盆大雨，如玉在雨中等了好长时间，原喜终于来了。

这边，如花把原贵带到了茅草屋里，让原贵躺下，不一会儿原贵就睡着了。

如玉说："原喜，我好晕。"

原喜摸了摸如玉的头说："好烫，你发烧了。"

如玉说："那快走吧。"

如玉和原喜进了客栈，如玉躺在床上盖着被子，原喜端着药进来说："来，药好了，快喝了吧。"

原喜把如玉扶起来，喂她喝药。如玉喝完了药，说："真没想到，你还这么会照顾人，我好饿，你能给我做点儿吃的吗？"

原喜说："你想吃什么？"

"我就是想吃一碗热汤面。"

原喜说："好，我马上去给你做。"

<h1 style="text-align:center">93</h1>

晚上，铃儿正在收拾东西准备逃跑。太后在门外面偷偷地看着，心想"这个铃儿又想逃跑。铃儿，你可别忘了，想逃你也得先把我这关给过了。"

铃儿出来了，太后忙躲到门外面。

铃儿来到了城门外，说："太后让我出宫去办点事，三日之后回来。"

侍卫说："我凭什么相信你？"

铃儿说："我是太后身边最信任的人，太后都相信我，你们凭什么就不相信我？"

太后闪出，说："什么事能让我们的铃儿出宫呀？"

铃儿一看是太后："太后您怎么来了？"

太后说："你以为哀家还会像上次一样不小心放你走吗？"

铃儿说："太后果然高明，什么事儿都看得出来。"

太后说："既然知道斗不过哀家，就别耍那些花样了。"

铃儿说："铃儿是斗不过太后，但是铃儿逃不出去还死不了吗？"说完铃儿就跑到城楼上，太后让人也追到城楼上。

铃儿说："别过来，谁要是敢过来，我就从这儿跳下去。"

太后说："铃儿有什么话好好说，不要拿死来说事。"

铃儿说："太后，铃儿想出宫，不想在皇宫里待了。每次铃儿都在睡梦中梦见自己能出宫，可是您不放铃儿，那铃儿只有死路一条了！"

太后说："不，不是这样的，你服侍哀家同样很快乐，有什么事哀家陪你一起面对。"

铃儿冷笑了两声说："太后您实在是太傻了，你以为我愿意服侍您吗？这么多年，我其实都是硬着头皮服侍您的。我让您好好活下去，您以为我是舍不得您吗？不是的！是因为我怕自己走了，您要是死了，我就会惹来杀身之祸。不然像您这样的人，我还能希望您活着吗？"

太后说："这是你的真心话？好，你不是想走吗，那你走呀，你有本事就走呀！"

铃儿强忍着眼泪说："好，太后。"铃儿说完就站在了城楼上。

太后追上去说："铃儿，我求你了，不要走，我一个人在皇宫里好孤独，不要走好不好？"

铃儿说："这么说，你是死缠着我不放了，好，可别怪我下手狠。"铃儿把太后推倒在地上，就哭着跑了。

突然，两个侍卫拦住她说："铃公主，您不能走！"

铃儿说："让开，让我走，让开！"铃儿就从城楼上跳了下去。

太后浑身战栗，哭着喊："铃儿，铃儿……"

太后飞奔下去，看见躺在地上的铃儿说："铃儿、铃儿你醒醒呀，不要死，你醒醒呀，铃儿……太医，太医，快叫太医！"

铃儿躺在床上，太医说："太后，铃公主已经死了。"

太后说："不可能，铃儿不可能丢下我就走了。"

太后抓住太医说："一定是你暗中搞鬼才说铃儿死了，铃儿只是昏倒了，一定是你这个老色鬼，对铃儿图谋不轨，才说铃儿死了的。"

皇上把太后扶到椅子上说："母后，您的心情儿臣理解，可是您不能因为铃儿的死，就不活了呀。"

太后说："没有了铃儿，我生活着还有什么意思呀。不如让我死了算了！"

皇上说："母后，千万别说这种话。孩儿不能没有母亲！"

如花回到了皇宫，来到假山后面，看见彩云一边哭一边烧纸。如花叫住彩云。

彩云说："如花公主吉祥。"

如花说："你在给谁烧纸呀？"

彩云说："铃公主，铃公主死了！"

如花说："铃儿怎么可能死呢？"

彩云说："是她想出宫，太后不让铃公主出宫，她就从城楼上跳下去自杀了。"

94

如花听了，马上赶到太后的寝宫，看见躺在床上的铃儿，说："太后，怎么可能这样？前几天铃儿还好好的，怎么一晃她就死了？皇宫是一个杀人的地方，我不要待下去，我再也不要待下去了！"如花哭着跑出去了，到了城门外，骑了马就走。

原贵骑着马跟在后面追："如花别骑那么快，等等我呀。"

到了郊外，如花悲伤地坐在石头上。

原贵说："如花公主，发生什么事了？"

如花说："原贵，你说为什么老百姓都很羡慕皇宫里的生活？皇宫里有什么好的，除了锦衣玉食，什么也没有。原贵你说不喜欢我，是不是父皇逼的？"

原贵说："公主殿下，别提这些了，我看你是受了惊吓，我去给你找点儿水吧。"

原贵正要走的时候，如花抓住他的袖子说："你跟我说实话。"

原贵说："不是的，是我自己说的，跟皇上没关系。"

如花说："看来是我高估自己了，还以为你说不喜欢我，是迫不得已的。看来我不是万能的，好了，没事了，我走了。"

回到客栈，如花趴在床上，泪水横流。

雪花进来，拿着一个碗说："如花公主，您一整天也没有吃东西了。这是我熬的燕窝粥，多少吃一点儿吧。"

如花说："我实在没有胃口，别管我了。"

雪花说："公主殿下，雪花跟您出来就是希望您能健健康康的。也不知道梅花姐姐和如玉公主现在怎么样了，如果她们看见您这个样子一定会很伤心的。您就算不为自己想，也要为她们想一想啊。"

如花说："你说什么是爱情？"

雪花说："公主殿下，您怎么了？"

如花说："我没事。"

突然，原贵走了进来。

雪花说："原公子。"

如花说："雪花，你先下去吧。我和原贵还有话要说。"

雪花出去了。

如花说："你来干什么？"

原贵说："我听说你一整天也没吃东西，来看看你。"

如花说："跟你有关系吗，你是我什么人要来管我？"

原贵说："这里不是皇宫，咱们现在是朋友，我可以管你。"

如花说："好，那就依了你的话，我要喝酒。"

如花喝了几杯，就醉了。

如花说："原贵，你说为什么老天爷那么爱捉弄人。我喜欢你，可是老天爷偏偏不让咱俩在一起。你告诉我，我到底应该怎么做，才能忘掉你？我的心现在像刀割一样痛。"如花摔倒了。

原贵忙扶住如花说："你喝醉了。"

如花说："我没醉，我说的全是真心话。"

如花泪雨滂沱，竟扑在原贵怀里睡着了……

第二天，原贵和如花走在草地上，如花说："我昨天喝醉了，没说什么不该说的话吧？"

原贵说："没有啊。"

如花说："对了，你不打算成亲呀，将来像你父亲一样一辈子单身？"

原贵说："我原来是有母亲的。"

如花说："那怎么从来没有见过你的母亲呀，我还以为你不是你父亲的亲生儿子呢！"

原贵说："在我八岁的时候，母亲就去世了。"

如花说："啊，对不起，提到你的伤心之处了。"

原贵说："没事，事情都过去这么多年了，我早已习惯没有母亲的日子了。"

如花说："看来你跟我也差不多。我想你母亲一定是位美人吧，只可惜红颜薄命。"

原贵说："如花公主我求你，不要再提我母亲了，行吗？一提起她，我就恨我父亲。"

如花说："怎么？难道……你母亲的死跟……你父亲有关？"

原贵说："我母亲就是他杀的。"

如花说："怎么回事呀？"

原贵说："我可以告诉你，但是你得发誓不可以告诉别人。"

"好，我绝对不会告诉别人的！"

原贵就讲起母亲的故事—他的母亲叫清云，在原贵八岁那年，原生利娶回来一个女人风儿，立为二太太。清云对风儿说："以后咱们就是亲姐妹了，千万不要客气。"

风儿说："哼，当然可以做亲姐妹了，只不过别虚情假意。告诉你，我可是一个小姐，我跟老爷才是门当户对。你出生贫寒，跟我没法比，所以别以为自己是大太太，就摆出臭架子。"

清云说："妹妹多心了。"

95

过了几个月，清云来到风儿的房间里。

清云说："听闻妹妹有了身孕，我特地做了一碗鸡汤给你喝。"

风儿说："我可不敢喝，谁知道你心里想的是什么，里面放了打胎药了吧，想把我的孩子打掉。我见过的事多了，你以为我会中计吗？"

清云说："妹妹，你别误会我，我绝对没有恶意，不信我喝了，你看一看到底里面有没有毒。"清云喝了一口，"你看我喝了，什么事也没有，你总该相信我了吧？"

风儿说："药肯定在碗口上，我是不会喝的。"

清云说："妹妹，你为什么把别人想得那么坏？你这样会有朋友吗？"

风儿说："我不过说了几句，你就教训起我来了。就算你没放毒，我也无法相信你。我要去告诉老爷你欺负我。"

原生利正在书房看书，风儿跑过来说："请老爷给我做主，看看谁对谁错？"

清云走过来说："老爷。"

原生利说："清云，是不是你又欺负风儿了？"

清云说："老爷，这罪怨我没法领，我好心给妹妹送鸡汤，没想到妹妹却说我害她。那汤我也喝了，没毒。可妹妹就是疑心太重，我不过劝她不要把别人想得那么坏。也许我有些措辞不当，但丝毫没有恶意。"

原生利说："清云，风儿刚来到府里，有好多事情不熟，你应该多帮助她，别动不动就教育她，你先回去吧。"

清云说："是。"

清云走后，风儿说："老爷，我受够了，我这个二太太成天遭受大太太的白眼，您知道是什么感受吗？"

原生利说："我知道，你受委屈了，可是我又不好废了她呀。你放心，我以后不会让你再受一丁点儿委屈了。"

风儿说："每次都这么说，有哪一次说的是真的，不如杀了她。眼不见心不烦，省得每次看到她，心里就起火。"

原生利说："杀人可是犯罪的呀。"

风儿说："咱们可以想办法呀，到时候谁能证明她是咱们杀的？我倒是有一个办法。"

一天，清云正在长廊上走着，风儿说："清云。"

清云说："风儿什么事呀？"

风儿说："天越来越冷了，你去给我买件衣服，顺便也给你自己买一件。"

清云说："你不是有好几套衣服吗？"

风儿说："叫你买你就买，再说那些衣服都旧了，不能穿了，快点儿去吧，马车都给你备好了。"

清云说："好，那我去了。"

清云坐在马车上，不一会儿不知怎么的，马跑得越来越快了，清云从马车上重重地摔下来……

原贵说："就这样，母亲惨死在父亲的手里……"

如花说："原来你也是没了母亲，父亲也不管你，跟我一样。怪不得，我看你和你的父亲不亲近，原来还有这么一回事呀？"

原贵说："我父亲眼里只有权力，只有金钱。他还利用你来给他权力。"

如花说："你别再伤心了，好歹你享受过母爱。我呀，我都没听母亲讲过一次故事。你还算命好的呢！"

突然，一群士兵包围过来。皇上骑马过来说："花儿，找了你这么久，终于找到你了，快跟朕回去。"

如花说："当初，您要害原贵，我才出来的。我是不会回去的。"

皇上说："如玉呢，她是不是跟着你们出来了？我看是原贵带你出来的吧？"

如花说："我不知道如玉在哪里。"

皇上说："不知道？那朕先把你给抓回去。"

如花说："原贵，快救救我。"

原贵说："公主回去吧，那才是您的家呀，您已经跟潘圆兄订婚了，您是潘圆兄的人了。"

如花说："你个忘恩负义的东西。好，你不救我，我自己逃，大不了一死！"

如花疯了般向前跑，眼看皇上就要追上来了，她纵身跳进一个深不见底的草洞里。皇上找了半天，彻底失望，最后无奈地骑马走了。

如花在洞里一直待到晚上，天气开始变冷了。

原贵一直在叫："如花公主，如花公主，你在哪儿呀？"

如花说："原贵，原贵是你吗？"

原贵说："是，如花公主，你在哪儿？"

如花说："我掉进洞里了，你快来救我，父皇他们不在吧？"

原贵说："你放心，现在已经安全了。"

如花说："我就知道你会来救我的。"

原贵说："如花公主，你爬上来，抓住我的手。"

如花说："我不敢，我爬不上去。"

原贵说："试一试，要不然你就待在里面别上来了。"

如花拼命爬上去，抓住原贵的手，却把原贵一起也拉了下去。

原贵说："完了，这下谁也逃不出去了。"

如花说："冻死也好，总比回皇宫好！"

原贵说："你就那么讨厌皇宫？你在皇宫里有锦衣玉食，不像这儿如此寒冷。"

如花说："你是不会理解我那种痛苦的，好冷好冷！"原贵脱了外套给如花披上说："披上这个，就不会那么冷了。"

如花说："你现在就跟变了个人一样，不再那么冷酷了，真希望时间就停留在这一刻……"

96

客栈中，如玉从床上起来看书，却想到了原喜说的话："如玉公主，臣再也不想见到你了。"如玉又想到原喜拿开嘉蒙的手说，"你别碰她。"

如玉自言自语："我这是怎么了？不由自主地想到了原喜，难道我真的喜欢上他了？不可能，不可能，不要再想了，如花你到底在哪儿呀？怎么到现在一点儿消息也没有呢，该不会是被父皇抓走了吧？"

梅花进来说："公主殿下饿了吗？这是原喜公子特地给您做的皮蛋瘦肉粥，您吃点儿吧。"

如玉说："他倒有这闲心来给我做吃的，也不嫌麻烦。"

梅花故意打趣道："我看呀，他是故意讨好您！"

如玉说："鬼丫头，别胡说！"

这边，如花说："冷死我了，好冷！"

原贵说："如花公主，你怎么样了？"

如花说："我没事儿。原贵，我要告诉你一个秘密，你的心太善良了，把什么人看得都重要，你太傻了。其实父皇是让潘圆去杀你，亏你还把潘圆当兄弟。要不是我救了你，你到死也不会看清潘圆的真面目。"

原贵说："你说什么？是潘圆要害我？"

如花说："怎么，你难道还不相信我吗？"

原贵说："我万万没想到害我的人居然是潘圆兄，多谢如花公主相救！"

如花说："原贵，现在这里只有你和我，我再问你最后一次，你到底爱没爱过我？"

原贵说："如花公主，能不说吗？我不忍心伤害你，我从来就没有爱过你。"

如花把原贵的衣服脱下来说："你这个无情无义的人，我付出了真心，你却耍了我，你个浑蛋！"

原贵说："如花公主骂吧，骂痛快了以后不要再纠缠臣了。"

如花说："你不是人，你的心是铁做的。好，就算我看错人了！你可别后悔，冷血动物，没有你我也照样可以活，而且父皇已经把我指给潘圆了。"

原贵说："你不可以嫁给潘圆。"

如花说："怎么，你不喜欢我，难道还不允许我寻找自己的幸福？你自己不寻找幸福可以，但至少不要妨碍别人的幸福。"如花躺下睡着了。

原贵想："奇怪，为什么提到如花要出嫁，我的心里怎么就那么紧张……"

如玉正在睡觉，突然梦见自己穿着喜服跟嘉蒙成亲的场景。突然，原喜过来说："如玉，如玉。"

如玉说："原喜，原喜。"正要过去的时候，嘉蒙说："如玉公主，你现在已经是我的女人了，他跟你有什么关系呀？"

如玉说："原喜你快走，快走！"

原喜说："如玉，我不能让你嫁给嘉蒙，这样会毁了你的一生的。如玉，你现在好好想想吧。"

如玉说："你快走吧，你以后好好生活，就当不认识我一样，要不然这样对你我都没好处。你快走，我不配你救，你快走呀！"

嘉蒙说："老弟，既然如玉公主都这样说了，你就赶紧走吧，你这样有意义吗？到最后还不是两败俱伤？"

原喜说："卑鄙无耻的小人，不用你管。"

嘉蒙说："我杀了你。放箭！"

士兵万箭齐发，原喜倒下了。

如玉说："原喜，不要，不要死……"如玉被惊醒了，想着成亲的场景心里满是害怕，就决心杀了嘉蒙。

如玉来到了草原上，被两个侍卫发现："什么人？跟我去见嘉蒙王子。"

他们把如玉带到嘉蒙王子的行帐里说："嘉蒙王子，人带来了。"

嘉蒙说："如玉公主，你怎么来了？小老弟没跟你一起来吗？"

如玉说："我是来杀你的！"

嘉蒙说："杀我？我倒要看看你有多大本事能杀了我！"

这边，原喜来到如玉的房间说："如玉公主。"不见如玉，他发现桌子上有一封信，上面写的是："原喜，我去杀嘉蒙了，只是这一去有去无回，你多保重。"

原喜说："去杀嘉蒙，这么危险的事怎么能去做呢？"

原喜策马来到了大草原，闯进嘉蒙的行帐里说："如玉公主，你没事吧，你怎么那么傻呀？"

如玉说："快走，快走！"

嘉蒙说："既然来了，可没那么容易走。"

原喜说："皇上会来的，他会把你们大草原搅个底朝天，你也逃不了！"

嘉蒙说："这句话应该让我原封不动地送给你们吧！但现在，你们两个只有一个人能活着出去，必须有一个死！小老弟我要赌一赌你对如玉公主的爱，你愿意死吗？"

原喜说："我愿意！"

如玉说："嘉蒙，你不可以杀了原喜，你要杀就杀我吧，我活在这个世上也没有什么意义，你杀我好了，原喜是无辜的！"

嘉蒙说："汉人有句话说得好，'女子美丽就是祸'，果然没错，你长得那么美，有两个男人喜欢你，我不会杀了你的，只能杀了他！"

原喜说："嘉公子动手吧，只要能让如玉公主活着，我死也就瞑目了。"

如玉说："不可以！"

嘉蒙说："那就别怪我了！"

如玉跪下抱住嘉蒙的腿说："你不可以杀了他，你杀他我也会自杀，等我死了以后，父皇会为我报仇，把你粉身碎骨，把你的尸体剁成肉酱做成肉饼给你的父汗吃，你又会跑到你父汗的肚子里咬死他……"

嘉蒙说："一派胡言！"

如玉说："你杀了原喜就会有报应的！"

嘉蒙说："给我滚，给我滚！"

趁嘉蒙恍惚之际，如玉和原喜迅速逃出行帐了。

晚上皇上在凌云宫里说："这帮可恶的孩子，气死朕了，居然能让朕找不到。"

杨倾城说："我们生儿育女是干什么呢？把他们拉扯大，到头来都像鸟儿一样一个个飞了，皇上不要再找了，鸟儿迟早要离开皇宫的，别找了！"

皇上说："不行，如花是被原贵给带坏的，要不然她不会离开皇宫的，朕一定要把如花找回来。"

杨倾城说："皇上，如花现在在哪儿都不知道，还有如玉，您这是在害她们，她们要的不是皇宫这种生活，她们就像小鸟一样自由。"

突然炫妃进来说："自由，自由，在这皇宫自由谈何容易，再说如花、如玉是公主，她们不在皇宫待着这件事传出去，皇上的颜面在哪儿？"

杨倾城说："炫妃妹妹就别说如花、如玉从小在皇宫长大的喜欢自由，即使你是在草原长大的，就能保证不会逃出去吗？穷则独善其身，达则兼济天下，你先管好自己再管别人吧。"

林子珊说："我不会逃走的，我只是想帮皇上分忧。"

杨倾城："你有这个闲心，倒不如去管你那个不守信用的父汗，说好了不打仗的还要打仗。"

林子珊说："这是我的事我会管的。"

如花醒来的时候，发现自己身上盖着一张被单，她掀下来说："真好看，哪儿来的？"

原贵说："是臣给公主殿下盖上的。"

如花说："能送给我吗？"

原贵说："当然可以。"

如花和原贵在路上走着。原贵说："公主殿下，咱们回宫吧。"

如花说："可以呀，那也得找到原喜和如玉呀。"

原贵说："是。"

如花说："你还得答应我一个条件。"

原贵说："公主殿下请讲。"

如花说："在我进宫之前，咱俩没有君臣之分，只有原贵和如花。"

原贵说："是。"

突然，如玉在后面叫住如花。

如花说："如玉，我们正准备去找你呢。"

如玉说："你不知道我这一路经历了多少事，我还生了一次病呢。"

如花说："什么？你生病了，我怎么不知道，好了吗？"

如玉说："我已经好了，如花你快来，我有好多话想要跟你说。"之后如花、如玉就走了。

这边，原喜说："哥，我要问你一句话，你一定要如实回答。"

原贵说："讲吧。"

原喜说："你喜不喜欢如花公主？"

原贵说："为什么会这么问？"

原喜说："在军营里我就发现你看如花公主的眼神不一样，那时候我就怀疑你喜欢她了，后来我就一直在观察你们两个，你为了保护如花公主连命也不要了，你敢说你不喜欢如花公主？"

原贵说："对，我是喜欢如花公主，就像你喜欢如玉公主一样。"

原喜说："那你为什么不向如花公主说出来？如花公主也

喜欢你。"

原贵说："她的身份那么高贵，我却卑微，将来肯定会承受很多痛苦。她找过我私奔，我拒绝了。我知道我伤害了她，宁可让她短暂地痛，也不要让她永远承受痛苦。"

这边，如花说："如玉，咱们回宫吧。"

如玉说："好吧，那你和原贵还有可能吗？"

如花说："上天注定了我们能相见却不能相爱，这也是命中注定。"

如玉说："可命是可以改变的呀。"

如花说："有的命是可以改变的，有的命是不可以改变的，我以前觉得我很坚强很聪明，可是在爱情这方面我觉得很软弱很傻，没有办法了，所以我想来想去只有回宫。"

如玉说："也只有回宫了，我好累，不想再担惊受怕生活下去了，可宫深似海，一旦进去了就再也无法出来了，你不会后悔吗？"

如花说："咱们是公主，咱们的宿命在皇宫，也是注定要回去的，再说当初我逃出来也只是为了救原贵，如今任务完成了，我也该放心了。"

97

如花、如玉到了皇宫以后，皇上说："如花、如玉，你们还知道回来，如花上次让你逃了，这次你怎么回来了？"

如花说："要不是为了原贵，我才不会回来的。"

皇上说："为了原贵？原贵、原喜，朕看你们俩年轻有为不断地提拔你们，可是你们呢，放着好好的前途不要，却陪着公主出宫，还不劝她们回来。原贵，朕上次跟你的谈话你都忘了吗？"

原贵说："臣不敢忘。"

皇上说："朕这次非得治你们俩的罪不可！"

如花说："父皇，这是我们俩要出宫的，与原贵、原喜无关，要罚就罚我们俩吧。"

皇上说："你给朕闭嘴，还嫌给朕惹的麻烦不够！"

如花说："伪君子假善人。"

皇上说："你胡说什么？"

如玉说："父皇，对于我和如花要杀就杀要剐就剐悉听尊便，只要您能饶过原贵和原喜。"

皇上说："可以，但是死罪难免活罪难逃，削学士一官。"

原贵说："谢皇上。"

之后，原贵、原喜、如花、如玉就走了。

路上，如花说："原贵，再答应我一个条件好吗？"

原贵说："什么条件只有臣能办到，即使粉身碎骨也在所不惜。"

如花说："我只想让你常常进宫让我再多见你几面，你答应我好吗？"

原贵说："好吧公主殿下，你多保重。如果你再想走的时候告诉臣，臣一定会竭尽全力带你出去的。"

如花说："恐怕我这辈子也出不去了。"如花说完就走了。

如花回到花青馆，就趴在桌子上哭起来。不一会儿，太子来了，说："如花你要气死我呀你！"

　　如花说："太子哥哥我出宫用你管吗？"

　　太子说："如花你别以为我不知道你心里想的是什么，你喜欢原贵，父皇已经赦免了他，你还有什么可难过的？"

　　如花说："我难过我不是一个男子可以创出一番事业，如果我是一个男子，我一定会把父皇从皇位上拉下来，他不配做皇上！"

　　太子说："是男的又怎么样？都像原贵那样优柔寡断没有一点儿男子气概，他是我们男人的耻辱！"

　　如花说："原贵不是优柔寡断，我不许你这么说他，他是一个大英雄！"

　　太子说："我不想跟你吵，父皇已经把如玉指给潘圆了。"

　　如花说："什么？这太离谱了，如玉不喜欢潘圆。"

　　太子说："没有喜不喜欢，只有门当户对。"

　　如花说："门当户对就是命运掌握在别人的手里吗？如玉肯定是不是会同意的。"

　　如玉说："你们不用说了，我同意。"

　　如花说："如玉你在说什么呀？你脑子坏掉了吧。"

　　如玉说："太子哥哥你赶紧去告诉父皇，我同意这门婚事。"

　　太子说："好，那我先走了。"

　　如花说："你傻不傻呀你？你嫁一个你不爱的人，你会幸福吗？"

　　如玉说："我求你不要再说了，我脑子里乱极了，我以后就想静静地生活。"

如花说："如玉，你醒醒吧，委屈是不能求全的。你要反抗，只有反抗才会有好结果。"

如玉说："反抗？反抗有用吗？你这次不是也反抗了吗？逃出皇宫最后还不是被抓回来了？再说就算反抗成功了，我就能嫁给我爱的人了吗？"

如花说："那你也不能嫁给你不爱的人。"

如玉哭着说："你懂什么呀，嫁的又不是你，要不然你替我嫁了吧。"

如花说："好，就算是我要嫁的话，我也会想办法不嫁，我会反抗，我决不会嫁给我不爱的人。如果最后失败了我大不了一死，我不会像你这样傻等，坐以待毙。"

如玉说："那我有什么办法，我是公主只能无条件顺从。"

如花说："你嫁的不是一个人，是金银财宝，如果你真的嫁给潘圆，那样就会毁了你的一生，该说的我都说了，嫁不嫁随便你。"

突然张继云过来了说："如玉公主，这是皇上送来的嫁妆。"

如玉说："放里面去吧。"

如花说："行，怪不得咱们俩不是亲姐妹，你没那气魄。"

如玉说："你怎么看我随你，反正我是一定要嫁给潘圆的。"

如花说："好，那你就不是我妹妹。"

晚上如玉躺在床上，辗转睡不着。

如花说："白天的事情对不起了。"

如玉说："没事，我知道我这种没骨气的人最令人讨厌了，你是我的亲姐姐不能丢下我，我可以理解你讨厌我。"

如花说："你别误会，也许是我把话说得太重了，但那些都是气话，我没有恶意，我只是让你好好想一想。"

如玉说："我没有怪你，真的。"

如花说："那就好，但是你想想你嫁给潘圆会幸福吗？"

如玉说："什么都不要再说了，我累了。"

98

第二天，原生利说："你们气死我了，本想你们这次出去打仗可以升个一官半职，没想到还降了。"

原喜说："您别说了行吗？回来就听您一直在说，烦都快烦死了。"

原生利说："还轮不到你跟我这么说话！原贵，你怎么不说话了？你不是挺厉害的吗？现在却一言不发了，我怎么有你们这两个笨儿子？"之后，原生利就走了。

原贵说："原喜你把家里的东西先收拾一下，我先进宫了。"

原喜说："你进宫干什么？"

原贵说："如玉公主要出嫁了，皇上命我安排一下。"

原喜说："什么？如玉公主要出嫁，我怎么不知道嫁给谁？"

原贵说："是潘圆兄。"

原喜说："皇上不是已经把如花公主许配潘圆兄了吗？"

原贵说："那个婚约早就取消了，如花公主要嫁给嘉力，而且如花公主也不想嫁给潘圆兄，所以就把如玉公主指给潘圆兄了。"

原喜说："哎，这么说皇上的女儿都是礼物可以送来送去，如玉公主也只是一个后备。不行，我一定要把如玉公主救出来。"

原贵说："原喜，你不要乱来。"

原喜说："哥，你就是没有如花公主的气魄。你要是有，还愁你们俩不在一起吗？"

原贵说："不管怎么样，你这样做就是冲动！"

原喜说："我这怎么是冲动？"

原贵说："原喜，你连我的话都不听了吗？"

原喜说："我不会听的。"之后，原喜就走了。

在花青馆里，如玉穿上喜服带上凤冠说："好看吗？"

如花说："好看。"

原贵进来说："如花公主，你看到原喜来这儿了吗？"

如花说："没有啊。"

突然原喜进来说："如玉公主可找到你了，赶紧跟我走。"

如玉说："跟你走，去哪儿呀？"

原喜说："你要嫁给潘圆兄了，我不能见死不救。"

如花说："原喜你来了就好了，赶紧的，我怎么劝她都劝不动。"

如玉说："我不去，我哪儿也不去。"

如花说："如玉你别傻了，现在你爱的人来了，你还不赶紧走吗？"

如玉说："谁说我喜欢他，我不喜欢他。"

原喜说："可是不管你喜不喜欢我，你都要跟我走。"

如玉说："那我倒要听一听，你为什么要让我跟你走。"

原喜说："因为你不喜欢潘圆兄，却要嫁给他。"

如玉说："我是不会跟你走的。"

原喜说："既然你不同意，那就别怪我动粗了。"原喜说着就把如玉扛了起来。

如玉说："放开我，放我下来。"

如花说："原喜，你先把如玉放下来，要走也不能今天晚上，再等等，如玉答应了再说吧。"

原喜说："还要等到什么时候？时间转瞬即逝，我不能等到如玉公主答应的时候再带她走。"

如花说："那也不能急呀，最起码咱们应该商量商量吧？"

原喜把如玉放下来说："你有办法吗？"

如花说："我还没想好呢。"

如玉说："你们都别想了，我不走，我死也不走！"

如花说："如玉，我不相信，你就真的可以困在宫里一辈子。你明明很喜欢原喜，却不肯承认，明天就是你的大婚之日，你真的不后悔吗？"

如玉说："我不后悔。"

如花说："我有办法了。"

原喜说："如花公主你有什么办法？"

如花说："在当天晚上成亲的时候走……"

原喜说："逃婚？！这太冒险了！"

如花说："我还没说完呢，每次礼仪结束都会敬酒，你只要往潘圆的酒里放上蒙汗药，他就会晕倒一天，这样咱们就可以有一天的时间出发。"

原喜说："好像也有一点儿道理，那就按照如花公主说的办吧。"

如玉说："不行，我不同意。"

如花说："如玉，你要相信我，也要相信原喜。"

99

第二天，如玉穿好喜服想："如玉你这次一定要成功，胜败在此一举了！"

不一会儿，潘圆跟皇上进来了："我的女儿长得跟天仙一样美，如花呢？"

如玉说："如花在里面换衣服呢。"

如花出来说："父皇。"

皇上看见如花穿一身丧服，厉声说："今天是大喜之日，你怎么穿一身白？赶紧脱了去！"

如花说："噢，是吗？我认为这场婚礼是悲伤的，所以要穿丧服。"

皇上说："如花，这场婚礼怎么是悲伤的呢，应该高兴才是。不准胡闹！"

如花说："儿臣以为两个门当户对的人在一起，是悲伤的，两个相爱的人在一起，才是高兴的。不过父皇跟儿臣的观念不一样，儿臣可以理解，因为父皇的眼中只有钱，这场婚礼应该是快乐的。"

皇上说："穿成这样你倒有理，赶紧给朕脱了去！"

潘圆说："皇上，臣觉得如花公主穿这身衣服倒挺好看的。"

如花说："潘公子你不用给我解围，我不怕父皇会对我怎么样，你今天不应该管我，管的应该是如玉，要管还轮不到你来管，你对原贵做了什么你应该知道。"

皇上说："你说什么呢？你、你怎么可以这么侮辱驸马？！"

如玉说："好了父皇，今天是大喜之日就不要说些不吉利的话了。"

皇上说："朕看在如玉的面子上饶了你，赶紧把这身衣服给脱了！"

如花说："老祖宗定的规矩中，好像没有女儿穿什么衣服由父亲来决定这一条吧？"

皇上紧绷着脸说："你要穿就穿吧。"之后，皇上和潘圆就走了。

如玉说："你太过分了吧，你不怕父皇生气？"

如花说："生气又怎么样，他不是很厉害吗？我倒要看一看他能把我怎么样？是杀了我吗？"如花从袖子里掏出一包蒙汗药说，"这是双份的蒙汗药，倒到潘圆的酒杯里。"

如玉接过蒙汗药装进袖子里说："我一定要成功。"

这时，杏花进来了。"哟，离出嫁还有几个时辰呢，就换上喜服了，如玉姐姐你就那么想出嫁？"

如花说："杏花妹妹你怎么跟父皇一样爱管不该管的事呢，如玉穿什么衣服好像不该你管吧，更何况这件礼服早穿也是穿，晚穿也是穿，为何就不能早穿呢？"

杏花说："我不是来多管闲事的，我是来送贺礼的。"她从铃儿的手里打开一个盒子说，"这是红玛瑙项链，送给你。"

如玉说："谢谢。"

晚上，杏花来到潘府说："潘公子恭喜呀！"

潘圆说："杏花公主怎么来了？"

杏花说："如玉姐姐出嫁，我这个做妹妹的还不得来看一看啊。"

杏花坐在椅子上，看见如玉往潘圆的酒杯里放蒙汗药，心想，这个如玉到底在搞什么鬼？之后如玉就走了。

杏花把酒拿过来，突然有一个男人过来说："杏花公主，我给您敬酒。"

杏花说："好。"杏花喝完了以后就晕倒了。

宴会结束，如花、如玉、原贵、原喜坐上马车。如花说："你把蒙汗药倒到潘圆的杯子里了吗？"

如玉说："倒了，也不知道他会不会喝。"

如花说："应该会喝吧。"

这边，潘圆叫道："杏花公主，杏花公主……"

有两个下人进来说："少爷，什么事？"

潘圆说："把杏花公主送回皇宫。"

两人把杏花扶起来，潘圆说："等等，不对呀，杏花公主刚才也没怎么喝酒呀，怎么会睡得这么沉？你们先等等。"

潘圆来到了洞房，见如玉不在，便问："如玉公主怎么不在，是不是回皇宫了？"潘圆让人把杏花带到洞房里，让杏花躺在床上，盖好被子歇息。

第二天，杏花醒来的时候，发现自己躺在潘圆的床上说："怎么会这样？不会的，不会的，什么也不会发生。"

　　潘圆进来说："杏花公主，你醒了。"

　　杏花说："我怎么会在这儿？你浑蛋，你昨天晚上干了什么？"

　　潘圆说："放心，什么也没有发生。"

　　杏花来到了粉香房里，铃儿说："公主殿下，您昨天一夜也没有回来，可把我急坏了，发生什么事了？"

　　杏花说："没事没事。"说完无力地坐在床上。

　　铃儿说："公主殿下，到底发生了什么事？您倒是说句话呀，您不说话这是怎么回事呀？"

　　杏花说："铃儿我这辈子算是完了，我该怎么办？"

　　铃儿说："公主殿下，发生什么事了呀？……"

　　皇上来到了凌云宫里说："倾城、倾城。"

　　杨倾城出来说："臣妾给皇上请安了。"

　　皇上说："不必这么拘礼，朕昨天已把如玉公主给嫁出去了，高兴吗？"

　　杨倾城说："当然高兴呀！眼下臣妾想跟您商量一件事。"

　　皇上说："你说。"

　　杨倾城说："既然如玉都嫁出去了，能不能别把如花嫁出去呀？

　　皇上说："不行，如花太古怪了，昨天大喜之日她居然穿了一身丧服。如果不把她嫁出去的话，将来肯定会出事。"

　　杨倾城说："我太了解如花这孩子了，她要做什么事情，您是想拦也拦不住的。如果您要是逼她的话，她将来不知道会干出什么事情。"

皇上说："朕可以砍了她的头，她总不想死吧。"

杨倾城说："她不会怕的，如果她没办法，她自己就会自杀。"

皇上说："那朕就眼睁睁地看着如花嫁给原贵吗？"

杨倾城说："嫁给原贵怎么了？我知道您是嫌原贵身份卑微，可是您可以慢慢地提拔他呀。"

皇上说："那就试一试吧。"

在粉香房里，铃儿说："是这样啊，公主殿下，别担心，你是公主他不敢把你怎样的。"

杏花说："正因为我是公主，他才不敢告诉我，或许他喝醉了自己也不记得了。"

铃儿说："公主殿下，什么事也不会发生的，再说不敢确定是不是真的呢，别怕。"

杏花抱住铃儿哭着说："铃儿，如果真是那样的话，我什么都没有了，我的一切都完了。更别提跟如玉争什么权力了，父皇也不会认我这样的人做女儿。"

铃儿说："没事的，没事的。"

杏花说："我有一种很不好的预感，我觉得真是那样的。"

杏花突然想起来如玉往酒杯里放东西的场景，说："我想起来了，是如玉，是如玉往酒杯里放了什么药。我就是喝了那杯酒才晕倒的。不对呀！躺在潘圆床上的人应该是如玉呀，不是我。我要去告诉父皇，我要去告诉父皇。"

100

杏花来到凌云宫里说："父皇，我有事要告诉你。"

皇上说："什么事呀？慌慌张张的。"

杏花说："如玉姐姐逃跑了。"

皇上说："什么？"

皇上召见潘圆："如玉呢？"

潘圆说："皇上，如玉公主不是回宫了吗？"

皇上说："不会吧，难道如玉真的逃跑了？"

潘圆跪下说："皇上，臣罪该万死，没有看好如玉公主。"

皇上说："现在说这些有什么用啊，赶紧去追呀！"

杏花回到粉香房里说："这回可又有热闹看了。"

铃儿说："公主殿下不害怕了？"

杏花说："虚惊一场，我问过潘圆了，他没对我做过什么，倒是如玉公主把父皇气坏了。如玉她从小到大，都有万丈光芒，是一颗钻石，她所拥有的一切都应该是属于我杏花的，可是全被她给夺走了。我要摔碎这颗钻石，我一定要替代这颗钻石。"

皇上和潘圆正在骑马。皇上说："潘圆你要快一点儿骑，都一夜了，他们肯定走远了。"

皇上突然看见了如花、如玉、原贵、原喜正在骑马，便说："如花、如玉，赶紧跟朕回去。"

如花说："没想到还是被追上了，不过这次我们宁可死也不会回去的。潘圆你怎么在这儿,是不是挑唆父皇来找我们的?"

潘圆说:"不是的,是皇上要来找你们。"

原喜说:"你少拿鸡毛当令箭。"

潘圆说:"如玉公主是我的女人,你抢走了我的女人,你还说我拿鸡毛当令箭!"

如花说:"潘圆,到底谁抢了谁的女人,你自己心里应该清楚。如果如玉真的喜欢你,你还会怕原喜抢吗?显然如玉喜欢的是原喜,而不是你!"

潘圆说:"我不服,我要跟你比一比。"

原喜说:"好啊,比什么?"

潘圆说:"比武功。"

原喜说:"奉陪到底!"

如花说:"如果今天原喜赢了,你们今天就放我们一马;如果潘圆赢了,我们就跟你们回宫,不再逃跑。父皇做证!"

皇上也许太累了,便一口答应!

尾声

比赛激烈地进行着。

但是很快，潘圆就被原喜打败了。

皇上说："好，如花你们赢了，今天先放你们一马，但是朕还会再来找你的。"

遥远的天边，传来唯美而缥缈的歌声——

别问爱是什么。有人说爱是火红的太阳暖暖地燃烧着你，有人说爱是制冷的冰块平复你过于沸腾的热血，有人说爱是一棵大树为你遮风挡雨，爱到底是什么？

爱是痛，爱是粉色的回忆。爱是痛，爱是喜，爱是悲欢离合；爱是风，爱是雨，爱是雷，爱是电，爱是风雨雷电，爱到底是什么？

主要人物

皇　　上：当今天子

皇后娘娘：如花与如玉的母亲

如　　花：如玉的姐姐，皇上的大女儿

如　　玉：如花的妹妹，皇上的小女儿

杨倾城：如花与如玉的生母

雪　　花：如花的侍女

梅　　花：如玉的侍女

原生利：朝廷一品官

原　　贵：原生利的大儿子

原　　喜：原生利的小儿子

潘文静：皇上的左丞相

潘　　圆：潘文静的儿子

跋
一个华裔少女的青春跨越

谢学军

庭院深深，皇家显贵。如花和如玉这对豆蔻年华的皇家公主姐妹，享受荣华富贵的同时，却也为无休无止的宫廷权力与金钱的争斗逐渐感到厌倦和疲惫。所幸两位少女为一对官家子弟的盖世武功与人格魅力所折服，爱情之花悄然萌芽了。

然而，错综复杂的宫廷内斗，让他们的爱情遭到严峻挑战，而两人"死去"八年的生母乍现，让皇后多年前精心设计的恶毒阴谋败露。皇上甚至以女儿为政治交换筹码，要将两人远嫁大草原王国。否则，两国大战一触即发。官家子弟在敌营智救俩姐妹，重返宫廷的姐妹俩却执意地逃离了皇宫……

2013 年，一名十三岁中国少女留下这本十五万字的"宫斗"小说，就从故乡北京启程，远赴大洋彼岸的美国，开启了抒写梦想与青春的留学生涯。这部超越其年龄与阅历的"跨界写作"的书稿，从此静静地沉睡在她北京的闺房，将这个少女对汉语母语、对文学的迷恋与思念深埋。

这个文学少女，就是现居美国的珍妮。

孩子的母亲很心疼：这本书稿，女儿从十岁开始写，一直到十二岁完稿，整整两年，写尽了一个少女人初对成人世界、对人生的初悟，而小荷初露的逼人才气又让熟悉她的亲友感叹万千。怎能让书稿待字闺中？！

2018 年，六年过去，已经取得美国绿卡的珍妮十八岁了，即将在遥远的美利坚申请常青藤知名大学。母亲郑重决定扶助孩子——让这女儿的处女作面世，作为对女儿十八岁成年的最好献礼！

一口气读完这本十五万多字的书稿，不禁令人感叹：自古英雄出少年！

无法想象，六年前，一个二岁的孩子，在无数同龄人还懵懵懂懂、少不更事时，她却踏上文学的高铁，奔向缪斯的神圣殿堂。

在笔者看来，这本书至少有以下三个显著的特点：

一、以少年纯净的独特视角洞悉复杂多变的成人世界，是真正的穿越式"跨界写作"

珍妮创作此书的年纪是十岁到十二岁。令人奇怪的是，这个女孩的文学起点竟不是许多文学青年最先走过的路——儿童文学，而是令人瞠目结舌的成人文学。

书中，不仅有皇权与金钱之争，还有阴谋之斗，更有对一个十岁出头的孩子来说遥不可及的"爱情缠绵"甚至有在国人普遍看来"少儿不宜"的描写。如此复杂而宏大的构架，实在是难为一个孩子了！而且，书中牵涉到距今遥远的皇宫生活场景和相关历史知识。如果没有丰富的历史知识积淀，一般人很难把握这种题材。否则，会出现致命的"硬伤"。

然而，少女珍妮不但将这幕历史故事场景拿捏得恰到好处，而且总体上严丝合缝。她的写作态度显然是严肃的、执着的，思维是缜密的、一丝不苟的。尤其难能可贵的是，小作者对人物个性的塑造与定位比较鲜明，比如蛮横、聪明却不失纯洁的大公主如花，内敛温和、胆小怕事的小公主如玉，威严却爱女如命的皇上，阴险而狡黠的皇后，正气凛然、稳重沉着的富家兄弟，表面柔弱却嫉恶如仇的生母等。

可是，正因为珍妮写此文时还是个天真烂漫的孩子，所以，尽管书中充斥成人世界的你争我夺、尔虞我诈，但是，每个人物又在她的笔下显示其亦庄亦谐、有好有坏的一面。珍妮在字里行间始终以少年儿童纯净的视角看待这个世界，并以天真幽默的童真把握人物。这显然是符合人性的真实的！在书中，珍妮对大公主"如花"这个角色的塑造，血肉饱满，入木三分，让人印象深刻。她的母亲曾问过女儿为什么会这样？珍妮笑着说，其实这个人物就是她自己。

为什么孩子会跨界写作呢？珍妮的妈妈是个知性通达的女性，她告诉我们，作为"00后"，珍妮从两三岁开始就喜欢看《我爱我家》《巴啦啦小魔仙》《还珠格格》等影视剧，后来又一次次品读了《红楼梦》等名著，影视剧无形中的潜移默化，海量的阅读，无形中培养了孩子对文学的浓厚兴趣，练就了对宫斗剧情节"过目不忘"的本领。于是，小小年纪的她开始躲在闺房偷偷"写宫斗玩儿"。每写完一章，就给身边的小伙伴看，导致小伙伴们开始"追剧"。母亲开始担心她"不务正业"，但最终是开明的，在适度的前提下，母亲鼓励女儿坚持写下去……

由此我们可以设想，珍妮能在十一二岁就写下这部连一般成人都遥不可及的作品，是与其开明的家庭教育环境和自己的执着分不开的。

二、小珍妮年纪虽小，但文字功底非同一般，对故事的驾驭能力强大，创作思维缜密

皇家、权欲、金钱、阴谋、爱情、战争、异族，故事错综复杂；皇帝、皇后、皇妃、公主、丞相、公子、丫鬟、侍女……人物众多，个性迥异。在故事的架构、人物性格的塑造与语言的准确把握方面，就是一个成熟的历史小说作者，都会感到棘手。

但是，正是小珍妮儿时大量的影视剧欣赏、海量的阅读，外加勤奋而聪慧的头脑，练就她较为成熟的故事构思和人物把控能力，尤其是她在人物对话语言（剧本语言）上的个性而机智的表达，虽无不显示出其"孩子气"，却掩饰不住字里行间的纯洁与才气，也一步步接近成人世界的真实。

这是一个孩子生命个性与人格气质的再现！

三、从艺术层面看，这本书是介于剧本与小说之间的一种"混合体文本"，让人耳目一新

也许，不少读者读完本书后，会认为这是一部长篇剧本。因为其几乎符合剧本写作最基本的要求——95%以上是剧本式人物对话，比较适合拍影视剧。

作品时间和场景交代的格式上没有"剧本化"，从严格意义上来说并不完全符合剧本的规范，然而，作者在童年所看过的大量影视剧尤其是历史宫斗剧，已经融入她的血液，进入她的骨髓，她不自觉地在运用剧本语言进行创作的同时，又不自觉地注入了情景、场景、动作、心理等小说描写方式。而且，这些描写方式都烙印了与其年龄所相符的心智、天真与纯净气息的。她的文字并没有为世俗所污染——干净而纯真！

在珍妮笔下，作品似乎有那么一点儿"四不像"。然而，这正是一个十一二岁孩子不囿于传统艺术表达、成功"突围"的一个硕果，是她对艺术的新探索。如果我们就此对一个孩子吹毛求疵，对她显然是不公平的！要不然，这本书在未面世之前，何以在其小伙伴中引起"追剧热潮"呢？从这个意义上讲，这本书在面世之后，或许会在"00后""10后"引发意想不到的追捧"热度"呢！

诚然，上面说了这么多，并不是说这本书多么完美，没有瑕疵。毕竟，作为一个十一二岁的孩子，由于写作经验和技巧的不成熟、生活与人生经验的欠缺，对世界的认识尚需时日，这部作品在人物性格的塑造、对话语言的设计、场景转换、历史大背景的把握等方面还存在牵强、不够真实、过度不自然等不足，但对这位华裔少女作家，尤其作对于一个孩子的处女作，我们还是要用包容和欣赏的目光去审视这部作品。相信时隔六年，珍妮的价值观、历史知识、写作技巧会逐步积淀和成熟，在完成大学学业之余，能重新拾起这部书稿，精致地再加工，再修改，再润色。相信再版时，一定又是另外一个精彩的模样！

谁敢说，若干年后，小珍妮不会成为下一个"严歌苓"呢？

（本文作者系著名儿童文学作家）